D1918067

KNAUR

*Über die Autorin:*
Rachel van Dyken hat in den USA bereits sehr erfolgreich Frauenstoffe veröffentlicht, bevor sie sich dem New-Adult-Genre zuwandte, mit dem sie prompt die Bestseller-Listen eroberte. Sie lebt mit ihrem Mann und ihrem schnarchenden Boxer Sir Winston Churchill in Idaho. Die »Games of Love«-Romane sind ihre ersten Bücher, die auf Deutsch erscheinen.

Rachel van Dyken

# GAMES OF LOVE –
## Bittersüße Sehnsucht

Roman

Aus dem Amerikanischen
von Silvia Gleißner

KNAUR

Die amerikanische Originalausgabe erschien 2013 unter dem Titel
»The Bet« bei Forever, New York.

**Besuchen Sie uns im Internet:**
**www.knaur.de**

FSC
www.fsc.org
MIX
Papier aus verantwortungsvollen Quellen
FSC® C083411

Deutsche Erstausgabe Oktober 2014
Knaur Taschenbuch

Redaktion: Ilse Wagner
Covergestaltung: ZERO Werbeagentur, München
Coverabbildung: CorbisImages / Image Source
Layout und Satz: Sandra Hacke
Druck und Bindung: CPI books GmbH, Leck
ISBN 978-3-426-51569-3

2 4 5 3 1

# PROLOG

*Portland, Oregon, 1997*

»Kacey, jetzt warte doch!« Travis rannte hinter ihr her und lachte Tränen. Kacey war seine beste Freundin, aber das nur in seinem Herzen. Im wirklichen Leben hasste sie ihn, aber er hatte absolut keine Ahnung, wieso. Mit seinen acht Jahren tat er sein Bestes, um ihr zu zeigen, dass er sie mochte, aber das endete jedes Mal damit, dass ihre Gefühle verletzt wurden.

Mädchen waren eben doof.

Schließlich holte ihn sein jüngerer Bruder Jake ein. »Wieso hast du das gemacht, Travis«, fragte er und boxte ihn in die Seite.

Plötzlich fühlte sich Travis' Zunge viel zu schwer in seinem Mund an. Er wollte erklären, wieso er Kacey zum Stolpern gebracht hatte, ganz ehrlich, aber die Worte wollten nicht heraus. Er hasste es, zu stottern. Das machte das Sprechen schwierig, und es passierte nur, wenn er unbedingt etwas sagen wollte oder wenn Kacey dabei war.

»Ugh!« Jake kickte mit dem Fuß den Dreck über den Boden. »Jetzt will sie mich nicht mal mehr küssen!«

»Dich küssen?«, brüllte Travis. Er war entsetzt darüber, dass sein Bruder überhaupt das Wort *küssen* in den Mund nahm, geschweige denn, dass er so etwas mit Kacey machen wollte. Und überhaupt, wieso sollte sein sechsjähriger Bruder noch vor ihm einen Kuss kriegen? »Sie mag dich doch gar nicht genug für so was.« Er verschränkte die Arme.

Zumindest so viel wusste Travis – Mädchen konnten Jungs nicht leiden, sie mochten Männer, und er war auf dem besten Weg, ein Mann zu werden. Tatsächlich hatte er erst vor kurzem ein Haar an seinem Kinn entdeckt. Wahrscheinlich würde er sich bis Ende der Woche zum ersten Mal rasieren müssen. Er warf sich in die Brust und schaute seinen Bruder finster an.

»Ach ja? Tja, dich hasst sie.« Jake streckte Travis die Zunge heraus. »Hat sie mir gesagt, und außerdem« – er schob die Hände in die Hosentaschen und holte tief Luft – »werde ich sie heiraten.«

»Machst du nicht!«

»Mach ich doch!«

»Machst du nicht!« Travis schubste seinen Bruder, so dass er zu Boden fiel. »Ich bin älter als du. Also heiratet sie mich.«

Jake streckte ihm wieder die Zunge heraus und klopfte sich dann den Schmutz von der Hose. »Willst du wetten?«

»Au ja!«, meinte Travis und grinste spöttisch. »Will ich. Eine Million Dollar!«

»Schön!« Jake spuckte in seine Hand und streckte sie ihm hin. »Handschlag drauf. Blutschwur.«

»Aber da ist gar kein Blut«, wandte Travis ein.

»Dummkopf! Mom würde uns umbringen, wenn wir echtes Blut nehmen. Aber so gilt es genauso. Hat Kacey gesagt.«

»Na schön.« Travis spuckte ebenfalls in seine Hand und schlug sie gegen die seines kleinen Bruders.

Jake zog eine Grimasse. »Eklig.«

»Werde endlich erwachsen.« Travis verdrehte genervt die Augen und suchte den Garten nach Kacey ab. Er hatte nicht vorgehabt, Kacey zum Stolpern zu bringen. Na ja, eigentlich schon, aber dafür hatte er einen echt guten Grund.

Er wusste ganz sicher, dass Kacey Geschichten über Prinzessinnen liebte. Sie redete ständig davon, dass Mädchen wie Prinzessinnen behandelt werden sollten und dass Jungs Prinzen sein sollten.

Aber wie sollte er denn ein Prinz sein, wenn es keine Drachen gab, die man erschlagen konnte?

Wie konnte er sich beweisen, wenn es keine Monster gab?

Nur gut, dass er der Schlaueste in seiner Klasse war. Er wusste genau, was zu tun war: Er musste sie einfach in Schwierigkeiten bringen, und dann konnte er sie retten.

Als Erstes hatte er ihre Puppe in Brand gesetzt, aber das hatte nicht so funktioniert, wie er es geplant hatte. Sollte heißen, die Puppe lag jetzt in der Mülltonne. Was konnte er denn dafür, dass der Feuerlöscher defekt war?

Als Nächstes hatte er eine Schlange in ihren Schlafsack gesteckt. Als sie schreiend aufgewacht war, war er an ihre Seite geeilt, um die Schlange einzufangen, aber er konnte sie nicht finden! Dann hatte Jake ihn auch noch verpetzt, und Kacey hatte vor Wut geheult.

In einem letzten Versuch, sie zu beeindrucken, band er ihr die Schnürsenkel zusammen, damit sie hinfiel, und dann war er auf die Knie gegangen, um ihr zu helfen.

Aber sie war so wütend, dass sie seine Hände beiseitegeschlagen und ihre Schuhe weggeworfen hatte, und dann war sie heulend davongerannt.

Mädchen.

Er würde sie nie verstehen.

Schließlich versuchte er doch *jedes Mal,* ihr zu helfen.

Und jedes Mal stieß sie ihn noch heftiger von sich weg.

Was nur eines bedeuten konnte. Um diese Wette zu gewinnen, musste er sich eben noch mehr anstrengen. Und er wusste auch schon genau, wie er das anstellen würde.

»Hey, Jake, weißt du, wo wir hier Steine finden?«

# KAPITEL 1

*Gegenwart*

Kacey suchte nach irgendeinem Anzeichen von Belustigung in seinen Augen. Das konnte er doch nicht ernst meinen, nicht Jake. Jake nahm nie irgendetwas ernst. Sie legte ihm kurz die Hand auf die Stirn und schauderte innerlich. Warum Gott einen derart arroganten Kerl auch noch mit dem Gesicht eines Filmstars gesegnet hatte, ging ernsthaft über ihren Verstand.

Aber da war er, ein regelrechter Adonis, und erwiderte ihren Blick, als machten seine Augen nicht jede normalsterbliche Frau nervös.

»Bist du betrunken?«, flüsterte sie, beugte sich zu ihm und verfluchte dabei den Duft nach teurem Aftershave, der von ihm ausging.

Jake schlug ihre Hand beiseite. »Nein, ich bin nicht betrunken. Mensch, Kacey, du tust ja, als würde ich Sex von dir verlangen oder so was.«

»Ausgerechnet das musst du als Beispiel bringen? Sex? Im Ernst? Denn, mal ganz ehrlich, Jake, das hier ist ja noch viel schlimmer!« Ihre Hände zitterten, während sie versuchte, ihre Atmung wieder auf Normalgeschwindigkeit zu senken. Wenn sie weiter so hyperventilierte, bekäme sie hundertprozentig noch eine Panikattacke.

»Wieso ist das noch schlimmer?« Seine Stimme wurde um einiges lauter, und andere Stammgäste im Coffee-Shop schauten zu ihnen herüber.

Seufzend lehnte sich Kacey in dem Ledersessel zurück.

»Ich meine es todernst, Kacey. Das ist die einzige Möglichkeit, sie zu überzeugen.« Jake beugte sich vor, und die Muskeln seiner gebräunten Unterarme spielten unter den aufgerollten Ärmeln, als er die Hände über den Tisch streckte.

»Dir ist schon klar, dass deine Eltern mich kennen, seit ich drei Jahre alt war? Außerdem bin ich überzeugt davon, dass deine Mutter in der Lage wäre, uns auf der Stelle zu durchschauen. Und von deiner Großmutter will ich gar nicht erst anfangen.«

Jakes steinerne Miene verzog sich zu einem Lächeln.

»Lach nicht! Ich meine es ernst, Jake! Diese Frau hätte für das FBI arbeiten sollen.«

»Es liegt an ihren Augen«, meinte Jake schulterzuckend. »Die fangen mich immer ein.« Er schauderte. »Aber du schweifst ab, Kacey. Ich bin verzweifelt.«

»Oh, wow. Tja dann, wenn du es so sagst, wie sollte ich da ablehnen? Du bist verzweifelt! Romantiker bist du jedenfalls keiner. Ich habe echt keine Ahnung, wie du es geschafft hast, der begehrteste Junggeselle der Stadt zu werden, und das mit einundzwanzig Jahren. Beeindruckend.« Ungläubig schüttelte sie den Kopf.

»Echt jetzt, das weißt du nicht?« Er beugte sich vor, und sein Bizeps unter dem grauen Hemd spannte sich an, als wolle er es jeden Augenblick sprengen. Sein glattrasiertes Gesicht zeigte einen Anflug von Bartschatten, und das dunkle gewellte Haar fiel ihm in die Stirn. Klare grüne Augen sahen sie an, und sie konnte einfach nicht die innere Stärke aufbringen, den

Blick von seinen Lippen abzuwenden, als er sich mit der Zunge darüberleckte.

Mist. Sie musste den Typen nur ansehen und geriet tatsächlich schon ins Schwitzen. Da half es auch nicht, dass sie heute zum ersten Mal wieder von ihm gehört hatte, seit *dem Vorfall.* Nicht, dass jetzt der Augenblick wäre, um selbigen zur Sprache zu bringen.

»Schön.« Kacey befahl ihrem Herzen, nicht mehr so schnell zu schlagen, und schloss wieder die Augen. »Jake, das wird niemals klappen. Wieso überredest du nicht eine von diesen Stripperinnen, mit denen du immer gehst, da mitzumachen?« *Und bitte, um der Liebe Gottes willen, lass mich in Ruhe.* Zu viele Erinnerungen starrten sie durch seine Augen an, und sie war nicht sicher, ob sie das ertragen konnte. Nicht, nachdem sie gehört hatte, dass das Restaurant, das einst im Besitz ihrer Eltern gewesen war, erst kürzlich zwei neue Standorte eröffnet hatte, einen davon in Seattle. Die Wunde schien überall wieder aufzureißen. Sie schauderte und ließ Jake sein Plädoyer fortsetzen.

»Ähm, weil das Stripperinnen sind?« Jake hob die Hand und schüttelte den Kopf. »Willst du meine Großmutter umbringen? Denn ich versichere dir, das wird ihr nur noch einen Schlaganfall bescheren.«

Kacey stutzte. »Noch einen Schlaganfall? So wie in ›sie hatte schon ein paar‹?« *Hat Oma Nadine mir deshalb seit einem Monat nicht mehr geschrieben?*

Jake zuckte zusammen. »Ja, es ist schlimmer geworden.« Er fuhr sich mit der Hand durch sein dichtes Haar. »Hilfst du mir oder nicht? Ich bezahle dir auch …«

»Du willst mich bezahlen?« Kacey schnaubte. »So, wie du deine Stripperinnen bezahlst? Wieso habe ich das Gefühl, dass ich davon gar nichts haben werde?«

Jake grinste. »Wow, also, ich hasse es ja, schwere Geschütze aufzufahren, aber du schuldest mir was.«

»Ich schulde dir was?«, wiederholte Kacey. »Oh, dann bitte sehr, kläre mich mal auf, wie es sein kann, dass ich dem großen Jake Titus einen Gefallen schulde. Darauf bin ich wirklich furchtbar gespannt.« Sie hob fragend die Augenbrauen und tippte mit einem manikürten Fingernagel gegen ihre Tasse mit dem inzwischen kalten Kaffee.

»Na gut.« Er lehnte sich zurück und verschränkte die Arme. »In der fünften Klasse wolltest du einen Hund. Deine Eltern sagten nein. Also bin ich, als der gute Freund, der ich bin, in den Laden gegangen und habe dir einen gekauft.«

»Das zählt nicht«, warf Kacey ein. »Du hast ihn nach dir benannt.«

»Er hatte dunkles Fell«, argumentierte Jake. »Und außerdem hast du jede Nacht mit ihm in einem Bett geschlafen.« Sein Grinsen war schamlos, und Kacey wollte ihm dafür am liebsten eins auf die Nase hauen.

Sie öffnete den Mund, um ihm das zu sagen, aber er schnitt ihr das Wort ab.

»In der achten Klasse …«

»Oh, Herr im Himmel.«

»In der achten Klasse«, wiederholte er mit einem Augenzwinkern, »warst du in Stevenson Merrit verknallt. Und ich als dein guter Freund habe ihm erzählt, dass du die beste Küsserin der ganzen Schule wärst. Ihr beide seid ein Jahr lang miteinander gegangen, bis du ihn für grünere Weiden sitzenlassen hast.«

»Ach, so nennst du dich also heutzutage. Grünere Weiden.« Kacey lächelte herablassend.

»Tja nun, stimmt ja auch.«

»Aber das reicht nicht.« Kacey seufzte. Er war so nahe,

dass sie sein Shampoo riechen konnte. Eine würzig-männliche Mischung aus Minze und Zimt, die ihre Sinne mit der Vision eines Mannes quälte, den sie nie wieder haben konnte. Stopp – Kommando zurück. Den sie von vornherein nie hatte.

»Also gut.« Jake schüttelte den Kopf. »Eigentlich wollte ich das nicht tun.«

Kacey sah ihn gespielt gelangweilt an und wartete.

»In deinem ersten Jahr am College hattest du einen Fisch, den du Stuart getauft hast. Der hässlichste Fisch, der je existierte.«

»Hey!« Sie funkelte ihn an. »Er war mein bester Freund.«

»Den du zwei Wochen lang in der Schule zurückgelassen hast, in der Annahme, dass deine Zimmergenossin mit Mutter-Teresa-Komplex sich schon um ihn kümmern würde.«

»Sie hat diesen Fisch tatsächlich immer gehasst«, grummelte Kacey.

»Also, wer hat deinen Fisch zu sich geholt?«

Kacey starrte auf ihre Hände.

»Wer hat den Fisch bei sich aufgenommen, Kacey?«

Mit einem tiefen Seufzer antwortete sie: »Du hast den Fisch aufgenommen, Jake.«

»Also habe ich gewonnen. Noch einmal, du schuldest mir was. Außerdem, willst du wirklich, dass meine Großmutter stirbt? Dieselbe Großmutter, die dir dabei geholfen hat, beim jährlichen Absolvententreffen zur Ballkönigin gewählt zu werden? Die Oma, die allen Ernstes deine Makkaroni-Halsketten getragen hat? Es ist wirklich ganz einfach. Mach mit, nur für ein Wochenende, und du bist mich los.«

Kacey starrte auf den Tisch und weigerte sich, ihm zu antworten. Vielleicht, wenn sie bemitleidenswert genug dreinschaute, würde er sie dann einfach in Ruhe lassen. Es genügte schon, sich im selben Raum mit ihm aufzuhalten, dass sich ihr das Herz zusammenkrampfte.

»Kace«, seufzte Jake, »du hast keine Ahnung, wie wichtig mein Image für mich ist.«

»Wow, das hilft dir ja mal überhaupt nicht dabei, mich umzustimmen«, antwortete Kacey ungehalten.

»Ich brauche das.« Jake griff über den Tisch und nahm ihre Hand. Seine Hände waren so groß und so warm, als könnte er ihr allen Schmerz nehmen, wenn sie sie nur festhielt. Aber sie kannte die Wahrheit. Dieselben Hände hatten sie vernichtet, sie zerstört, und letztendlich hatten diese egoistischen Hände ihr nie ihr Herz zurückgegeben. »Ich werde deine Studiendarlehen bezahlen.«

»Woher weißt du überhaupt von meinen Studien…«

»Ich weiß alles.« Er grinste. »Das ist mein Job. Komm schon, du musst dein Abschlussjahr am College bis zum Ende durchziehen, Kace. Die Abschlussprüfung liegt schon drei Monate zurück. Willst du wirklich hier versauern, während alle anderen da draußen sind und etwas aus sich machen?«

Der Typ sollte bloß nie versuchen, Anwalt zu werden. Kacey wäre echt überrascht, wenn sie beim Verlassen des Coffee-Shops noch ein Mindestmaß von Selbstachtung hätte. So wie die Dinge gegenwärtig lagen, würde sie gern feststellen, ob es wohl machbar wäre, mit dem Kopf hart genug auf den Tisch zu schlagen, um sich dabei eine Gehirnerschütterung zu holen.

»Bitte«, flehte Jake und drückte ihre Hände, »tu es für mich. Tu es für Oma. Hölle noch mal, tu es für dich. Du musst die Schule zu Ende machen, Kace, und nachdem deine Eltern …«

»Wage es ja nicht, sie da mit hineinzuziehen.«

Jake schluckte schwer und ließ ihre Hand los. Seine Finger

wanderten über ihr Kinn und drehten ihren Kopf zu ihm herum, so dass er ihr direkt in die Augen sehen konnte. »Es ist nur für das Feiertagswochenende. Wie schlimm kann es schon sein? Wir waren schließlich immer die besten Freunde.«

Mit Betonung auf *waren*. Seit dem Abschluss hatte er ihr nicht mal eine Textnachricht geschickt.

»Herzloser Milliardär …«, murmelte Kacey. Der Kerl hatte echt keinerlei Schamgefühl. Das Üble dabei war, dass sie wirklich dringend die Schule zu Ende machen musste, und sie konnte ihre Darlehen nicht mehr lange zurückbezahlen. Alles Geld, das ihre Eltern ihr hinterlassen hatten, war in die Tilgung der Schulden ihrer Eltern geflossen, und, nun ja, die Seattle University war auch nicht gerade billig.

»Milliardär? Noch nicht, Babe. Herzlos?« Jake strich ihr mit der Hand übers Gesicht. »Ich glaube, darauf kennen wir beide die Antwort.«

Erinnerungen an seine Berührung überschwemmten Kaceys Sinne, bis sie glaubte, sie könne nicht mehr atmen. Das war ein Weg, den sie einmal zu oft mit diesem Mann gegangen war. Zuerst in der Highschool und dann noch einmal auf dem College. Sie hätte nie gedacht, dass das Leben den einzigen Mann, dem sie je ihr Herz geschenkt hatte, so verändern könnte. Aber Jake hatte sich verändert, und das würde sie ihm nie verzeihen. Kacey starrte auf ihren Schoß und schloss die Augen. Wie konnte er immer noch so viel Macht über sie haben? Eine einzige Berührung, ein Köder, und sie war bereit, genau das zu tun, was er wollte.

Gut, sie hatte schon immer eine Schwäche für seine Großmutter gehabt, so unheimlich die auch sein konnte. Außerdem war Oma Nadine die Einzige gewesen, die Kacey geholfen hatte, eine Zeit in ihrem Leben zu überwinden, in der es ihr egal gewesen war, ob sie im Schlaf starb oder weiterlebte.

Die finsteren Jahre waren genau das: finster. Kacey schauderte, als sie daran dachte, wie schlimm es gewesen war. Wenn Oma Nadine jetzt krank war und Jake ihr helfen wollte und wenn er das wirklich durchzog und ihre Schulden bezahlte – das wäre es wert.

»Nur übers Wochenende?«, fragte Kacey schwach. »Und du sagst, Oma war die ganze Zeit sentimental und fühlte sich nicht gut?«

Jake nickte. »Sie sagt, sie will dich sehen, und meine Eltern müssen endlich aufhören, mich mit diesem Pressefiasko wegen dieser Stripperin zu nerven. Wenn ich dich mit nach Hause bringe, mit meinem Ring am Finger, dann ist alles vergeben und vergessen. Dad wird nicht denken, dass er aus dem Ruhestand zurückkehren muss, und Oma wird mich nicht erschießen. Jeder hat was davon. Außerdem, wie ich schon sagte, Image ist alles, und ich will immer noch am Ende des Monats Omas Firma komplett übernehmen. Der Vorstand macht dabei aber nicht mit, wenn ich weiterhin schlechte Presse kriege. Also brauche ich alle Leute zu meiner Unterstützung. Danach gehen wir getrennte Wege, ich täusche eine Trennung vor, weine im Fernsehen, und, na ja, dann werden zumindest die Vorstandsmitglieder, die mich hassen, Mitleid mit mir haben.«

Er wartete nicht erst auf ihre Zustimmung, sondern griff in seine Tasche. »Es geht um mehr als nur um mich. Es ist für Oma, Kace. Es geht ihr nicht gut. Und das hier könnte vielleicht das Einzige sein, das in ihr den Wunsch weckt, weiterzuleben.«

Kacey sah ihn aus schmalen Augen an. Verlogener Bastard. In den einundzwanzig Jahren seines Lebens hatte Jake nicht besser lügen gelernt? Sein Lächeln war angespannt, und er atmete schwer. Aber er hatte Oma ins Spiel gebracht.

Plötzlich fühlte Kacey sich unwohl. Am liebsten wollte sie direkt ins Flugzeug steigen. Jake wusste nicht, dass sie noch immer mit seiner Oma Kontakt hatte, und sie wollte auch nicht, dass er es erfuhr. »Also gut, aber Oma darf nichts von den Studiendarlehen erfahren. Okay?« Kacey hielt ihm die Hand hin und hoffte, dass Jake das leichte Zittern nicht bemerkte.

Jake atmete hörbar aus und lächelte. »Danke, dass du das für mich tust.«

Kacey sah ihm in die Augen. »Für Oma. Ich tue das für Oma und für mich.« *Nicht für dich, nie wieder für dich, Jake.* Der Rest des Gedankens hing in der Luft. Plötzlich erschien ihr der Coffee-Shop viel zu klein, um hier Dämonen der Vergangenheit auszugraben. Kacey gab ein zittriges Lachen von sich und rieb die schweißfeuchten Hände an ihren Jeans ab. Sie fürchtete, dass er es irgendwie noch schlimmer machen würde, indem er lächelte oder ihr eine mitleidige Umarmung anbot, also nahm sie einen großen Schluck Kaffee.

Jake stieß sich vom Tisch ab. »Richtig, okay. Tja dann, danke, dass du meine falsche Verlobte bist.« Damit holte er einen Drei-Karat-Goldring hervor und steckte ihn ihr siegessicher an den Finger.

»A-aber …«, stotterte sie. »Woher kennst du meine Größe?«

Er lächelte und stand auf. »Kein Mann könnte je diese Hände vergessen, Kacey.«

»Egal, wie viele Hände die männliche Hure schon gehalten hat?«, fragte Kacey zuckersüß.

Jake schmunzelte. »Absolut. Ich sehe dich dann am Freitagmorgen, okay?«

Kacey seufzte. »Okay.«

»Danke, Kace …«

»Nicht der Rede wert.«

Gequält sah Kacey zu, wie der Mann, der immer noch ihr Herz besetzte, pfeifend die Hände in die Hosentaschen schob und den Coffee-Shop verließ. Seattles berühmtester Junggeselle hatte ihr soeben einen Heiratsantrag gemacht. Zwar nur vorgetäuscht – aber trotzdem ein Antrag. Sie sollte wahnsinnig aufgeregt sein.

Aber es war schwer, aufgeregt zu sein, wenn die Liebe ihres Lebens, der Junge, der Schlammkuchen mit ihr gebacken und sie auf die Knie geküsst hatte, wenn sie hingefallen war, nichts weiter in ihr sah, als eine Möglichkeit, aus einer üblen Lage herauszukommen.

Und plötzlich wünschte sie, sie wäre in einer Bar und nicht mitten in der Stadt auf dem Pike Place Market.

# KAPITEL 2

Jake schob die Hände in die Hosentaschen. Verdammt, sie sah gut aus. Er hatte nicht erwartet, dass er so stark auf sie reagieren würde. Er hatte erwartet, dass sich alles anfühlen würde wie früher. Doch leider war das nicht der Fall. Es fühlte sich verdammt schwierig an. Diese Frau war die personifizierte Sünde, mit Rundungen an den Stellen, wo Jungs sie am liebsten hatten. Ihr Outfit hatte ihre Kurven nur noch mehr zur Geltung gebracht und lustvolle Gefühle in ihm geweckt, was bei einem Mann, der gerade in einem Coffee-Shop saß, gänzlich unangebracht war.

Kacey hatte langes braunes Haar mit honigblonden Strähnchen, wunderschön betont von ihren tiefbraunen Augen. Dazu nehme man noch die niedlichsten zwei Grübchen auf Gottes schöner Erde, und er war drauf und dran, sie auf den Tisch zu legen und über sie herzufallen.

Wenn irgendeine sein Junggesellendasein beenden konnte, dann wäre es Kacey gewesen – nicht, dass er das je zuließe. Den Weg war er mit Kacey einmal zu oft gegangen. Schon in der Highschool waren sie miteinander ausgegangen, hatten aber rasch herausgefunden, dass sie besser nur Freunde sein sollten. Oder lag es vielleicht daran, dass er seinen kleinen Freund einfach nicht in der Hose behalten konnte? Wahrscheinlich eine Mischung aus beidem, aber mal im Ernst, wer ging denn in der Highschool mit nur einem Mädchen?

Doch der letzte Sargnagel zu ihrer Beziehung war das Ende einer feucht-fröhlichen Nacht im College gewesen. Sie hatten miteinander geschlafen. Es war eine tolle Nacht gewesen – ausgenommen die Tatsache, dass er sich selbst nie verzeihen würde, wie er ihr am nächsten Tag weh getan hatte. Aber was hätte er denn tun sollen? Einfach »Danke schön« sagen? Mit seiner besten Freundin ins Bett zu gehen, das war nicht gerade die weiseste seiner Entscheidungen gewesen. Unglücklicherweise hatte er das erst kapiert, als es zu spät war. Er war ihr Erster gewesen.

Kacey zu verlassen, das war eine der dümmsten und zugleich notwendigsten Entscheidungen gewesen, die er je getroffen hatte. Sie waren immer noch nett zueinander, aber ihre Freundschaft war nie wieder dieselbe, nachdem sie miteinander geschlafen hatten. Gerade das, was Gerüchten zufolge angeblich immer ein Weg war, das Band zwischen zwei Menschen zu stärken, erwies sich letzten Endes als der Auslöser, der eine lebenslange Freundschaft ruinierte.

Die nächsten paar Jahre gingen sie sich so weit wie möglich aus dem Weg. Bei seinem Abschluss umarmte er sie flüchtig und schaute nie wieder zurück.

Noch hatte er sich je bei ihr entschuldigt. Nicht, dass es ganz allein seine Schuld gewesen wäre, aber trotzdem.

Dass er sie jetzt wiedersah, machte ihm zu schaffen, aber das war ein notwendiges Übel.

Der Vorstand hatte darauf beharrt, dass die Firma darunter leiden würde, wenn er sein Image nicht aufpolierte. Nach deren Worten hatte die Firma durch ihn bereits Schaden genommen. Aber woher sollte er denn wissen, dass das Mädchen, mit dem er schlief, zufällig eine Stripperin war? Das hier war immerhin Seattle, und sie war schön. Er hätte nicht gedacht, dass sie damit an die Öffentlichkeit gehen würde oder dass vor dem Hotel in der Stadt passenderweise Fotografen warteten, nach einem nächtlichen Liebesabenteuer, an das er sich immer noch nicht so ganz erinnern konnte. Aber die absolute Krönung des Ganzen war dann der Anruf seiner Mutter gewesen, in dem sie ihm mitgeteilt hatte, seine Großmutter hätte einen Schlaganfall erlitten wegen seiner Herumhurerei. Dass seine Oma ein Blutgerinnsel hatte, war nun definitiv nicht seine Schuld – aber trotzdem.

Eine Woche später hatte Grandma angerufen und ihm ein Ultimatum gestellt. Er sollte Kacey herbringen, damit sie sie noch einmal sehen konnte, bevor sie starb – ihre Worte, nicht seine –, und alles sei vergeben. Sie bestand so sehr darauf, dass Kacey zum Labor-Day-Wochenende nach Hause kommen sollte, dass Jake einfach nicht nein sagen konnte. Und rein zufällig stellte sich noch heraus, dass auch eine Fotografin der Seattle Times ihre Familie in Portland besuchen wollte. Sie versprach Jake, ein paar Fotos von ihm und Kacey im Flugzeug zu machen, und dazu ein paar tolle Aufnahmen von dem riesigen Klunker an Kaceys Finger.

Jake grinste. Manchmal war er so brillant, dass es ihm schon selbst Angst machte. Was konnte da noch schiefgehen? Er war als Nächster an der Reihe für den Posten des Firmenchefs von Titus Enterprises. Das war ein hübsches Sümmchen wert, und sobald er sein Image aufpoliert hatte, würde seine Großmutter nicht nur hinter ihm stehen, sondern dem Vorstand auch noch den kleinen Schubs geben, der nötig war, um ihn zu einem der jüngsten Firmenchefs der Welt zu machen.

Kacey würde es verstehen. Sie war genau der richtige Typ Frau dafür. Er musste ihr einfach nur logisch erklären, wieso das auch in ihrem besten Interesse war. Schließlich würde es nicht nur ihrer Karriere helfen, wenn man sie mit ihm sah, sondern damit investierte er quasi in ihre Zukunft.

Im Grunde genommen sollte sie ihm dankbar sein!

Das Handy klingelte, und Jake schaute prüfend auf die Uhr und schüttelte den Kopf. Er hatte viel zu viel Zeit damit verbracht, dieses umwerfende Mädchen dazu zu überreden, seine Verlobte zu spielen. Jetzt musste er länger als nötig vom Büro wegbleiben.

Mit einem Schulterzucken marschierte er zu seinem Range Rover und stieg ein. Endlich musste er sich wegen seiner Großmutter und der Firma keinen Stress mehr machen.

»Tut mir leid. Könntest du das bitte wiederholen? Es klang, als hättest du gerade gesagt, du wärst verlobt.« Char saß Kacey gegenüber, im Lieblingsrestaurant der beiden in Belltown.

»Yep.« Kacey nippte nur an ihrem Wein, auch wenn sie einen kurzen Moment lang überlegt hatte, ob sie nicht einfach die Flasche nehmen und austrinken sollte. »Das habe ich gesagt.«

»Mit Jake?«

»Yep.«

»Jake Titus?«, fragte Char noch einmal, um auch ganz sicherzugehen, und nahm einen kräftigen Schluck von ihrem Wein.

»Genau dem.« Wieso konnte Kacey nicht aufhören zu zittern? Es war nur ein Wochenende. Ein Wochenende schaffte sie. Du liebe Güte, es war ja nicht so, als müsste sie mehr machen, als vorzugeben, in ihn verliebt und heiß auf ihn zu sein und aufgeregt und …

Also musste sie im Grunde genommen gar nicht schauspielern. Sie musste nur dafür sorgen, dass ihr Herz nicht von besagtem Milliardär in zigtausend Stücke zerfetzt wurde.

»Ich kann das nicht.«

»Natürlich kannst du das nicht«, wiederholte Char, und ihre Stimme wurde um einiges lauter. »Weißt du denn nicht mehr, was dieser Kerl dir im College angetan hat? Ist dein Erinnerungsvermögen diesbezüglich immer noch getrübt?

Denn ich bin mir ziemlich sicher, dass er damals mit dir geschlafen und danach so getan hat, als sei es gar nicht passiert.«

»Ich weiß.« Kaceys Stimme zitterte. »Aber zu seiner Verteidigung: Ich habe nie versucht, mit ihm zu reden …«

»Spiel jetzt bloß nicht den Advokatus Diaboli, Kace. Im Ernst. Ihr beiden wart euer ganzes Leben lang die besten Freunde! Weißt du noch? Ich war das fünfte Rad am Wagen. Ich habe eurem Liebesdrama direkt von der ersten Reihe aus zugesehen, und dann war ich in jener Nacht mittendrin, als hätte mich ein Bus gestreift. Tu es nicht.«

Kacey wusste, dass das, was Char sagte, Sinn ergab, aber trotzdem … »Ich habe ihm schon gesagt, dass ich es mache.«

»Dann sag ihm, du hast es dir anders überlegt!«

Kacey schüttelte den Kopf und erwiderte kleinlaut: »Ich kann nicht.«

Char kniff die Augen zusammen. Sie holte dreimal tief Luft und winkte dann der Kellnerin.

»Ja bitte?«, fragte diese.

»Wir brauchen Tequila, sofort.«

»Char, jetzt ist wohl kaum die richtige Zeit für Tequila«, protestierte Kacey.

»Ach wirklich? Du hast dich gerade mit dem berühmtesten Junggesellen in Seattle verlobt, um nett zu sein und ihm einen Gefallen zu tun. Noch mal, bestes Beispiel: Er hat dich verlassen!«

»Nicht so laut!«, zischte Kacey ihrer Freundin zu und warf den Leuten, die aus ihren Nischen zu ihnen herüberstarrten, ein entschuldigendes Lächeln zu. »Es ist nur ein Wochenende.« Außerdem hatte Char keine Ahnung, dass Kacey noch so viele Schulden wegen der Schule hatte. Sie hatte, was den Abschluss anging, allen vorgemacht, sie sei nur einen Kurs hinterher, nicht sieben.

»Richtig.« Char schnaubte. »Sofern ich Jake gut kenne, und ich denke, das tue ich, dann wird das nicht nur ein Wochenende. Er hat noch was im Ärmel. Je besser diese Männer aussehen, umso mehr manipulieren sie einen. Glaub mir.«

Der Tequila wurde gebracht, und Char stürzte ihren hinunter, bevor sie weitersprach. »Außerdem, nachdem du dieser Farce von Verlobung zugestimmt hast, wird er denken, dass er dich von Kopf bis Fuß befummeln kann.«

Kacey verdrehte die Augen. »Er geht mit Models aus und offenbar auch mit Stripperinnen. Schau mich an, Char. Sehe ich wie eines von beiden aus? Ich bin keine Nutte. Und ich lasse mich nicht von ihm flachlegen.«

Char schnaubte wieder. »Hm! Seit der Nacht damals hast du dich von *niemandem* flachlegen lassen, und das weißt du auch. Du stehst immer noch auf ihn, und du hast die ganze Zeit am College gebraucht, um darüber hinwegzukommen! Und jetzt bist du wieder am Nullpunkt.«

Kacey ignorierte Chars offensichtliche Geringschätzung hinsichtlich ihrer Fähigkeit, sich einen Mann zu angeln, wandte den Blick ab und schnaubte. Ihre Finger klopften an den Rand der Tequilaflasche, und Gedanken an Jake purzelten ganz von allein durch ihren Kopf.

»Was zum Teufel tue ich da bloß?«

»Da sagt sie es selbst.« Char schüttelte den Kopf und stürzte noch einen Tequila hinunter.

»Ich meine …« Kacey betrachtete ihre Hände. »Ich muss mehr als drei Tage mit ihm allein sein, und dann muss ich auch noch seine ganze Familie belügen!«

»Und, lass uns mal ehrlich sein«, warf Char, etwas lauter als normalerweise, ein, »du bist so ziemlich die schlechteste Lügnerin auf diesem Planeten.«

»Bin ich nicht.« Der schlechteste Lügner war Travis, Jakes

Ausgeburt von einem Bruder. Aber Kacey weigerte sich, an Travis zu denken. Als sie ihn das letzte Mal gesehen hatte, es waren Weihnachtsferien, hatte er sie angebrüllt, weil sie den Briefkasten der Familie umgefahren hatte. Sie hatte geheult, er hatte noch ein wenig weitergebrüllt, und dann hatte er sich für die restliche Zeit ihres Besuches geweigert, mit ihr zu reden. Das war drei Jahre her.

»Bist du doch!« Char zeigte mit ihrem manikürten Finger auf Kacey. »Weißt du noch, damals auf der Highschool, als wir uns aus dem Haus schleichen und auf Jakes Geburtstagsparty gehen wollten?«

»Nein«, log Kacey und versuchte verzweifelt, ihre Schuldgefühle zurückzudrängen.

»Echt jetzt? Von all den Gelegenheiten heute, bei denen du nein sagen könntest, suchst du dir ausgerechnet die aus? Ernsthaft? Was ist mit dem guten alten ›Nein‹ passiert, als du mit Jake geredet hast? Oder als er dich umgarnt hat, um …«

»Das war etwas anderes, und das weißt du auch. Außerdem möchte ich darauf hinweisen, dass ich meiner Mom nicht so sehr die Unwahrheit gesagt habe. Wenn der Hund aufgehört hätte zu bellen, dann …«

Char warf den Kopf in den Nacken und lachte. »Gib nicht dem Hund die Schuld. Selbst wenn der Hund aufgehört hätte zu bellen, hättest du das als Ausrede genommen, um deiner Mom alles zu beichten. Und später hättest du mir erzählt, dass es ein Zeichen von Gott war, dass du gesündigt hast.«

Kacey wandte den Blick ab. Nur weil ihre Freundin absolut recht hatte, hieß das nicht, dass sie die Tatsache anerkennen musste. Also wenn schon. Ja, sie war ein klein wenig prüde, aber das eine Mal, *das eine Mal* in ihrem Leben, als sie beschlossen hatte, zur Sache zu kommen …

Sie war so was von am Arsch.

Und das nicht nur in einer Hinsicht.

Kacey stieß einen tiefen Seufzer aus und bedeutete Char, ihr noch einen Tequila einzuschenken. »Trotzdem, ich habe ja gesagt, und du weißt, wie ich zu Verpflichtungen stehe.«

Char fluchte. »Du bist loyaler als mein Hund, und der ist blind, soll heißen, total von mir abhängig, inklusive der Frage, wann und wo er sein Geschäft machen soll.«

»Deine Unterstützung ist erstaunlich.« Kacey lächelte zuckersüß und ließ ihrem Tequila einen großen Schluck Wasser folgen. Sie brauchte einen klaren Kopf, wenn sie angemessen planen wollte, wie das Wochenende vonstatten gehen sollte. Eines war mal sicher. Jake durfte sie nicht anrühren – er durfte nicht einmal Hand an sie legen. Denn andernfalls war sie nicht sicher, ob sie in der Lage wäre, nein zu sagen.

»... und noch was ...«

O Mann! Sprach Char immer noch von ihrem verdammten Hund?

»Wenn du dich von ihm anfassen oder küssen lässt ...« Sie schlug mit der Faust auf den Tisch, und ihre Augen schimmerten leicht glasig vom Tequila. »Wenn er mit einer seiner perfekt manikürten Hände deine nackte Haut auch nur streift, dann kastriere ich ihn.«

Kacey presste die Lippen aufeinander und nickte. »Danke, Char. Ich weiß gar nicht, was ich ohne dich machen würde.«

»Ich au'nich' ...« nuschelte Char, und Kacey bat um die Rechnung. Wahrlich, es passierte nicht jeden Tag, dass eine Freundin sich wegen ihr betrank. Aber Kacey wusste es besser. Char war die treueste Art von Freundin. Wenn Kacey weinte, dann weinte Char auch. Wenn Kacey drohte, Jake umzubringen, dann bot Char an, einen Killer anzuheuern, und wenn Kacey schließlich ihr Leben weiterlebte und Jake nur noch erwähnte als den *Mann, der nicht genannt werden darf*, ging Char noch einen Schritt weiter und nannte ihn um ihretwillen *Bastard*.

In jedem Fall versuchte Char einfach nur zu helfen, auch wenn ihre Methoden ein wenig extrem waren.

Kacey legte ein paar Geldscheine auf die Rechnung und half ihrer Freundin nach draußen. Und die ganze Zeit über fragte sie sich, wie sie das kommende Wochenende überleben sollte.

# KAPITEL 3

Bist du übergeschnappt?«, rief Travis. »Du hast Kacey erst erpresst und dann angeheuert? Dieselbe Kacey, mit der du früher gebadet hast? Die Kacey?«

Jake war nicht in der Stimmung, sich vor seinem Bruder zu rechtfertigen. Im Ernst, wieso war das so ein großes Ding? Er hatte einen Gefallen eingefordert – na und? »Tut mir leid, Mann, aber ich habe heute Abend eine Menge Arbeit. Können wir uns später damit beschäftigen?«

Daraufhin schwieg Travis eine ganze Weile, und das war wirklich kein gutes Zeichen. Denn das bedeutete, dass er nachdachte, und das wiederum hieß, dass er wahrscheinlich Kopfschmerzen davon bekommen und dann am nächsten Morgen Jake dafür die Schuld geben würde. Er und Travis hatten in den letzten paar Jahren nicht viel miteinander geredet. Sollte heißen, bis ihre Großmutter letztes Jahr angefangen hatte, sich in das Leben der beiden einzumischen.

Der arme Travis war dabei größtenteils außen vor geblieben, aber sie hatte ihn schon im Visier.

Von den beiden Brüdern der Familie war Travis der Beschützer gewesen, derjenige, der immer nach den Regeln spielte. Wenn Jake und Kacey früher um zwei Uhr morgens Feuerwerkskörper abgebrannt hatten, war Travis derjenige, der die Konsequenzen auf sich genommen hatte. Er konnte es nicht ertragen, Jake oder Kacey in Schwierigkeiten zu sehen.

Doch als Jake dann auf dem College mit seiner besten Freundin so unglaublichen Mist baute, hatte Travis geschworen, er würde seinem Bruder nie verzeihen, dass dieser sich dem einen perfekten Mädchen gegenüber wie ein Arschloch verhalten hatte. Jake hatte Travis zwar nie von den wahren Gründen erzählt, wieso er sich mit Kacey zerstritten hatte, aber er nahm an, sein Bruder dachte wahrscheinlich das Schlimmste. Wenn er nicht so genau über Travis' Gefühle gegenüber Kacey Bescheid wüsste, könnte er glauben, sein großer Bruder sei ein wenig in sie verknallt.

Aber das konnte gar nicht sein. Im Gegenteil, Travis hatte Kacey noch mehr gepeinigt als Jake, und das sagte eine Menge, denn er selbst hatte in seiner Kindheit an Streichen nicht gespart.

Travis allerdings hatte den Vogel abgeschossen. Es war kein Tag vergangen, an dem er nicht Kacey an den Haaren zog, Steine warf, oder einen ›Mädchen-sind-hässlich-und-doof‹-Klub gründete und dann Kacey zum Maskottchen kürte.

Das Schweigen am anderen Ende der Leitung endete. »Ich bin einfach nicht sicher, ob das die beste aller Ideen ist, Mann. Ich meine, sie ist das Mädchen, das dich nackt gesehen hat, noch bevor du in der Pubertät warst. Mom wird merken, dass da was im Busch ist.«

»Nein.« Jake fluchte und fuhr sich mit der Hand durchs Haar. »Sie wird nichts merken, weil wir es ihr nicht sagen werden, nicht wahr, Travis?«

»Dir ist schon bekannt, dass ich in unserer Familie der schlechteste Lügner von allen bin?«, fragte Travis.

»Nein, nein, bist du nicht. Das ist Kacey …«

»Oh, na dann …« Travis fluchte.

»Spielt keine Rolle. Im Moment bedeutet es Kacey viel. Außerdem, willst du wirklich, dass Oma stirbt?«

»Hm, wenn sie herausfindet, dass du lügst, wird sie mehr tun als nur sterben. Zehn Dollar, dass sie erst der Schlag trifft, und danach bittet sie den lieben Gott, sie noch mal zurückzuschicken, damit sie dich höchstpersönlich kaltmachen kann. Glaub mir, wenn irgendwer mit dem Herrgott auf Du und Du ist, dann Oma. Wahrscheinlich hilft er ihr noch dabei, dein Ableben zu planen …«

»Bist du fertig? Das mit der Arbeit war kein Witz. Wenn wir bis Freitag in Portland sein sollen, dann muss ich diesen ganzen Papierkram hier durchgeackert kriegen.«

Travis seufzte wieder in den Hörer und verwünschte Jake wahrscheinlich noch mal dafür, dass dieser ihn Loyalität und Stillschweigen schwören ließ. »Na schön, aber wenn dir das Ganze um die Ohren fliegt, und das wird es, dann weiß ich von nichts.«

Jake schnaubte. »Vertrau mir, niemand wird glauben, dass du Teil eines derart brillanten Plans warst.«

»Tja, na dann, viel Glück. Du wirst es brauchen.« Damit wurde die Verbindung getrennt, und Jake blieb mit seinen Gedanken allein.

Vielleicht war es das Beste, Kacey nicht zu erzählen, dass der Erzfeind ihrer Kindheit das Wochenende ebenfalls bei der Familie verbrachte. Denn falls sie erfuhr, dass Satan – ihre Worte, nicht seine – auch in Erscheinung treten würde, dann würde sie in null Komma nichts einen Rückzieher machen.

Auf seinem chaotischen Schreibtisch summte der Computer. Er war allein in seinem Büro mit einem Berg an Papierkram. Papierkram, auf dessen Erledigung er nach seinem heutigen Treffen mit Kacey keine große Lust mehr hatte.

Wann war sie nur so erwachsen geworden? Und so kurvenreich? Er stöhnte. Vielleicht war er ja nur erschöpft. Es gab jede Menge andere Frauen, die ihm die Tür einrannten.

*Jede Frau, außer der einen, die davongekommen war.* Was, zum …? Glaubte er denn wirklich, er hatte sie davonkommen lassen? Er schüttelte den Kopf.

Es spielte keine Rolle mehr. Und es war das Beste so. Nachdem es passiert war, war ihm klargeworden, dass er nicht gut für sie war und sie stets jemanden in ihm sehen würde, der er nicht war. Kacey hatte immer so hohe Erwartungen. Er war ein Kerl, und da sie keine Brüder hatte, war es ihm mehr wie eine Art Heldenverehrung vorgekommen.

Bis sie ihm diesen Blick zuwarf.

Der hatte ihn geschafft. Das einzige Mal in seinem Leben, dass er sich hatte hinreißen lassen, seine beste Freundin ins Unglück zu stürzen, war dieselbe Nacht, in der er das einzige Mädchen verloren hatte, mit dem er sich je eine Zukunft hätte vorstellen können.

Er fluchte und wischte die Papiere von seinem Schreibtisch.

Er hätte ihren Geist abgetötet. Sie wäre langsam neben ihm eingegangen, und er hätte ihr das übelgenommen. Sie hätten sich gegenseitig vorgeworfen, dass sie nicht das waren, was der jeweils andere brauchte.

Also, warum hatte er trotz all seiner Brillanz beschlossen, einen Gefallen von ihr einzufordern? Er hätte Kacey ohne weiteres nach Hause zu Grandma bringen können, auch ohne diese Farce von Verlobung. Klar, seine Eltern wären darüber nicht annähernd so glücklich gewesen, aber es wäre trotzdem noch alles gut. Vielleicht versuchte er damit unbewusst, einen Fehler wiedergutzumachen. Mit ihm zusammen zu sein, konnte ihre Sympathiewerte nur steigern, aber er hätte jede dafür bezahlen können, das Wochenende mit ihm zu verbringen. Verflixt, wahrscheinlich müsste er nicht mal bezahlen.

Jakes Schreibkram starrte ihn unbarmherzig an. Er ließ die

Papiere auf dem Boden liegen, machte das Licht aus, sperrte sein Büro ab und schlenderte zu den Aufzügen.

»Wieso habe ich sie ausgesucht?« Jake rieb sich über den Nacken.

Er drückte den Knopf zum Empfangsbereich und beantwortete seufzend seine eigene Frage: »Weil sie die Einzige ist, bei der mir meine Familie glaubt, dass ich total und irre in sie verliebt bin.«

»Fertig!« Schwungvoll öffnete Kacey die Tür ihres Apartments. Sie trug enganliegende Laufhosen, ein viel zu großes Sweatshirt, das ihr kokett über die Schulter fiel, und einen unordentlichen Haarknoten.

*Der schlimmste Alptraum eines jeden Mannes – ein Mädchen, das tatsächlich gut aussieht, ohne es überhaupt zu versuchen.* »Und mach dir keine Sorgen, ich habe wirklich nicht viel gepackt!« Sie ließ ein strahlendes Lächeln aufblitzen und zog zwei kleine Taschen hervor.

Jake nickte anerkennend. »Ich muss sagen, ich bin beeindruckt.«

Kacey machte einen kleinen Knicks. »Ich lebe für deinen Beifall.«

»Solltest du auch.« Jake lachte.

»Und jetzt bring meine Sachen zum Auto. Ich bin deine müde Zukünftige, also los geht's mit Hofieren.«

»Hofieren?«

»Yep.« Sie zog die Tür zu und sperrte ab. »Du weißt schon, du musst mich behandeln, als sei ich für dich attraktiv, sexy, das Beste, was in deinem Bett gelandet ist, seit …«

Kacey erstarrte mitten im Satz, und ein Ausdruck puren Entsetzens huschte über ihr Gesicht. Jake wusste nicht, was er tun sollte: Sollte er sie umarmen, sie ignorieren oder sich einfach dafür entschuldigen, dass er sich bei allem, was zwischen ihnen vorgefallen war, wie ein kompletter Mistkerl verhalten hatte.

»Ähm, Kace …«

»Also, wir sollten los!« Sie versetzte ihm einen Klaps auf die Schulter und lief an ihm vorbei, so dass die mühsame Aufgabe, ihr Gepäck drei Stockwerke hinunterzutragen, ihm überlassen blieb.

Es war wie eine Buße für seine vielen Sünden. Wirklich, er würde sich lieber erdolchen lassen, als diesen Ausdruck von Schmerz in Kaceys Augen sehen zu müssen. Es war, als hätte ihr gerade jemand erklärt, dass es den Weihnachtsmann gar nicht gab.

Als er beim Auto ankam, wartete Kacey bereits daneben. »Nettes Wägelchen.«

»Ich, ähm …« Wieso fühlte er sich plötzlich so verlegen wegen seines Erfolges? »Ist ganz gut, denke ich.«

Er öffnete die Tür des neuen Geländewagens und half ihr hinein. Alle Anzeichen von Bestürzung waren aus Kaceys Gesicht verschwunden. Stattdessen quasselte sie munter drauflos, wie sehr sie Geländewagen mochte und dass er eine gute Wahl getroffen hatte. Aber alles, worauf er sich wirklich konzentrieren konnte, waren ihre Lippen, die sich bewegten – ganz schnell, und dann plötzlich erotisch langsam.

»Hast du dir die Lippen aufspritzen lassen, oder so was?«, unterbrach Jake ihren Redefluss. Doch kaum hatte er die Worte ausgesprochen, wünschte er sich ernsthaft, er könnte die Zeit zurückdrehen, um sich selbst zu ohrfeigen.

»Meine Lippen?« Kacey lachte. »Nein, Jake, du bist bloß verwirrt, weil du so viele Frauen mit falschen Lippen, Brüsten und Hüften gehabt hast, dass du gar nicht mehr weißt, wie eine echte Frau aussieht.«

Jake wandte sich ab, seine Kehle war plötzlich trocken. »Ähm, tja nun. Okay.«

*Idiot, Idiot, Idiot!* »Also, du bist sicher, du kommst mit fünfundvierzig Minuten Flugzeit klar?«

Jake glaubte, Kacey ganz leise »Bastard« murmeln zu hören, aber er war nicht sicher.

»Ich darf dir mitteilen, dass ich seit jenem kleinen Zwischenfall oft geflogen bin.« Sie verschränkte die Arme. »Ich nehme an, du beziehst dich auf das eine Mal, als ich einem alten Mann das Leben gerettet habe?«

»Das Leben gerettet?«, platzte Jake laut lachend heraus. »Kace, du hast ihn beinahe umgebracht! Er hatte ein schwaches Herz, und du hast ihm wegen der Turbulenzen andauernd wie eine Verrückte deinen Arm quer über den Brustkorb gedonnert! Ein Wunder, dass er dich nicht verklagt hat!«

»Er hat sich bei mir bedankt.« Kacey rümpfte die Nase und sah aus dem Fenster.

»Ähm, er hat nichts dergleichen gemacht. Er hat sich bei mir bedankt, nicht bei dir. Und der einzige Grund, weshalb er ›danke‹ gesagt hat, war der, dass ich dir Benadryl ins Getränk gekippt habe, damit du aufhörst, alle in den Wahnsinn zu treiben.«

»Wusste ich's doch, dass ich nicht von allein so müde sein konnte!« Kacey schrie beinahe.

Auf Jakes herablassenden Blick hin schaute sie auf die Straße vor ihnen und murmelte: »Ich bin erwachsener geworden, seit du mich das letzte Mal gesehen hast. Das sollte dir klar sein, Jake.«

Oh, das war ihm schon ziemlich klar, er war nur noch nicht bereit, es zuzugeben – oder irgendwas anderes in der Richtung. Das Mädchen war ganz schön erwachsen geworden, und er schätzte besagten Zustand sehr.

»Und überhaupt« – Kacey stieß den Atem aus – »habe ich keine Angst mehr vor dem Fliegen.«

»Schwörst du?«

»Ich schwöre.« Sie legte die Hand aufs Herz und grinste.

Kacey krallte sich so fest in den Sitz, dass ihre Finger schon ganz taub waren. Was zum Henker war denn los? Wieso brauchten die so lange, um das Flugzeug startklar zu machen? Wenn sie die Stirn noch fester gegen das Fenster drückte, würde das Glas brechen.

»Soso, keine Angst vor dem Fliegen mehr, hm?« Jakes Atem kitzelte ihr Ohr, als er sich zu ihr herüberbeugte. »Lügnerin.« Seine tiefe Stimme ließ Schmetterlinge in ihrem Bauch flattern. Sie weigerte sich, sich umzudrehen und ihm in sein attraktives Gesicht zu sehen. Verdammt sei er.

»Woher sollen wir wissen, dass die auch wirklich ihren Job machen? Ich meine, wenn der Flugzeugcheck so wichtig ist, wieso lächeln die dann alle?«

Jakes warme Hand legte sich an ihr Kinn und zog sie von ihrem Überwachungsposten zurück. »Menschen lächeln, Kacey, und ein glücklicher Arbeiter ist ein guter Arbeiter. Vielleicht findet er seinen Job einfach wirklich toll.«

»Oder unser Ableben …«, brummelte Kacey vor sich hin. Mal im Ernst! Prüfend glitt ihr Blick über die übrigen Passagiere, die entweder lasen oder sich unterhielten. *Wieso sind die nicht auf der Hut? Immerhin ist es doch jedermanns Aufgabe – nein, jedermanns Pflicht – als amerikanischer Bürger, Ausschau nach verdächtigen Personen zu halten.* Hektisch schaute sie sich in dem kleinen Flugzeug um und entdeckte schließlich einen großen Mann, der in seine Jacke zu sprechen schien.

»Großer Gott.« Kacey packte Jakes Hand. »Der Mann da redet in seine Jacke. Weißt du, was das bedeutet?«

»Dass er nicht ganz richtig ist?«, schlug Jake vor. »So wie meine falsche Verlobte? Im Ernst, Kace, wenn du dich nicht beruhigst, dann betäube ich dich wieder, und diesmal ist es kein Benadryl …«

»Na schön.« Kacey lehnte sich zurück und versuchte, sich zu entspannen, aber im dem Augenblick, als sie ihre Augen schloss, erinnerte sie sich daran, dass sie immer noch Jakes Hand hielt – und er ihre.

O Mist. Das war ja wie Skate-Night in der sechsten Klasse.

Nur noch schlimmer, denn dieses Mal hörte die Musik nicht auf. Der Flug dauerte fünfundvierzig Minuten, und sie fing jetzt schon damit an, seine Hand zu halten. Was sollte er nur von ihr denken?

Jakes Daumen strich sanft über ihre Finger, und ihr lief ein ungebetener Schauer über den Rücken. *Es ist nicht echt, Kacey. Vergiss bloß nicht, dass es nicht echt ist. Er empfindet nicht wirklich etwas für dich. Tu es für Grandma!*

Das Flugzeug rollte los, und der Druck von Jakes Hand wurde stärker, während sie ihrerseits seine Hand drückte. Sollte der Mann überhaupt noch irgendwelches Gefühl im Arm haben, wäre sie echt beeindruckt.

»Kacey?«, flüsterte er, schon wieder gefährlich nahe an ihrem Gesicht.

»Hm?« Sie weigerte sich, die Augen aufzumachen.

»Lass uns ein wenig knutschen.«

»Was?!« Kacey riss die Augen auf und sah das spöttische Grinsen in Jakes Gesicht. »Das meinst du doch nicht ernst.«

»Ich meine es todernst. So wie ich es sehe, müssen wir ein wenig Chemie zwischen uns aufbauen, bevor wir in Portland ankommen. Außerdem, so wie du dich gerade an mir festklammerst, wird man mir noch wegen mangelnder Blutzufuhr den Arm amputieren müssen. Also tust du mir damit rundum einen Gefallen.«

Kacey blinzelte. »Du siehst zu gut aus.«

»Wow, netter Themenwechsel. Danke vielmals, aber darauf wollte ich eigentlich nicht hinaus.«

Kacey schloss wieder die Augen und verfluchte ihre kluge beste Freundin, die sie vor genau so etwas gewarnt hatte. Natürlich hatte Jake noch etwas auf Lager; sie hatte nur nicht gedacht, dass Knutschen im Flugzeug dazugehören würde.

Nicht, dass das vollkommen schrecklich klang oder so.

»In L. A. haben wir auch geknutscht«, meinte er und hielt dabei immer noch ihre Hand.

»Oh, du niederträchtiger kleiner Lügner!« Kacey lachte und schob seine Hand weg. »Du hast mit mir geknutscht, und nach einer Weile habe ich mitgemacht.«

»Deine Zunge in meinem Mund, kaum dass wir abgehoben hatten, das war nicht mitmachen?«

»Nein, das war ein Experiment.«

»Dir ist schon bewusst, dass du für alles eine Ausrede parat hast, oder, Kacey? Wie wäre es damit: Du traust dich sowieso nicht.«

Kacey schnaubte. »Was genau?«

»Knutschen, als wären wir noch in der Highschool.«

»Ich knutsche nicht.«

Jake lachte. »Ich auch nicht, Süße. Ich auch nicht.«

Seine Lippen drückten sich derart kraftvoll auf ihren Mund, dass sie nur nachgeben und zulassen konnte, dass er sie in ihren Sitz drückte. Heiß und hungrig verschlang er ihre Lippen.

Und dann, gerade als sie ihre Hände durch sein Haar gleiten lassen wollte, gerade als sie beschlossen hatte, ihrer Zunge den Luxus zu gestatten, mit seiner zu spielen, hörte er wieder auf.

»Siehst du?« Er tätschelte ihr die Hand. »Fühlst du dich jetzt nicht viel besser?«

Das war genauso eine Frage, wie Kerle sie immer stellten. *Bist du jetzt glücklich? Fühlst du dich jetzt besser? War das nicht großartig, Baby?* Im Ernst, der Mann sollte sich glücklich schätzen, dass sie ihm keine Ohrfeige verpasste.

»Habe schon bessere Küsse erlebt.« Sie zuckte mit den Schultern und machte die Augen zu, um sich schlafend zu stellen, auch wenn sie wusste, dass er ihr ganz sicher nicht glauben würde, dass sie in einer fliegenden Todesmaschine in der Lage wäre zu schlafen.

»Ich weiß, dass du nicht schläfst.« Jakes tiefes Timbre reizte einen Nerv in ihr und machte ihr Gänsehaut.

»Lass mich in Ruhe, Casanova. Ich versuche, den unheimlichen Kerl zu vergessen, der in seine Jacke geredet hat, die viel zu fröhlichen Flugzeuginspektoren und die Tatsache, dass ich mich tatsächlich freiwillig mit einem Mann, der Stripperinnen bezahlt, in die Höhle des Löwen wage. Ich denke, ich verdiene es, ein wenig die Augen zuzumachen, findest du nicht?«

Das darauffolgende Schweigen verleitete Kacey zu der Annahme, sie hätte gewonnen … bis sie spürte, wie Jake mit der Hand über ihren Arm strich. »Warum schlafen, wenn wir auch plaudern können?«

»Ja«, antwortete Kacey und zwang ihre Augen, geschlossen zu bleiben. *Ich werde nicht in seine hypnotisierenden Augen schauen. Ich werde nicht in seine hypnotisierenden Augen schauen.* »Reden wir darüber, dass du mich manipulierst und noch dazu darum bittest, deine gesamte Familie davon zu überzeugen, dass ich dich liebe. Als ob das möglich wäre. Und mal im Ernst, wie sollten sie darauf hereinfallen? Fährst du nie nach Hause? Werden sie nicht misstrauisch, wenn du plötzlich auf wundersame Weise mit mir im Schlepptau auftauchst?«

Jake räusperte sich. »Nicht wirklich. Sag, möchtest du etwas zu trinken? Wasser? Scotch?«

*Hm, absichtlicher Themenwechsel. Was zum Teufel war da im Busch?* »Jake«, fragte Kacey in zuckersüßem Tonfall, »was veranlasst dich, zu glauben, sie werden das schlucken? Echt jetzt, ich denke, diese Info habe ich verdient.«

Kacey öffnete die Augen und sah, wie Jake vor sich hinstarrte. Er rührte sich nicht, sondern starrte nur vor sich hin und wirkte dabei so angespannt, dass sie sich allen Ernstes fragte, ob er überhaupt noch atmete. Doch da tauchte die Flugbegleiterin auf, genau richtig für Jake, um einen Drink zu ordern.

Er stürzte einen doppelten Scotch hinunter, starrte aber weiter nur vor sich hin, und dabei hatte das Flugzeug noch gar nicht abgehoben.

»Jake?«

»Mist …« Er sah zu Boden. »Sie wissen nicht Bescheid … über uns.«

»Was meinst du damit?« In diesem Moment war Kacey ernsthaft besorgt, er könnte betrunken sein. Wovon zum Henker redete er da?

Jake fluchte noch einmal. »Kacey, sie wissen nicht, dass wir uns ein bisschen verkracht haben. Okay?«

»Okay?«, wiederholte Kacey und brummelte nun ihrerseits einen Fluch vor sich hin. »Also dann sag mir: Was wissen sie denn?«

Jake atmete hörbar aus. »Sie wissen nur, dass wir uns auseinandergelebt haben, aber die letzten Jahre in der Schule in Kontakt geblieben sind, okay? Kann sein, dass ich sie zu der Annahme verleitet habe, wir würden immer noch einmal die

Woche miteinander ausgehen. Ich halte sie auf dem Laufenden über dein Leben und deine Arbeit im Coffee-Shop, und das ist alles.«

Kacey lachte. »Aber woher sollten sie das wissen? Ich meine, du hast nicht einmal …«

Jake warf ihr einen schuldbewussten Blick zu und spielte mit seinen Händen herum.

»Jake? Woher wissen sie das alles?«

Oma Nadine hatte immer geschworen, dass sie der Familie nichts über Kaceys Leben erzählen würde. Dass sie dieses Versprechen gebrochen hatte, war undenkbar.

»Ich habe es ihnen gesagt, okay?«, rief Jake laut. »Meine Güte, Kacey, hör mit dem Kreuzverhör auf, ja? Was soll's? Ja, ich habe dich im Auge behalten. Ich weiß alles über dich. Lass es einfach dabei bewenden. Es hätte sie umgebracht, zu erfahren, dass ich meine beste Freundin …«

»… gebumst habe«, beendete Kacey den Satz.

Jake weigerte sich, ihr in die Augen zu sehen, sondern starrte einfach weiter geradeaus. Er sagte nichts dazu – nicht, dass das überraschend wäre. Darin war er gut. Nichts sagen, wenn es ihr wichtig gewesen wäre, dass er etwas sagte – irgendwas, damit sie sich besser fühlte.

*»Hier spricht ihr Pilot, wir haben Starterlaubnis. Also lehnen Sie sich bitte zurück und entspannen Sie sich, und in einer Stunde landen wir in Portland.«*

# KAPITEL 4

Er war ein gemeiner Hundesohn.

Die Fotografin, die er angeheuert hatte, ihnen nachzuspionieren, bekam ein paar Schnappschüsse, bevor sie sich wieder nach vorn drehte.

Es hätte nicht so einfach sein dürfen, Kacey zu einem Kuss zu überreden, und jetzt fühlte er sich wie der größte Mistkerl auf diesem Planeten. Aber sie mussten doch verliebt wirken! Und es musste nach etwas Ernstem aussehen! Nur Händchenhalten reichte da nicht.

Also ging er aufs Ganze.

Und führte wieder seine große Klappe spazieren. Was hatte er sich dabei nur gedacht? Ihre gemeinsame Vergangenheit schuf eine riesige Kluft zwischen ihnen, so groß, dass er nicht sicher war, ob er sie wieder aus der Welt schaffen konnte.

Das Schweigen würde ihn noch umbringen. Er musste nachdenken, und das schnell, aber die einzigen Worte, die in seinem Kopf auftauchten, waren anscheinend: »Es tut mir leid, ich bin ein Mistkerl. Alle Männer sollten brennen.« Und das kam ihm nun wirklich so vor, als sei er ein Verräter an der gesamten männlichen Spezies.

Noch dazu hatte Kacey doch auch jede Menge Möglichkeiten, mit ihm zu sprechen. Telefone funktionierten in beide Richtungen. Also, was war schon dabei, dass er sie im Auge behalten hatte? War ja nicht so, als hätte sie das nicht auch gemacht.

Er grinste und warf ihr einen einschüchternden Blick zu. »Erzähl mir, du hast nicht genau dasselbe bei mir gemacht, und ich lasse dich zurück nach Seattle fliegen.«

Kacey schüttelte den Kopf und starrte auf ihre Hände.

»Was denn?« Er stupste sie leicht an. »Keine Antwort?«

Sie schüttelte erneut den Kopf und sah ihn dann wütend an. »Verflucht sollst du sein, Jake Titus. Fluch über dein nobles Auto, dein Apartment und deinen kleinen Hund!«

»Ähm, Kace, wenn du jetzt all meine weltlichen Besitztümer in deine kleine Verwünschung mit einbeziehen willst, damit du dich besser fühlst und so, nun ja, dann solltest du vielleicht auch meine Yacht, drei Sommerhäuser, siebenundzwanzig Autos und meinen Goldfisch Sid nicht vergessen.«

Damit zwinkerte er ihr selbstzufrieden zu und verschränkte die Arme.

»Was zum …«

Die Frau versuchte, ihn zu ermorden! Kacey zwickte ihn derart fest in die Unterseite seines Armes, dass er befürchtete, auf dem linken Auge blind zu werden.

»Lass das!«

Kacey drehte die Haut zwischen ihren Fingern und ließ los.

O ja, da würde sich sehr bald ein hässlicher Bluterguss zeigen.

»Reibe mir niemals derart deinen Reichtum unter die Nase. Es ist weder höflich noch nett, und ich weiß noch, wie du warst, bevor du das alles hattest!«

Jake schüttelte den Kopf. »Kace, ich hatte schon immer Geld.«

Das Flugzeug beschleunigte, und Kacey packte seine Hand.

»Nicht so viel wie jetzt. Gib es zu. Ich kannte dich schon, als du noch Pickel hattest.«

Jake fühlte, wie sein Gesicht feuerrot wurde. »Ich hatte nie Pickel.«

»Lüge nicht, Jake. Ich weiß auch noch, dass du früher immer davon geträumt hast, einmal eine Hühnerfarm zu besitzen.«

»Da war ich sieben!«

»Da warst du reizend.« Sie grinste und tätschelte ihm den Kopf, während sie mit ihrer anderen Hand immer noch die seine hielt. Er war nicht sicher, ob ihr bewusst war, dass sie ihn so fest umklammerte, aber es war offensichtlich, dass sie ihre Flugangst nicht unter Kontrolle hatte.

»Und« – ihr sinnlicher Mund verzog sich zu einem Lächeln – »deinen ersten Kuss hattest du mit mir.«

Jake schloss die Augen, als die Erinnerungen ihn mit aller Macht überfielen. »Okay, ja, also deinen ersten Kuss hattest du mit mir …«

»Noch vor all den Stripperinnen.«

»Nicht so laut, Kace!«, zischte er.

»Noch bevor du wusstest, was ein Zungenkuss ist.« Sie lachte. *»Kacey, Kacey, was soll ich denn mit meiner Zunge machen?«*, spottete sie.

»Saukomisch.« Er rutschte auf seinem Sitz herum und ließ die Halswirbel knacken.

*»Soll sich das lustig anfühlen?«*, spottete sie weiter und brach dann in Gelächter aus.

# KAPITEL 5

Offensichtlich war die Frau übergeschnappt und suchte Streit. Wer zieht einen denn mit so etwas auf? Natürlich hatte er nicht gewusst, was er mit seiner Zunge machen sollte! Er war damals zwölf Jahre alt! Jeder Bursche wäre da nervös gewesen, ganz besonders bei einem Kuss mit Kacey!

Das lag an ihren Zöpfen. Lieber Gott, sie hatte längere Zöpfe als jedes Mädchen, das er je gesehen hatte. Natürlich zog er daran, wann immer sich Gelegenheit dazu bot, und dann warf er, in einem Anfall von Verzweiflung, mit Steinen nach ihr, wenn sie aufhören wollte, ihn zu verfolgen.

In seinem offensichtlichen Bedürfnis nach Aufmerksamkeit hatte er versucht, sie zu küssen, und war angenehm überrascht, als sie den Mund aufmachte, um zu kreischen, dass er aufhören solle, und dabei seine Zunge hineinglitt.

Er wollte gern glauben, dass es rein instinktiv geschehen war, aber Kacey verdarb ihm diesen Gedanken, indem sie anfing, ihn deswegen aufzuzichen.

Und als wären ihre Finger spitze Dolche, war die Frau gerade buchstäblich dabei, ihm jegliche Blutzufuhr zu seinem linken Arm abzudrücken.

»Kacey, denkst du, du schaffst es?«, fragte er und versuchte, seinen Arm aus ihrem Würgegriff zu lösen. Er hielt immer noch ihre andere Hand, und ihm war klar, dass es dumm wäre, sie loszulassen.

Hauptsächlich deshalb, weil es ein gutes Gefühl war, ihre Hand zu halten.

Und als er gesagt hatte, sie hätte hübsche Hände, hatte er nicht gelogen.

Er wäre ein Dummkopf, wenn er sie losließe.

Wieder einmal.

O verdammt, er brauchte dringend eine Runde Sex. Bei dem Tempo wäre er verheiratet, bevor das Wochenende vorbei war. Dieser rührselig-sentimentale Jake brauchte eine Ohrfeige.

»Fünfundvierzig Minuten«, meditierte Kacey vor sich hin. »Nur fünfundvierzig Minuten!« Irres Gelächter drang über ihre Lippen. »Ich meine, in fünfundvierzig Minuten kann ich alles Mögliche machen, nicht wahr? Nicht wahr?«

Offenbar war das keine rhetorische Frage. »Ähm, richtig. Ich bin sicher, du schaffst das, Kace.«

»Wenn er sich einen Drink bestellt, dann werde ich mich auch beruhigen.« Sie nickte, als das Flugzeug abhob.

Jake zuckte zusammen; und während er sich nicht nur von seiner Zurechnungsfähigkeit, sondern auch von all dem Blut verabschiedete, das Kacey derzeit aus seinem Arm quetschte, versuchte er zu erfassen, welchen Unsinn sie jetzt wieder von sich gab.

»Wenn wer einen Drink bestellt?«

»Der Kerl, der in seine Jacke redet. Wenn er sich einen Drink bestellt, dann ist er kein Terrorist, und wenn er sich nichts bestellt, dann musst du das Flugzeug retten, wenn es abstürzt.«

»In der Aussage ist einiges verkehrt. Erstens mal, was soll das denn beweisen, wenn er Alkohol trinkt? Zweitens, wieso sollte ich das Flugzeug retten müssen?«

Kacey verdrehte genervt die Augen und löste endlich ihren

Griff an seinem Arm. *Gott sei Dank.* »So wie ich das sehe, wird er einen klaren Kopf behalten wollen, wenn er vorhat, mit einer Waffe herumzufuchteln.« Na großartig, jetzt hatte Kacey in einen Flugzeug nicht nur das Wort »Terrorist«, sondern auch noch das Wort »Waffe« ausgesprochen. Mist. Sollten irgendwelche Luftsheriffs an Bord sein, würde er sie vor den Bus schubsen. Ohne zu zögern.

»Und was hat es damit auf sich, dass ich alle retten soll?« Jake hoffte inständig, die Flugbegleiterin würde sich mit dem Getränkeservice beeilen. Wenn das so weiterging, wäre er bis zur Landung völlig betrunken.

Kacey sah ihn mit einem Ausdruck reinster Beschränktheit an. »Du bist ein Mann. Männer machen so was doch.«

»Vollkommen Fremde retten?« Er winkte der Flugbegleiterin. Ernsthaft, wieso brauchte sie so lange?

»Ja, na ja, nein. Ich meine …« Kacey ließ seinen Arm ganz los. »Du machst so was. Du bringst Dinge in Ordnung.«

»Nicht alle.« Der Satz hing in der Luft, und falls das überhaupt möglich war, fühlte Jake sich noch angespannter.

Nach einigen Minuten des Schweigens, in denen Jake darüber nachdachte, ob er das Flugzeug selbst kapern sollte, wenn er Kacey damit wieder zum Reden bringen könnte, kam die Flugbegleiterin mit dem Rollwagen den Gang entlang.

»Was darf ich Ihnen beiden anbieten?« Sie reichte Jake Servietten und gab jedem von ihnen ein Päckchen Salzbrezeln.

Kacey wollte schon antworten, aber Jake legte ihr die Hand auf den Mund, bevor sie ein Wort herausbrachte. »Wir hätten gern zwei Minifläschchen Wodka.« Kacey biss ihn in die Hand. »Oder, machen Sie vier daraus – vielen Dank.«

Kacey verdrehte die Augen, als er den Becher mit Eis vor

sie hinstellte und die beiden Fläschchen hineinkippte. »Trink das.«

»Ich brauche keinen Alkohol. Mir geht es gut!«

»Sagt das Mädchen, das gerade einen Geistlichen beschuldigt hat, ein Terrorist zu sein.« Jake zeigte zu dem Mann, den sie vorher verdächtigt hatte. Nun, da er seine Jacke ausgezogen hatte, kam ein römischer Kragen zum Vorschein, der auf die Berufung des Mannes hinwies.

Kacey stieß einen Fluch aus.

»Na, na!« Jake stieß sie mit dem Ellbogen an. »Wir befinden uns in Gegenwart des Herrn. Jetzt trink aus.«

»Dir ist schon bewusst, dass du gerade ›Gott‹ und ›trinken‹ im selben Satz gebraucht hast, oder?«, brummelte Kacey und kippte die klare Flüssigkeit hinunter. »Heiliger Strohsack! Das schmeckt ja wie Sch…«

»Schokolade!«, unterbrach Jake sie lachend und mit einem Hüsteln. Der Geistliche drehte sich um und warf ihnen einen eigentümlichen Blick zu, bevor er sich wieder seiner Zeitschrift zuwandte.

»Ich denke, ich glaube dir das nicht mehr.« Jake trank seinen Wodka so schnell wie menschenmöglich.

»Was meinst du damit?«, krächzte Kacey.

»Du kannst nicht alles Mögliche in fünfundvierzig Minuten machen. Es sind erst zehn Minuten vorbei, und ich bin schon so weit, dass ich mit dem Fallschirm aus diesem Ding springen möchte.«

»Dann sei einfach dankbar, dass du nicht wirklich mit mir verlobt bist.« Kacey grinste und ließ den Kopf an die Sitzlehne zurücksinken.

»Oh, glaube mir, das bin ich.« Jakes Tonfall klang ein klein wenig fies, aber das war die einzige Möglichkeit, bei ihr gar nicht erst dumme Ideen aufkommen zu lassen. Er musste sich so weit wie möglich von Kacey fernhalten, und die einzige Chance, das zu schaffen, lag darin, sich wie ein absoluter Mistkerl zu benehmen. Zumindest wäre sein Herz dann nicht in Gefahr, ein zweites Mal verlorenzugehen, und sie konnte ihres unversehrt behalten – hoffentlich.

# KAPITEL 6

»Lügner«, brummelte Kacey eine halbe Stunde später.

»Wie bitte?« Jake schaute von seinem Laptop auf und blinzelte. Der Idiot hatte während des gesamten Fluges über das WLAN des Flugzeugs geschäftliche E-Mails verschickt, als gäb's kein Morgen.

In der Zwischenzeit analysierte Kacey jede einzelne dubiose Person an Bord und studierte das Schaubild vor sich, nur für den Fall, dass sie einen Fluchtweg brauchen sollte.

Tja, wenn das Flugzeug abstürzte, wäre Jake eben der Angeschmierte. Denn dann würde sie mindestens sieben verschiedene Wege aus dem Flugzeug kennen sowie den jeweils schnellsten Weg zu jeder Tür, während er wahrscheinlich seinen Laptop und all seine anderen weltlichen Habseligkeiten retten würde.

Vielleicht hatte sie ihn in ihrer Erinnerung zu sehr verklärt? Er war ein großartiger Freund gewesen. Und ja, jeder Kuss mit einem anderen Mann war im Vergleich zu seinem verblasst. Aber wenn die Dinge anders lägen, wenn sie Freunde geblieben wären oder sogar geheiratet hätten, wäre ihr Leben dann so wundervoll?

Oder würde sie mit ihm herumfliegen und dabei zusehen, wie er seinem Laptop mehr Aufmerksamkeit widmete als der Tatsache, dass sie eine mittelprächtige Panikattacke durchlitt?

»Fünfzehn Minuten«, murmelte sie vor sich hin und vergaß dabei, dass sie Jake eigentlich gerade beschuldigt hatte, ein Lügner zu sein.

»Zuerst schimpfst du mich einen Lügner, und jetzt gibst du mir einen Countdown? Alles okay bei dir, Kace?«

»Alles gut.« Sie biss die Zähne zusammen und sah zu, wie er mit den Schultern zuckte und sich wieder seinem Computer widmete.

Die Versuchung, das Ding mit bloßen Händen zu zerstören, war groß, aber das würde zu nichts führen, außer dass sie sich die Nägel ruinierte, die sie vor Stunden bis zur Perfektion bearbeitet hatte. Nicht, dass es Jake auffallen würde.

»Es sind nur noch fünfzehn Minuten«, meditierte sie weiter, mehr an sich selbst als an den Dummkopf neben ihr gerichtet. »Und außerdem? Ist ja nicht so, als würde es noch irgendwie schlimmer werden, oder? Ich meine, es ist ja nicht so, als würde Travis auch kommen.« Und plötzlich fühlte Kacey sich sehr viel besser.

Jakes Bruder Travis war immer der Fluch ihres Daseins gewesen. Während Jake mit ihr spielte und herumjagte, schenkte Travis ihr nie auch nur die geringste Aufmerksamkeit. Na ja, das stimmte nicht ganz. Als sie noch ganz klein gewesen war, war er gnadenlos. Und dann war es urplötzlich so, als würde sie für ihn nicht mehr existieren. Sie wusste auch nicht recht, warum ihr das so viel ausmachte, aber er schien damals immer irgendwie sauer auf sie zu sein. Kacey war die beste Freundin seines Bruders gewesen. Sie konnte die Gelegenheiten, als er tatsächlich mal mit ihr gesprochen hatte, an einer Hand abzählen, und es hatte jedes Mal damit geendet, dass sie weinend davongerannt war, während Travis sie immer weiter verspottet hatte.

Schaudernd schaffte Kacey es, den Rest des Fluges den Mund zu halten.

Jake wusste, dass er sich unhöflich verhielt, aber er hatte noch Geschäftliches zu erledigen, und, nun ja, Kacey musste begreifen, dass manche Dinge nun mal wichtiger waren. Obwohl sie neben ihm hyperventilierte, konnte er nicht einfach alles stehen und liegen lassen, um sich um jede ihrer Ängste zu kümmern.

Puh, er würde sich noch den ganzen Abend um sie kümmern, und es gab einige Dinge, die er wirklich zu Ende bringen musste. Doch da sie in den Klamotten, die sie trug, so gut aussah, brauchte er dreimal so lange, um überhaupt seine E-Mails zu erledigen und Sätze niederzuschreiben, die für seine Kollegen irgendwelchen Sinn ergaben.

Noch nie war Jake so glücklich über die Landung eines Flugzeuges gewesen. Er holte sein Handy hervor, um seiner Mutter zu simsen, dass sie angekommen waren.

Sofort piepste sein Telefon, er schaute aufs Display und merkte, wie ihm das Blut aus dem Gesicht wich.

»Oh, Kacke.«

»Was? Was ist los? Geht es um Grandma? Du meine Güte, Jake, ich muss sie sehen. Geht es ihr gut?« Kacey umklammerte erneut seinen Arm. Er würde eine Schönheits-OP brauchen, um die Abdrücke ihrer Finger wieder loszuwerden.

»Nein, nicht Grandma.« Eigentlich wollte er sein Handy gegen den Sitz donnern oder in der Hand zerquetschen, aber er schaffte es, ein angespanntes Lächeln aufzusetzen. »Mom kann uns nicht abholen. Ihr Termin für die Maniküre hat sich verschoben, daher musste sie schnell nach Hause, um das Essen vorzubereiten, und jetzt muss uns jemand anders fahren.«

»Oh.« Kacey griff schulterzuckend nach ihrer Handtasche.

*O Gott.* Jake wandte den Blick nach oben und schickte ein

Stoßgebet gen Himmel. »Tja, also, ähm, und Dad ist wahrscheinlich für sie zum Einkaufen gefahren, und Grandma schläft höchstwahrscheinlich, und daher, ähm, wird Travis uns abholen.«

Kacey erstarrte. »Dein Bruder Travis?« Die Leute begannen, auf den Gang zu drängeln. Vielleicht konnte er noch die Flucht ergreifen. Oder aus dem Flugzeug springen und sich irgendwas brechen, damit sie Mitleid mit ihm hatte. Er schaute ihr ins Gesicht und sah darin nicht einmal den Anflug eines Lächelns.

»Komm schon, Kace, so schlimm ist es auch nicht. Travis ist ein erwachsener Mann. Finde dich damit ab.« *O wow, das war ja sehr feinfühlig.*

Offenbar war Kacey derselben Ansicht. Sie blähte die Nasenflügel, drängelte sich an ihm vorbei und stieß dabei fast einen alten Mann um. Na toll, vielleicht würde er Kacey noch wegen Körperverletzung verklagen.

»Entschuldigen Sie«, brummelte Jake, während Kacey weiter auf den Ausgang zusteuerte. Zum Glück war das Flugzeug nicht sehr voll, so dass sie auf dem Weg hinaus nicht noch mehr Schaden unter den anderen Passagieren anrichtete.

Jake fluchte und schnappte sich sein Handgepäck, bevor er ihr nach draußen folgte.

# KAPITEL 7

Kacey konnte es nicht fassen! Was sollte das? Travis musste sie abholen? War Jake denn nicht reich genug, um ihnen ein Auto zu besorgen oder so? Fluch über seine Familie und deren Verbundenheit untereinander. Mr Titus würde das nicht zulassen, das war ihr klar. Denn so viel Geld die Familie auch besaß, irgendwie erinnerte sie Kacey immer an diese alte Fernsehserie »Vater ist der Beste«. Also biss sie die Zähne zusammen, marschierte zur Gepäckausgabe – und zuckte zusammen, als sie die Stimme hörte, die sie noch immer in jedem wachen Alptraum verfolgte.

»Na, wen haben wir den hier.« Travis' lässige Stimme schien förmlich in ihrem Brustkorb zu rumoren.

Dummer Kerl.

*Lieber Gott, bitte hab Erbarmen und lass ihn fett und kahlköpfig sein.*

Langsam drehte Kacey sich um und nahm ihren Erzfeind in Augenschein.

O Hölle.

Hätte er nicht wenigstens eine zu große Nase haben können – wäre das denn wirklich zu viel verlangt gewesen?

»Kacey.« Er nickte.

»Satan.«

»Deine Haare sind anders.«

Kacey zuckte zusammen. »Und du bist ja tatsächlich groß genug für deine Nase geworden.«

Jake kam dazu und blieb zwischen ihnen stehen. »Könnt ihr beide denn wenigstens so tun, als wärt ihr nett zueinander?«

»Nein«, antworteten beide gleichzeitig.

»Seht mal ...« Jake warf einen Blick auf sein Handy. »Das ist was Geschäftliches. Ich muss da rangehen. Travis, kannst du mich im Büro in Portland absetzen und dann Kacey nach Hause fahren?«

»Mom wird bestimmt ziemlich ärgerlich sein, wenn du nicht zum Abendessen da bist. Nicht, dass ich Angst hätte, mit der hier allein zu sein.« Er zeigte auf Kacey. »Aber als wir letztes Mal allein in einem Auto waren, hat sie mich beinahe umgebracht.«

»Spiel hier nicht die Drama-Queen«, schnaubte Kacey ärgerlich.

»Drama-Queen?« Travis zog eine Augenbraue hoch. »Da war eine Klippe, Schnee, und ich bin sicher, dass Benadryl auch noch im Spiel war.«

»Wie immer.« Jake schüttelte den Kopf.

»Auf jeden Fall freut sie sich wirklich, dich zu sehen, und Oma weigert sich, ein Nickerchen zu machen, bis sie dich zu Gesicht bekommt.«

Jake zuckte mit den Schultern. »Ich brauche nicht lange. Also, dann lasst uns jetzt unsere Sachen holen, damit wir losfahren können.«

Von einem Moment auf den anderen fühlte Kacey sich erschöpft und ohne jeden Kampfgeist. Sie warf sich ihre Tasche über die Schulter und brummelte *Bastard* vor sich hin, ohne groß darüber nachzudenken, wer sich jetzt angegriffen fühlen mochte, da sie der Ansicht war, dass beide Brüder Titus die Bezeichnung verdienten.

Keine ihrer Taschen wurde überprüft, also folgte sie den beiden Männern zum wartenden Auto. Eine Limousine! Das war schon besser! Visionen von Selters und Ledersitzen tanzten in ihrem Kopf. Allerdings nur so lange, bis Travis an der Limo vorbei zur Fahrerseite eines Fords ging, der zu einer Art Monstertruck hochgetunt war.

Um da überhaupt an die Tür zu kommen, müsste sie sich erst mal hochbeamen lassen.

»Hey, Travis, könntest du Kacey helfen? Ich habe hier noch eine Mail, auf die ich wirklich ganz schnell antworten muss.« Ohne auch nur in ihre Richtung zu blicken, schwang Jake sich in den Truck und schlug die Tür zu, was Kacey ganz schön sauer draußen zurückließ.

»Wir sind ja so verliebt«, seufzte sie vor sich hin, als Travis um den Wagen ging, um ihr hineinzuhelfen.

Allmächtiger, er sah so gut aus, dass es schon fast lachhaft war. Seit wann sah er denn besser aus als sein Bruder? Zweifellos war er der begehrteste Junggeselle in Portland. Mit seinen goldbraunen Locken und haselnussbraunen Augen sah er gefährlich und nachdenklich aus. Gar nicht erst zu reden davon, wie ihm das Haar in die Stirn fiel oder wie sich sein Bizeps durch das T-Shirt drückte. Hör. Auf. Zu. Starren.

»Kace?« Travis beugte sich zu ihr, und sie spürte seinen Atem in ihrem Nacken. Was zum Henker machte er da? »Nicht bewegen, Kace.«

Nicht bewegen? Wie wäre es denn mit nicht mehr atmen? Sie konnte weder denken noch reagieren, als Travis den Arm um sie legte, etwas von ihrem Rücken zupfte und zu Boden warf. »Nichts Schlimmes. War nur eine Spinne.«

»Die war riesig!« Kacey keuchte und packte das Erstbeste, was sie vor sich hatte – wobei es sich rein zufällig um Travis' Bizeps handelte.

»Hm.« Seine Wimpern senkten sich auf seine sehr markanten, vermaledeiten Wangenknochen. »Wenn ich gewusst hätte, dass du darauf so reagierst, hätte ich dir Spinnen ins Bett gesteckt.«

»Weder du noch deine Spinnen sind in meinem Bett willkommen. Niemals.«

»Mein Angebot bezog sich auch nicht auf mich, sondern nur auf die Spinnen.« Er grinste. »Außerdem, wie kommst du darauf, dass ich dich anziehend finden würde? Ich habe dich schon nackt gesehen, sogar zweimal.«

»Da war ich zehn Jahre alt, und du warst ein bösartiger kleiner Junge, der stotterte!« Kacey rauschte an ihm vorbei, und erst dann fiel ihr wieder ein, dass sie ja immer noch Hilfe brauchte, um in sein riesiges Auto zu kommen. »Wäre es zu viel von dir verlangt, wenigstens ein normales Auto in der Stadt zu fahren?«

»Ich wohne nicht in der Stadt«, meinte er schmollend. *Moment mal, schmollten Jungs überhaupt?* Sie schaute noch einmal hin. Offenbar schon.

»Wo wohnst du dann?«

»Auf meiner Ranch.« *Grundgütiger im Himmel.* Das erklärte die muskelbepackten Oberarme, die engen Jeans und den Truck, und … wo war das Benadryl, wenn man es mal brauchte?

»Dann bist du also Arbeiter auf einer Ranch?«

Travis schmunzelte. »Klar, ich bin Arbeiter auf einer Ranch. Jetzt steig ein.« Schnell – zu schnell – half er ihr in den Truck. »Vergiss nicht, dich anzuschnallen, Prinzessin. Ich fahre so, wie ich reite.«

Ekelhaft.

Kacey zwang ihre Wangen, blass zu bleiben und nicht feuerrot zu werden. Während die Tür zuschlug, holte sie ihr

Handy heraus. Gleich darauf saß Travis auf dem Fahrersitz, und sie fuhren los.

Jake drehte sich um. »Tja, die Einzelheiten sind wir ja schon auf dem Flug durchgegangen, und ich denke, das Küssen hat wirklich für die richtige Stimmung gesorgt, nicht wahr?« Er zwinkerte.

Der Truck schlingerte.

Jake fluchte. »Schon lange unterwegs heute?«

»Sorry«, brummte Travis.

»Also, ich denke, was wirklich nötig ist, ist, dass wir im selben Zimmer wohnen. Du weißt schon, um die ganze Sache als echt zu verkaufen. Irgendwelche Ideen?«

Erinnerungen an die eine Nacht mit ihm überfluteten sie. Versuchte er wirklich, das Beste zu tun, oder wollte er sie verführen? Kacey hatte keine Ahnung. Außerdem, wieso war es ihm so wichtig, seinen Eltern vorzuführen, dass er in einer ernstzunehmenden Beziehung leben konnte? Es war ja nicht so, als würden die beiden hinter dem Mond leben. Sie lasen Zeitung. Seine Mutter würde ihnen wahrscheinlich ins Gesicht lachen, wenn sie den Ring sah.

Travis räusperte sich. »In Wahrheit würde Mom das nie gut finden. Sie hat echt einen Beschützerinstinkt, was Kacey angeht. Das weißt du, Jake. Sie wird in meinem alten Zimmer wohnen müssen. Und ich wohne im neuen Teil des Hauses.«

»Oh.« Jake zuckte mit den Schultern. »Okay. Also dann, Kacey, nicht vergessen, wir sind verliebt, wir werden heiraten, und du musst das glaubwürdig rüberbringen. Denkst du, du schaffst das?«

Wieso redete er mit ihr, als sei sie eine Fünfjährige? »Yep, ich denke, ich kriege es hin, mich im Beisein deiner Familie wie ein normaler Mensch zu benehmen. Sie werden keinen Verdacht schöpfen.«

Jake drehte sich um, schenkte ihr ein strahlendes Lächeln und nahm ihre Hand. Sie spürte seinen Kuss darauf, und plötzlich fühlte sie sich von seiner hochnäsigen Art abgestoßen. In Wirklichkeit kam sie sich eher vor wie eine Stripperin oder eine schlecht bezahlte Nutte.

# KAPITEL 8

Travis konnte sich nicht erinnern, wann er jemals so frustriert gewesen war. Im Augenblick wünschte er sich nichts mehr, als rechts ranzufahren und seinem kleinen Bruder mal ganz gehörig Bescheid zu stoßen – gern auch mit der Faust.

Was zum Teufel hatte dieser Bastard sich gedacht? Er hatte Kacey geküsst? Nach allem, was sie seinetwegen durchgemacht hatte? Und was ihn noch mehr anwiderte: Kacey schien diese ganze Tortur auch noch in Ordnung zu finden. Es war, als würde sie ihre Seele an den Teufel verschachern.

Aber, zu ihrer Verteidigung, sie hatte Jake schon immer durch eine rosarote Brille gesehen, während Travis mit seinem Stottern der böse Bruder gewesen war, mit dem erklärten Ziel, die Welt zugrunde zu richten, jedes Mal, wenn er sie an den Haaren gezogen hatte.

Wie kam es, dass ein einziger Blick von ihr genügte, und er fühlte sich wieder zurückversetzt in die Highschool, als sie seinen Bruder ihm vorgezogen hatte? Allerdings hatte Kacey von seiner albernen Schwärmerei für sie nichts gewusst. Und sein Stottern war auch nicht hilfreich gewesen – ganz im Gegenteil. Denn seine Schweigsamkeit hatte sie als Hass aufgefasst, obwohl er stattdessen nur Angst gehabt hatte, den Mund aufzumachen, weil sein Stottern schlimmer wurde, wenn er sich selbst unter Druck setzte und normal sprechen wollte.

Das Mädchen zu jagen und zu ärgern, war wesentlich einfacher gewesen, als ihr all die schönen Worte zu sagen, wie sie so oft von Jake kamen.

Aber das hieß nicht, dass sein Herz nicht ihr gehörte.

Travis unterdrückte ein Schimpfwort und fuhr weiter Richtung Innenstadt. Zum Glück war das Büro nur ein paar Minuten vom Haus seiner Eltern entfernt.

Der hohe Wolkenkratzer funkelte durch den Regen, und der Schriftzug »Titus Enterprises« leuchtete grell in der Stadtlandschaft. Travis schüttelte leicht den Kopf und kämpfte gegen den Drang an, eine mürrische Grimasse zu ziehen wegen der offensichtlichen Zurschaustellung von Reichtum, den das Gebäude repräsentierte. Er hatte mit dem Familienunternehmen nichts zu tun haben wollen. Nein, der Job war an seinen kleinen Bruder gegangen, und der konnte ihn gern behalten.

Travis hatte den Treuhandfonds, der auf seinen Namen lief, genutzt, um seine eigene Ranch aufzubauen und Pferde zu züchten. Außerdem diente sie als Frühstückspension. Ein wunderschönes Stück Land von zwanzig Morgen Größe mit Blick auf den Columbia River. Das war das Leben; dagegen war das Dasein in der Stadt erstickend. Er zog an seinem Shirt.

Travis hielt an, und Jake sprang hinaus. »Ich rufe ein Auto, wenn ich fertig bin. Sollte nicht länger als eine Stunde dauern. Wir sehen uns – und, Kacey, versuche, Travis nicht umzubringen, solange ich weg bin, okay?«

»Kann ich dir nicht versprechen!« Kacey winkte ihm nach und wandte sich dann mit hasserfülltem Blick an Travis. »Also, hast du irgendwelche Pläne für die nächste Zukunft, mich umzubringen und die Leiche zu entsorgen?«

»Unter einem Baum, denke ich.« Travis legte den Gang ein und fädelte sich in den Verkehr ein. »Oder vielleicht unter der Schaukel. Da würde dich nie jemand suchen.«

»Haha, bist du komisch.«

»Na, gern doch. Also, was höre ich da, dass Jake dich geküsst hat? Ich meine, ich weiß, dass es mich nichts angeht, aber solltest du das Ganze nicht streng geschäftlich halten? Immerhin bezahlt er dich …«

»… wie eine seiner Stripperinnen, ich weiß«, beendete Kacey den Satz. »Aber rein technisch gesehen bezahlt er mich gar nicht. Ich meine, doch, er bezahlt meine Studiendarlehen. Außerdem tue ich das für Grandma. Und irgendwie habe ich entdeckt, dass in meiner Brust ein sehr großes Herz schlägt, und ich bin Jake was schuldig. Oder zumindest hat er mir das Gefühl gegeben, dass es so wäre.«

»Ich wollte nicht sagen, dass du eine Stripperin bist.« Travis hüstelte. »Dann geht er also wirklich mit Stripperinnen?« Er schüttelte missbilligend den Kopf. »Vielleicht sollten wir dieses kleine Detail übers Wochenende unerwähnt lassen. Omas Gesundheit und so.«

»Einverstanden.« Kacey schnaubte. »Wenn sie wüsste, wie egoistisch unser kleiner Jake geworden ist, würde sie der Schlag treffen. Aber ich liebe ihn trotzdem.« Sie seufzte.

»Offensichtlich, sonst wärst du nicht hier. Aber andererseits … es ist nicht immer alles so, wie es aussieht, nicht wahr, Kacey?« Travis räusperte sich.

»Fahr einfach, Travis. Ich habe Hunger, und mein Magen ist immer noch in Aufruhr wegen diesem blöden Flug.«

Travis schaltete einen Gang hoch. »Immer noch Flugangst?«

»Ich dachte, ich hätte sie überwunden, aber dann habe ich einen Geistlichen beschuldigt, ein Terrorist zu sein.«

Travis lachte. »Wie, laut? O Mann, Mädchen, vielleicht solltest du auf dem Rückweg mit dem Zug fahren.«

Kaceys Augen leuchteten auf. »Brillanter Plan, aber das dauert drei Stunden.«

»Im Zug gibt es eine Bar.«

»Wo gibt's Tickets?«

Travis schmunzelte. »Ich kümmere mich darum, in Ordnung? Hör du einfach nur auf, das Wort *Terrorist* in Flugzeugen auszusprechen, für deine eigene geistige Gesundheit und Sicherheit, Kleine.«

»Ich bin keine Kleine mehr«, entgegnete Kacey unwirsch.

Der Truck hielt an einer roten Ampel. Travis drehte sich um und sah Kacey an, die Vollblutfrau, die sie war. Vom Schmollmund bis zu ihrem straffen kleinen Körper. »Ja, das weiß ich, Kace. Ich müsste schon tot sein, um das nicht zu bemerken.« Je länger er sie anstarrte, umso mehr schien sein Körper zum Leben zu erwachen. Puh, das war unangenehm.

»Wow, ein Kompliment von dem kleinen Jungen, der sich früher in die Hose gemacht hat, wenn er einen Clown zu Gesicht bekam. Ich bin ehrlich gerührt.« Kacey senkte flatternd die Lider und neigte den Kopf.

»Das war nur e-ein Mal!« Die Ampel schaltete auf Grün, und Travis trat energisch aufs Gaspedal. »Und der Clown kannte meinen Namen, Kace. Komm schon, jeder kleine Junge hätte da ein wenig Angst gehabt. Und übrigens – schönen Dank dafür.«

»Was meinst du denn damit, Travis?«

»Du hast doch dem Clown meinen Namen gesagt. Gib es zu. Gib es zu, oder ich werfe dich beim Eisstadion raus.«

»Das würdest du nicht tun.«

»Doch, würde ich, und werde ich auch. Sag mal, wie viele unglückliche Todesfälle gibt es eigentlich pro Jahr durch Unfälle beim Eislaufen?«

»Du bist der Teufel!«

Travis grinste. »So pflegst du zu sagen.«

»Also schön, ich habe dem Clown deinen Namen verraten, aber erst, nachdem du mir ein Bein gestellt hattest.«

»Ah, endlich ein Sieg.« Travis seufzte und warf einen verstohlenen Blick in den Rückspiegel, um zu sehen, wie Kacey mit finsterem Blick die Arme verschränkte. »Kace, können wir nicht wenigstens versuchen, miteinander auszukommen, solange du hier bist? Immerhin sollst du laut meiner ganzen Familie die neue Schwiegertochter werden. Ich möchte den anderen nur ungern den Eindruck vermitteln, dass ich dich im Schlaf ermorden könnte.«

Kacey stöhnte. »Du hast ja recht. Und wage es ja nicht, dich darüber zu amüsieren. Das hier ist für Grandma, ja? Ich mache das für Grandma.« Sie sang fünfmal *Grandma* vor sich hin wie ein Mantra, bevor sie innehielt: »Trav?«

Es war das erste Mal, dass sie tatsächlich seinen Namen gebrauchte, anstelle eines Kraftausdrucks oder ihres bevorzugten Spitznamens des Teufels. »Ja, Kace?«

»Kommt sie wieder in Ordnung?«

»Wer? Oma?« Er schmunzelte, als er auf das große Anwesen einbog, auch bekannt als Titus Abbey. »Kace, ich glaube, Oma könnte eine Atomkatastrophe überleben und würde sich wieder erholen. Mach dir nicht zu viele Sorgen, okay? Außerdem wird es helfen, wenn sie dich sieht. Auf ihre alten Tage wird sie richtig rührselig.«

»Aber ...« Kacey seufzte.

Travis bog in die Einfahrt ein, stellte den Motor ab und drehte sich zu Kacey um, die gerade an ihren Fingernägeln kaute.

»Aber was?«, fragte er.

Noch immer die Fingerspitzen im Mund, antwortete sie: »Was, wenn sie es herausfindet? Ich meine, Jake hat Grandma doch nicht erzählt, dass es nicht echt ist. Dann wird sie denken, wir sind zusammen, und ...«

Travis schluckte gegen den Kloß an, der sich in seiner Kehle bildete. Natürlich war das auch eine seiner ersten Sorgen gewesen. Wenn Grandma es herausfand … nun ja, Travis würde in dem Fall liebend gern mit dem Finger auf Jake zeigen und ihn den Wölfen zum Fraß vorwerfen. Doch der Punkt war: Seine Oma liebte Kacey. Wenn sie erfuhr, dass man sie hereinlegte, damit sie sich besser fühlte und glaubte, dass Jake verantwortungsvoller war, als sie ihm zutraute …

Dann, nun ja, Travis war nicht sicher, ob das dann ein schöner Anblick sein würde. Immerhin hatte seine Oma früher bei der CIA gearbeitet, auch wenn er der Einzige in der Familie war, der es tatsächlich geschafft hatte, der alten Dame diese Information zu entlocken.

»Sie wird es nicht herausfinden«, bekräftigte Travis. *Denn wenn sie es tut, dann möchte ich absolut nicht in der Haut meines Bruders stecken.*

# KAPITEL 9

Kacey sprang aus dem Truck und sah zu dem riesigen Haus auf. Es war genauso, wie sie es in Erinnerung hatte. Ein Haus im Kolonialstil, inmitten einiger Morgen Land, mit Blick auf den Columbia River. Nichts hatte sich wirklich verändert, abgesehen vom Anstrich, der frischer wirkte, als sie es im Gedächtnis hatte. Die Fenster waren dunkelblau umrahmt, und die Fassade glänzte in makellosem Weiß. Daran angebaut gab es noch eine Garage für sieben Autos, ein Schwimmbad und ein Theater, das allein schon größer war als Kaceys ganzes Apartment.

»Bereit?«, fragte Travis, der neben ihr auftauchte.

Kacey holte tief Luft, warf noch einen Blick auf das Haus und nickte. »Auf in den Kampf.«

»Und immer schön die Knarre hinten im Gürtel lassen«, brummelte Travis und brachte Kacey damit zum Lachen, genau in dem Moment, als die Tür aufschwang.

»Ja, träum ich oder wach ich? Kacey! Oh, Liebes, du raubst mir ja förmlich den Atem!« Wescott Titus schlang seine riesigen Arme um sie und drückte ihr einen Kuss auf die Stirn. Bei seinen einen Meter fünfundneunzig fühlte sich eine Umarmung von ihm eher an, wie eingewickelt zu werden.

»Kacey? Ist das Kacey?«, rief eine weibliche Stimme hinter Wescott.

»Hey, Mrs Titus!« Kacey streckte die Arme aus, um die

Frau zu umarmen, als die tadelnd antwortete: »Aber, du weißt doch, dass du mich Bets nennen sollst!«

Bets war der Spitzname von Jakes Mutter. Als Kacey noch klein war, hatte sie aus irgendeinem Grund Schwierigkeiten gehabt, den Namen Betsey auszusprechen, also hatte sie sie einfach Bets genannt. Allerdings war sie nicht sicher gewesen, ob das in ihrem reifen Alter von zweiundzwanzig Jahren immer noch erlaubt war.

Kacey umarmte Bets, warmherzig lächelnd. »Ich habe dich vermisst.«

Und das hatte sie wirklich. Sehr sogar.

Bets nahm Kacey bei der Hand, führte sie zur Couch und fing an, über Jake zu plaudern.

»Wir wussten, dass ihr beide eines Tages zusammenkommen würdet! Habe ich es dir nicht gesagt, Wescott?« Kichernd griff sie nach ihrem Eistee, und ihre langen roten Fingernägel trafen klackernd auf das kühle Glas. »Also, Liebes, wir wissen ja, dass du und Jake nichts an die große Glocke hängen wollt, aber … nun ja, wir würden uns so sehr freuen, wenn ihr hier heiraten würdet!«

Kacey spürte Panik in sich aufsteigen. »Oh, das würden wir sehr gern!« Hilfesuchend sah sie zu Travis, doch seine Augen hatten eine dunkle Färbung angenommen, als wolle er jeden ermorden, der ihn auch nur schief ansah. »Aber, wisst ihr, die Sache ist die: Wir sind uns nicht sicher, ob wir wirklich vor Ort heiraten sollen. Wir arbeiten beide so viel und dachten daran, dass wir vielleicht einfach nach Vegas fahren oder so was.«

»Vegas?«, fragten beide Eltern kopfschüttelnd. Dann lachten sie.

»Oh, Liebes, deinen Sinn für Humor hatte ich ja ganz vergessen! Wozu die Eile? Warum solltet ihr denn in Vegas heiraten, das heißt, es sei denn …« Bets musterte Kacey und blinzelte. *O Gott. O nein, was denkt sie wohl gerade …*

»Du bist schwanger!«, rief Bets aus und ließ dabei beinahe ihr Teeglas zu Boden fallen! »Oh, du lieber Himmel! Du meine Güte. Oh, Grandma wird ja so überglücklich sein!«

»Ich bin nicht …«, wollte Kacey abstreiten.

»Sie will es noch niemandem erzählen«, unterbrach Travis sie mit einem teuflischen Grinsen. »Du weißt schon, die Medien und das alles.«

»Oh, oh, oh!« Bets schwirrte durch das Zimmer, bis sie schließlich vor einigen Regalen stehen blieb. »Oh, Liebes, weißt du noch, als du und Jake immer Vater-Mutter-Kind gespielt habt? Und, Travis« – Bets schaute zu Travis hinüber und zeigte auf ihn – »hast du nicht auch mitgespielt? Denn sie brauchten doch noch jemanden, der das …«

»Haustier gibt.« Kacey lächelte Travis an und unterdrückte ein Kichern. »Er war immer unser Hund, wenn wir Vater-Mutter-Kind spielten.«

»Oh, wie süß.« Bets zwinkerte Travis zu und machte sich daran, Fotoalben herauszukramen. »Ich bin sicher, wir haben einige Fotos, die wir für die Hochzeit gebrauchen können.«

Kacey, die immer noch versuchte, ihre Panik unter Kontrolle zu bekommen, schluckte schwer, bevor sie fragte: »Wieso brauchen wir Fotos?«

»Na, du weißt schon.« Bets wedelte kurz mit der Hand. »Für die Videomontage! Ihr müsst unbedingt eine Videomontage bekommen! Das ist der letzte Schrei. Du weißt schon, Babyfotos, Fotos vom Abschlussball, solche Dinge. Die Gäste lieben es!«

»Aber was ist mit Vegas?«, fragte Kacey hoffnungsvoll.

»Unsinn.« Bets schüttelte energisch den Kopf. »Wir werden das Ganze bezahlen. Und ihr heiratet hier, auf Titus Abbey.«

»Großartig«, murmelte Kacey und warf einen finsteren Blick in Travis' Richtung. Er war verschwunden. Sie beugte sich über das Sofa und sah, wie er sich in der Küche ein Bier aufmachte. Oh, Nektar der Götter! Gerade jetzt, wo sie dringend etwas Starkes brauchte, und Jakes Familie dachte, sie sei schwanger.

Grundgütiger. Sie würde zur heimlichen Trinkerin mutieren müssen, die sich in die Küche schlich und sich Tequila gönnte, um damit Schmerz und Schuldgefühle zu betäuben. Jakes Eltern würden sie umbringen und sie auf ewig hassen. Was bedeutete, dass sie ihn tatsächlich heiraten musste; und dann würde sie ignorieren müssen, dass er seinen Pimmel nicht in der Hose behalten konnte. Und dann würde sie irgendwann kaufsüchtig werden und sich Katzen anschaffen, um die Leere in ihrem Leben zu füllen.

Die Trinkerei würde schlimmer werden. Jake würde sie hassen, und in einem letzten verzweifelten Versuch, ihre Jugend wiederzugewinnen, würde sie bei einer Schönheits-OP auf dem Operationstisch sterben.

Das durfte nicht passieren!

»Ich, ähm, ich schaue mal, was Travis so macht!« Kacey schoss von ihrem Sitz hoch und rannte in die Küche.

# KAPITEL 10

Travis sah amüsiert zu, wie vertraut Kacey mit der Familie plauderte.

Sein eigener Vater, der Verräter, lächelte nur, und tätschelte ihr immer wieder die Hand, als sei sie eine Art Hundewelpe.

Mutter war sogar noch schlimmer. Irgendwann war Travis überzeugt, sie würde tatsächlich eine Party zu Ehren von Kaceys Rückkehr geben. In einem Anfall reinen Entzückens hatte sie die Fotoalben geholt, jedes einzelne Foto aus ihrer gemeinsamen Kindheit herausgezogen und sie alle auf dem Tisch ausgebreitet.

Natürlich war Jake auf jedem Bild zu sehen.

Und genauso selbstverständlich stand Travis schmollend im Hintergrund.

Verdammt sei sein Bruder, der stets das Rampenlicht für sich beanspruchte. Kacey hatte immer zu ihm gehört und nie zu Travis. Mit einem ärgerlichen Brummen, das dummerweise ziemlich laut war, marschierte Travis in die Küche und schnappte sich ein kaltes Bier aus dem Kühlschrank. In freudiger Erwartung ihrer Ankunft hatten seine Eltern sich mit reichlich Knabberzeug eingedeckt – und mit genug Alkohol, um sich ein Jahr lang betrinken zu können.

Was im Moment nach einer Bombenidee klang. Er saß hier in diesem gottverlassenen Haus fest, bis diese ganze Scharade vorbei war. Und wie es aussah, würde Jake sich nicht besonders oft blicken lassen, da in der Firma gerade so allerhand los war.

Travis, verantwortungsvoll, wie er war, hatte seinem Rancharbeiter einen Bonus gegeben, um für den Sommer ein paar Kids von der Highschool als zusätzliche Kräfte anzuheuern, so dass er mehr Zeit mit seiner Familie und seiner Großmutter verbringen konnte – die in ebendieser Minute wie das blühende Leben aussah.

»Oma, solltest du nicht im Bett sein?« Travis sah seine kleine Großmutter an und blinzelte überrascht. Die Farbe war in ihr Gesicht zurückgekehrt, und sie sah aus, als wolle sie Golfspielen gehen. Laut ihrem Arzt sollte sie sich schonen. Auch ein kleiner Schlaganfall war immerhin ein Schlaganfall.

»Wo ist sie? Wo ist meine Süße?« Oma Nadine klatschte in die Hände und seufzte. Leuchtend roter Lippenstift färbte ihre Lippen, und auf den Augenlidern war eine unchristlich riesige Menge an Lidschatten aufgetragen. Oma war schon immer eine Granate gewesen, und sogar jetzt mit fünfundachtzig Jahren brach sie noch so einige Herzen.

Rein zufällig handelte es sich bei ihrer neuesten Eroberung um Mr Casbon, den Herrn von nebenan. Der arme Mann ging mindestens dreimal am Tag mit seinem Hund an ihrem Grundstück entlang spazieren. Travis hatte sich Sorgen gemacht, dass der Mann in ihrer Auffahrt einen Hitzschlag bekommen würde, aber er blieb unermüdlich und unbeirrt bei seinen Pilgergängen, um Oma zuzuwinken.

»Travis! Ich mache dich kalt! Gib mir das!« Kacey stürmte in die Küche, riss ihm das Bier aus der Hand und stürzte die ganze Dose hinunter, bevor sie sie auf die Theke knallte und laut rülpste. Erschrocken schlug sie sich die Hand auf den Mund, und ihr Gesicht wurde leuchtend rot.

In diesem Augenblick verliebte Travis sich noch ein wenig mehr in sie, sofern das überhaupt möglich war.

Oma Nadine ließ ein herzhaftes Lachen hören. »Ach je, meine Süße, immer noch Bier in der Küche, weit weg von den wachsamen Augen seiner Eltern, hm?« Oma Nadine streckte die Arme nach Kacey aus und umarmte sie fest. »Meine Lippen sind versiegelt. Ich glaube, das Mädchen hier braucht jetzt einen Margarita, Travis. Nun, warum geht ihr beide nicht nach draußen auf die Veranda und trinkt etwas? Ich kümmere mich um alles hier. Überlasst die beiden nur mir.« Sie strich ihr Jackett glatt und spazierte ins Wohnzimmer.

Kacey starrte ihr mit offenem Mund hinterher. »Ich schwöre, sie hätte der erste weibliche Präsident werden können.«

Travis dachte sich, dass jetzt wohl nicht der geeignete Moment war, um Kacey in das Familiengeheimnis einzuweihen: nämlich dass Oma in der Tat einmal eine Affäre mit einem der Präsidenten gehabt hatte.

Stattdessen schnaubte er und nahm den Tequila aus der Speisekammer. »Hol du die Gläser mit Eis, und ich mixe den Drink. Das sollte genügen, um dich ausreichend zu alkoholisieren, bevor Mom anfängt, deine Hochzeit zu planen.« Travis zwinkerte und ignorierte dabei den Schmerz in seiner Brust bei dem Gedanken an eine Kacey, die im Hochzeitskleid seinem Bruder gegenüberstand.

Der Bastard verdiente sie einfach nicht. Er ging mit Stripperinnen, verdammt noch mal! Er bezahlte für Sex und führte ein echtes Junggesellenleben. Er konnte ja nicht mal eine Waschmaschine bedienen! Er wäre Kaceys Untergang. Travis wusste, dass sein Bruder raffiniert genug war, um sich mit Manipulationen wieder in Kaceys Leben zu drängen. Höchstwahrscheinlich würde er ihr einreden, sie sollte es *für Oma tun* und dass sie sich scheiden lassen könnten, wenn diese ins Gras gebissen hatte.

Und dann müsste Travis sich jedes Mal schuldig fühlen, wenn Oma mit einem Lächeln aufwachte. Oh, er gönnte Oma jeden Tag ihres Lebens, aber das bedeutete zugleich einen weiteren Tag, den Kacey und Jake im heiligen Stand der Ehe verbringen würden. Ihre Lippen an seine gedrückt. Jakes Hände, die über Kaceys Hüften glitten …

»Travis? Travis? Hallo, jemand zu Hause? Trinken wir jetzt Margaritas im Baumhaus, oder willst du hier den ganzen Tag mit offenem Mund herumstehen?«

»Baumhaus«, brummelte er und ging aus der Küche hinaus in den Garten. Das Baumhaus befand sich am Rand des Grundstücks, weit genug entfernt, damit seine Eltern sie nicht durch die winzigen Fenster beobachten konnten.

Travis zog die Leiter herab und balancierte Tequila und Shaker im linken Arm, als er sich hinaufschwang. Dann stellte er die Getränke in der Einstiegsöffnung des Baumhauses ab und beugte sich, eine Hand an der obersten Sprosse, zu Kacey hinunter, um ihr die Gläser abzunehmen.

Ihre Augen waren auf seinen Hintern gerichtet. Er hätte sich geschmeichelt gefühlt, hätte sie gekeucht oder geseufzt oder irgendwas anderes gemacht, als zu rufen: »Mist! Mist! Mist!«

»Kace, was zum Teufel ist denn los mit dir?«

»M-M-Mordsspinne! Auf deinem Hintern!«

»Mach die weg!«, kreischte er in nicht besonders männlicher Tonlage.

Kacey stieg langsam die Leiter wieder hinunter. »Kann ich nicht! Du weißt doch, dass ich Angst vor Spinnen habe! Was ist, wenn die mich anspringt!«

»Besser, sie springt dich an, bevor sie mich in den Hintern beißt! Dann erschrecke sie!«

»Wenn ich sie erschrecke, dann frisst sie dich, und das kann ich nicht mit meinem Gewissen vereinbaren.« Wieder weiteten sich Kaceys Augen. »O Mann, sie bewegt sich! Das ist so eklig! Kannst du nicht irgendwie mit dem Hintern wackeln oder so?«

»Ja klar.« Travis biss die Zähne zusammen. »Ich spanne einfach meine Gesäßmuskeln an und hoffe, dass die Spinne dann so geschockt ist, dass sie wieder in das Höllenloch zurückkriecht, aus dem sie gekommen ist.«

»Du musst nicht gleich gemein werden!«, gab Kacey zurück. »Okay, ähm. Ich hole einen Stock. Denkst du, das wird klappen?«

Ob er glaubte, dass ein Stock in seinem Hintern funktionieren würde? Tja, so viel dazu, sie zu beeindrucken. »Töte sie einfach!« Seine Muskeln verkrampften sich, als er bewegungslos auf der Leiter stehen blieb.

»Hab einen!«, verkündete Kacey. »Okay, also, jetzt nicht bewegen. Ich schlage damit einfach gegen deine Jeans.«

Travis lachte. Er konnte nicht anders. Das war einer dieser Momente, von denen er wünschte, er könnte sie mit der Kamera aufnehmen, damit andere die alberne Situation genießen konnten. Und dann … sengender Schmerz.

Er fluchte laut, unter Verwendung einiger unangemessener Ausdrücke, die seine Mutter dazu veranlasst hätten, ihm einen Klaps zu versetzen. Was zum Teufel hatte sie da für einen Stock genommen?

»Ich hab's geschafft! Ich hab's geschafft!«, quietschte Kacey.

Travis drehte sich um und funkelte sie finster an.

»Ich habe die Spinne geplättet!«

»Und den Mann beinahe dazu! Was hast du genommen? Einen Baseballschläger?«

Kacey errötete. »Das war alles, was ich finden konnte.« Sie hielt ihm einen Holzschläger entgegen, als wolle sie ihn auf einem Altar vor ihm als Opfergabe ablegen.

Nach einigen weiteren markigen Wörtern griff Travis wortlos nach dem Tequila, öffnete die Flasche und trank zwei Schlucke daraus. »Das gibt einen riesigen Bluterguss auf meinem Hintern, und das über Monate.«

»Aber ich habe meine erste Spinne seit einem Jahr gekillt, also sollte es das doch wert sein, oder?« Kaceys Grinsen war wunderschön. Weiße Zähne, die zwischen rosigen Lippen hervorblitzten.

»Toll. Gute Arbeit, Kacey. Wir bringen einen Toast auf deinen Sieg aus. Welch eine Jägerin.«

»Habt Dank, werter Herr.« Kacey machte einen kleinen Knicks und folgte ihm ins Baumhaus hinauf.

Der Anblick, wie ihre Lippen sich um die Tequilaflasche schlossen, war die absolute Folter für ihn. Glücklicherweise hatte er auch Gläser mitgenommen, um die Drinks mit Eis zu machen. Wenn sie jedes Mal aus der Flasche trank, würde er den Verstand verlieren – da war er sowieso schon gefährlich nahe dran, nachdem er bereits innerhalb der einen Stunde, seit sie hier war, beinahe bewusstlos geschlagen worden war.

»Also …« Er musste unbedingt das Thema wechseln, oder er würde sich komplett zum Affen machen. »Jake? Hier heiraten? Denkst du, er wird umkippen?«

Kacey stöhnte auf und stellte die Flasche auf den Holzboden des Baumhauses. »Was sollen wir denn machen? Deine Eltern wissen es nicht. Sie glauben, dass damit unsere Kindheitsträume wahr werden!«

Travis schüttelte den Kopf. »Ähm, nein, sie denken, dass damit eure Kindheitsträume wahr werden. Meine allerdings hatten nichts damit zu tun, dass ich den Hund spielen und dabei zusehen muss, wie ihr euch küsst und miteinander Se…«

»Was, um Himmels willen, meinst du denn da für Vater-Mutter-Kind-Spiele, Trav? Wir haben doch nicht so getan, als hätten wir irgendeine Art von« – sie wedelte mit der Hand – »Beziehung. Und, offen gesagt, bin ich ein wenig besorgt wegen deiner Kindheit, wenn das die Gedanken waren, die dir durch den Kopf gingen, wenn du den Hund gespielt hast.«

»Zu meiner Verteidigung sei gesagt, dass ich kaum etwas anderes zu tun hatte, als zuzusehen.« O Gott, das klang ja noch schlimmer, so, als hätte er sich Tagträumereien oder so hingegeben.

Kacey beugte sich zu ihm vor. »Bist du schon betrunken?«

»Nein, nur geschlagen. Und wenn wir schon dabei sind, vielen Dank auch für den hübschen Bluterguss. Ich habe mich schon immer gefragt, wie es wohl wäre, sich mal am anderen Ende deines Zorns zu befinden.«

»Stimmt doch gar nicht.« Kacey hob die Flasche wieder an die Lippen und nahm einen gigantischen Schluck, bevor sie Tequila in die mit Eis gefüllten Gläser goss.

»Was soll das heißen?« Travis goss den Inhalt aus dem Cocktailshaker dazu und wartete.

»Ich habe dich in der Highschool genauso sehr gequält wie du mich. Gib es zu.« Sie grinste.

Wusste sie etwa Bescheid? Nicht möglich. Sie konnte auf gar keinen Fall wissen, dass er in sie verknallt war. Er versuchte, sich ruhig zu geben. »Ich glaube, ich weiß nicht, wovon du redest. Ich habe mindestens die Hälfte meiner Zeit auf der Highschool ausgeblendet. Laut dir war ich ein Eunuch. Da kannst du meinen Gedankengang schon verstehen.«

»O bitte.« Sie verdrehte die Augen. »Jedes Mal, wenn die

Cheerleader eine Mobilisierungsparty gaben und Freiwillige brauchten, habe ich sie dafür bezahlt, dass sie dich nehmen.«

»Du lügst!« Er schloss die Augen, um sich davon abzuhalten, etwas zu tun, was er bereuen würde – wie beispielsweise, sie zu erwürgen versuchen und stattdessen zu küssen, bis ihr die Luft wegblieb.

»Nein.« Sie grinste und zwinkerte ihm zu. »Dachtest wohl, das wäre reine Glückssache gewesen, hm?«

Jetzt musste Travis lachen. »Nein, ich dachte einfach, dass Jake mich so sehr hasst. Er hatte diese Cheerleader immer ganz tief in seiner Tasche stecken.« *Unter anderem. Cheerleader, Stripperinnen? Der hat's in der Welt wirklich weit gebracht. Bastard.*

»Was willst du Mom erzählen? Sie wird wissen wollen, was mit euch los ist, wenn Jake kommt.«

»Was meinst du damit?«, unterbrach da eine ärgerliche Männerstimme ihre private Unterhaltung, und dann erschien Jakes Kopf in dem Einstiegsloch im Boden, als er sich ins Baumhaus hinaufschwang. »Süß! Ich hatte ganz vergessen, dass das hier ist.« *Wahrscheinlich genauso, wie er vergessen hat, dass Kacey hier ist. Idiot.*

»Hey, Jake, alles okay in der Firma?« Kacey streckte die Hand aus, Jake nahm sie, und Travis hätte seinem Bruder am liebsten augenblicklich die Hand abgehackt. *Wann hatte er sich denn in einen derart rasenden Irren verwandelt?*

Und dann zwinkerte Jake ihm zu, und die rasende Wut kam mit voller Wucht zurück. O ja, weil sein Bruder ein egoistischer Mistkerl war, der es verdient hatte, dass man ihn windelweich prügelte. Und plötzlich fühlte Travis sich in die Zeit zurückversetzt, als er und Jake sich wegen Kacey gestritten und diese dämliche Wette abgeschlossen hatten. Sie waren Kinder gewesen, aber der drängende Wunsch, das Rennen zu machen, brannte Travis in den Adern, als er zusah, wie Jake die Hand ausstreckte und damit Kaceys Hand berührte. Travis musste sich bewusst daran erinnern, dass er nicht in der Position war – nie gewesen war –, ihre Hand zu berühren. Er trank noch einen Schluck Margarita und wandte den Blick ab.

Kacey beobachtete den angespannten Blickwechsel zwischen den Brüdern. Es war, als wäre man mitten in einer dieser melodramatischen TV-Serien mit ihren unendlichen Wendungen. Gerade noch hatten sie und Travis gelacht, und im nächsten Moment sah er aus, als wolle er ein Loch ins Gesicht seines Bruders brennen.

Tequila stellte merkwürdige Dinge mit Menschen an.

Jake hob die Flasche an seine Lippen und lächelte. »Also, Kace, wie läuft es so mit den Eltern?« Sein Lächeln war umwerfend und einfach lachhaft perfekt. Wieso brachte er es nicht einfach hinter sich und ging nach Hollywood?

»Großartig!«, log Kacey. »Allerdings haben sie von unserer bevorstehenden Hochzeit geredet, und ich könnte ihnen möglicherweise erzählt haben, dass wir an Vegas dachten, und dann wurde alles ein wenig chaotisch. Alles in allem müssen wir deine Eltern davon überzeugen, dass die Trauung nicht gleich nächstes Wochenende stattfinden soll, und dann ist alles gut.«

Während ihres Berichts nickte Kacey energisch, als versuche sie, Jake davon abzuhalten, in Panik zu geraten – was auch nicht passierte. *Wahrscheinlich hat er nicht ein einziges Wort von dem gehört, was ich gesagt habe. Er hat doch tatsächlich Textnachrichten am Handy geschrieben, während ich mit ihm geredet habe.* Und, um ihre Vermutung zu testen, fügte sie hinzu: »Ach ja, und sie glauben, ich sei schwanger.«

»Das sind großartige Neuigkeiten, Kace«, antwortete er, ohne den Blick vom Handy abzuwenden.

»Und«, erzählte Kacey weiter, »damals, als Travis bei unseren Vater-Mutter-Kind-Spielen mitgespielt hat, als wir zwölf waren, tat er so, als hätten wir Sex.«

Das drang denn doch zu Jake durch, und er hob ruckartig den Kopf. »Alter, das ist ja ekelhaft. Wieso hast du das gemacht? Was ist denn los mit dir?«

»Ich habe nichts dergleichen gemacht … Eunuchenehre.« Travis schnaubte, und dann legte er die Hand aufs Herz und zwinkerte Kacey zu. Wenn Jake schon umwerfend war, dann war Travis atemberaubend. Ab sofort sollte es beiden Männern verboten sein, jemals wieder zu lächeln. Es war einfach nicht fair der weiblichen Weltbevölkerung gegenüber – oder in Bezug auf den Sauerstoffgehalt der Luft hier in diesem vermaledeiten Baumhaus.

»Also, Babe …« Jake spielte mit einer Haarsträhne von ihr herum und wickelte sie um seine Finger, »da ist morgen noch eine Sache, da willst du wahrscheinlich nicht hingehen, aber …«

Travis sah Kacey an und schüttelte den Kopf, als wollte er sie vor irgendwas warnen.

»Was ist denn?«, fragte Kacey.

»Es ist so eine Art vierjähriges Klassentreffen von der Highschool. Weißt du noch, wie die Abschlussklasse beschlossen hat, nicht nur alle fünf Jahre ein Treffen zu organisieren, sondern jedes Jahr? Letztes Jahr war echt spitze.«

Falls es möglich war, dass jemandem das Herz stehen bleiben konnte aus Furcht und Grauen, dann war sie rettungslos verloren. Kacey fühlte sich urplötzlich, als könne sie nicht atmen, so, als würde sich mit atemberaubender Geschwindigkeit sämtliche Atemluft aus dem Baumhaus verflüchtigen. Sie hatte diese dämlichen Updates über Klassenkameraden auf Facebook immer ignoriert, weil sie absolut nichts mit diesen verrückten Leuten zu tun haben wollte.

»Dann gehst du also hin?« Jake ließ ihre Haarsträhne los und warf ihr *diesen Blick* zu, bei dem so manche Frau zweifellos ihre Unschuld verlor.

»Ich, ähm …«

»Bitte, Kace.« Er rutschte näher zu ihr hin und nahm ihre Hände. »Es wird genau wie in alten Zeiten sein. Versprochen.«

Alte Zeiten? Alte Zeiten!? Offensichtlich hatte er keinen Schimmer, wie schrecklich es war, mit ihm auf dieselbe Highschool zu gehen. Als seine beste Freundin war es manchmal schon toll, aber die meiste Zeit war es so gewesen, als trüge sie ein T-Shirt, auf dem stand: »Nicht seine Freundin, also bitte, Mädels: Hasst mich, verachtet mich, ich freue mich darüber.«

Die meisten Mädchen waren so eifersüchtig darauf bedacht gewesen, ihren Stellenwert bei ihm zu verteidigen, dass sie hässliche Gerüchte über Kacey in die Welt gesetzt hatten, so schlimm, dass sie beinahe die Schule hatte wechseln müssen. Und als sie dann schließlich tatsächlich mit ihm ausging, wurde es noch schlimmer. Schlimmer im Sinne von Todesdrohungen.

Travis, der Satan höchstpersönlich, war im Vergleich dazu zahm gewesen.

»Bitte?«, fragte Jake noch einmal. »Es ist nur ein Brunch am Wasser. Bitte?«

Ach, zum Teufel. Menschen werden ja auch mal erwachsen, oder? Sie sind nicht so unreif, im Alter von zweiundzwanzig Jahren immer noch Groll zu hegen, richtig? Das wäre ja lächerlich!

»Na schön.« Kacey verdrehte die Augen, als Jake sie fest umarmte und ihr einen Kuss auf die Wange drückte.

»Gut, und mach dir keine Sorgen, Babe. Meine Lippen sind versiegelt. Sie werden nichts von unserem kleinen Deal erfahren.«

So wie er das sagte, kam sie sich schmutzig vor, und alles in ihr verlangte nach einer Dusche.

»Kinder!«, rief in dem Moment Bets nach oben, »Zeit fürs Abendessen! Frischmachen bitte!«

Sie stöhnten alle drei gleichzeitig auf, und Kacey verspürte plötzlich ein merkwürdiges Déjà-vu-Gefühl, als wäre sie wieder in der Highschool und zu Gast beim Abendessen in Jakes Familie. Travis war immer mit von der Partie, aber die meiste Zeit über war er schweigsam gewesen und hatte sich neue Möglichkeiten ausgedacht, sie zu ärgern. Doch heute hatten sich die Dinge irgendwie verschoben. Jetzt war Jake der alberne Kerl, dem sie wünschte, dass er aus dem Baumhaus fallen möge, und Travis, nun ja … Sie sah ihm noch einmal in die Augen. Sein Blick war freundlich und mit einer Andeutung von etwas anderem, doch Kacey war nicht dumm genug, um zu glauben, es sei Begehren. So viel Tequila hatte sie nun auch nicht getrunken. Sie schüttelte das Gefühl ab und nahm Travis' Hand, als er ihr nach unten half.

Jake war bereits ins Haus gelaufen und hatte sie beide hinter sich gelassen. Eines Tages würde er irgendeine Frau zu einer sehr, sehr glücklichen Vorzeigefrau machen; sollte heißen, falls es ihr nichts ausmachte, im Alltag ignoriert zu werden und Vergleiche zu ertragen mit dem, was er von seiner eigenen Attraktivität hielt.

»Kace, du musst nicht hingehen.« Travis legte den Arm um ihre Schultern und lief langsam neben ihr her. »Und außerdem, es ist nicht so wichtig. Ich meine, ich habe es bisher noch nicht geschafft, auf irgendeines meiner Klassentreffen zu gehen.«

Sie lachte. »Was? Angst, noch mal diesen Cheerleadern zu begegnen?«

Er warf den Kopf in den Nacken und lachte. »O ja, dreiundzwanzig Jahre alt und immer noch Angst vor Cheerleadern. So viel Energie und gute Laune, das ist einfach nicht normal.«

Kacey sah wieder zum Haus, und Erinnerungen daran, wie sie vor dem Abendessen im Hof gespielt hatten, bombardierten all ihre Sinne. »Es ist schon in Ordnung, Travis. Ich meine, was kann denn schlimmstenfalls passieren? Wenn überhaupt, dann wird eine Handvoll Leute da sein, und keiner von denen wird sich groß an mich erinnern.«

Travis sah sie lange mit zusammengekniffenen Augen an, bevor er sich wieder in Richtung Haus wandte. »Wenn du das sagst.«

»Jawohl.« Kacey hakte sich bei ihm unter. »Also, dann wollen wir wieder den Eltern ins Auge blicken.«

»Ja, und sieh zu, dass du etwas isst, bevor du Mom auf die Wange küsst. Sie soll nicht denken, dass du während der Schwangerschaft trinkst.«

»Ugh!«

Travis lachte und griff nach der Glasschiebetür.

»Beeilt euch!« Bets klatschte in die Hände. »Ich sage Grandma dauernd, sie soll sich beeilen, aber sie ist immer noch bei dem Nachbarn gegenüber! Stellt euch das nur mal vor.«

»Gegenüber?«, flüsterte Kacey so leise, dass nur Travis sie hören konnte.

»Ja, Oma hat eine … *Affäre.*« Er machte mit den Fingern Anführungszeichen in die Luft und verdrehte die Augen.

Kacey konnte sich nicht vorstellen, warum die Wörter *Oma* und *Affäre* im selben Satz vorkamen. Wer hatte schon eine Affäre im Alter von fünfundachtzig Jahren? »Und mit wem … hat sie diese *Affäre?*«

Travis schauderte und raunte: »Das willst du nicht wissen«, bevor er im Badezimmer verschwand.

# KAPITEL 11

Jake konnte sich eines gewissen Misstrauens nicht erwehren, als er zwischen Travis und Kacey hin und her sah. Natürlich war er nicht der misstrauische oder eifersüchtige Typ, zumindest nicht typischerweise. Aber er fühlte sich ein wenig nervös. Und das hatte nichts mit der Tatsache zu tun, dass Kacey derart enge Leggings trug, dass es ihm schwerfiel, sich auf die einfachsten Dinge zu konzentrieren.

Es war sein dämlicher Bruder Travis. Ausgerechnet Travis! Er warf Kacey Blicke zu, als würde er sich zu ihr hingezogen fühlen. Aber – das war albern, weil, nun ja, er hatte sie doch immer gehasst, und sie ihn ebenso. Jake konnte gar nicht aufzählen, wie oft beide das unter Beweis gestellt hatten.

Genau, das war es, er kannte Travis. Zumindest wollte er gern glauben, er sei intelligent genug, um sein eigen Fleisch und Blut zu kennen. Aber so, wie es im Augenblick aussah – nun ja, es sah so aus, als würde Travis Kacey ansehen wie … wie ein Mann. Lachhaft! Jeder wusste, dass er sie mit Hingabe hasste. Seit sie sich in der Grundschule zum ersten Mal begegnet waren, war er nie etwas anderes als grausam zu ihr gewesen. Im Gegenteil, Jake hatte sie immer mehr vor seinem Bruder beschützen müssen als vor den anderen Kindern in der Schule.

Wer hatte sie zum Haus getragen, als Travis sie geschubst

und sie sich das Knie aufgeschlagen hatte? Äh, ja, das war Jake gewesen.

Wer hatte sie gebeten, mit ihm zum Abschlussball zu gehen, während jeder andere Kerl von den Mädchen in der Schule geschnitten worden wäre, hätte er auch einen Fuß in ihre Nähe gesetzt? Auch er.

Und wer war bei seiner Krönung zum König des Absolvententreffens mitten in der Turnhalle auf ein Knie gesunken und hatte Kacey gebeten, seine Freundin zu sein? Jake prahlte nicht gern, aber ja, das war er gewesen, während Travis nur wie ein Idiot dagesessen hatte. Zugegeben, da war er schon auf dem College und nur übers Wochenende zu Besuch gewesen. Aber trotzdem. Es war immer Jake. Schon immer gewesen.

Und daher war der Gedanke, dass Travis sie jetzt ansah wie … nun ja, wie Männer eben Mädchen so ansehen, in der Tat ziemlich alarmierend.

Immerhin war in der Schule das Gerücht umgegangen, Travis sei schwul oder so. Nicht, dass Jake ihn je darauf angesprochen hätte. Auf ein so unangenehmes Gespräch hatte er sich nicht einlassen wollen.

Jake schob den Gedanken beiseite. *Im Ernst, ich bin einfach zu müde.* Er hatte eine Ewigkeit gearbeitet, um dafür zu sorgen, dass in der Firma alles in Ordnung war, und zu allem Unglück hatte auch noch Samantha, seine Immer-wieder-mal-Freundin, erklärt, sie würde sich an die Presse wenden, um seine Verlobung als Scharade zu entlarven.

Natürlich hatte er gedroht, sie zu verklagen.

Das wiederum hatte sie extrem angemacht.

Unnötig, zu sagen, dass er sie ebenfalls für das Wochenende hatte einfliegen lassen.

Es war ja nicht so, dass Kacey ihre Rolle derart realistisch spielen würde – außerdem ließe Jake das auch nicht zu. Nach allem, was zwischen ihnen gewesen war, konnte man mit Sicherheit sagen, dass sie unbedingt nur Freunde bleiben mussten, damit er ihr Leben – und seines – nicht ein zweites Mal ruinierte.

»Jake?« Dad griff nach den Kartoffeln, sobald sich alle gesetzt hatten. »Wie geht es in der Firma? Alles in Ordnung?«

*Nein,* wollte er brüllen. Es war nicht alles in Ordnung, seit Dad im Ruhestand war, aber es war unerlässlich, dass Jake den Anschein erweckte, er habe alles unter Kontrolle. Also zuckte er mit den Schultern und antwortete: »Keine Probleme.«

Just diesen Moment nutzte Oma Nadine für ihren großen Auftritt, komplett mit verschmiertem Lippenstift, und er konnte nicht umhin, den intensiven Geruch nach männlichem Wesen wahrzunehmen, der von ihr ausging.

Wie schön zu wissen, dass Oma Spaß hatte, während er seine eigene Verlobung vortäuschte.

»Was gibt's denn Geschäftliches?« Oma konnte einen Mann mit nur einem strengen Blick vernichten.

»Nichts«, antwortete Jake und versuchte, ihre Aufmerksamkeit von sich abzulenken, »aber du kannst mich nach Kacey und meinen Heiratsplänen fragen.«

Und dann blieb Jake förmlich das Herz stehen, als Oma Nadine sich an die Brust fasste, röchelte und dann buchstäblich vom Stuhl kippte.

»Oma!«, schrien alle auf, als wollten sie sie damit irgendwie wiederbeleben.

Jake fiel auf die Knie und nahm ihre Hand. Wie aufs Stichwort öffnete sie die Augen. »Ich habe gerade die schockierte Großmutter gegeben. War ich gut?«

»Verdammt, Oma! Tu das nie wieder!« Jake fluchte eloquent. Mom sah ihn von ihrem Platz am Tisch aus finster an, aber er war sicher, sie dachte dasselbe, wenn nicht noch Schlimmeres.

»Ich war einmal Schauspielerin«, verkündete Oma Nadine, sobald sie wieder auf ihrem Stuhl saß.

Jake vermutete, dass niemand wirklich wusste, was er tun sollte, außer dem Offensichtlichen. Kacey warf ihm einen hilfesuchenden Blick zu und fing an zu applaudieren.

Er folgte ihrem Beispiel, und bald applaudierten alle um den Tisch Versammelten.

*Notiz an mich selbst: Abendessen in der Familie sollte niemals in Anwesenheit irgendwelcher Medienleute stattfinden.* Dazu durfte es unter keinen Umständen kommen.

»Also …« Oma Nadine legte die Serviette über ihren Schoß. »Ihr beide schließt jetzt endlich den Bund fürs Leben, hm? Ihr wart euch schon als Kinder immer so nahe; ich kann nicht sagen, dass ich überrascht bin. Und du weißt, was das für deine Firma bedeutet, richtig?« Sie stieß ihn mit dem Ellbogen an.

Jake ließ seine Gabel fallen, und das Klirren klang in der Stille umso lauter.

»Es bedeutet, dass ich erwachsen werde.« Er lächelte gezwungen und schaufelte sich einen weiteren Bissen in den Mund.

Sie wusste Bescheid. Seine hinterhältige Großmutter wusste von dem Ultimatum des Vorstands. Mist. Kacey durfte nicht herausfinden, dass Oma davon wusste, sonst würde sie ihn umbringen und ihr alles sagen. Und die würde ihm dann jede Chance beim Vorstand verbauen, weil sie immer noch gute Kontakte zu diesen alten Knackern hatte. Zum Teufel, es würde ihn nicht überraschen, wenn sie hinter dem Ultimatum steckte, damit Jake sich besserte.

Intrigante Familienmitglieder.

Na ja, wenigstens hatte er Kacey übers Wochenende mitgebracht, wie versprochen. Was Oma dann machte, war ihre Sache. Nicht seine. Wie auch immer. Wenigstens konnte er jetzt die Zeit damit verbringen, zu tun, was er wollte, anstatt sich zu Hause Sorgen um Kacey zu machen. Früher oder später würden seine Eltern etwas merken, aber er würde in der Stadt sicher jede Menge Fotos mit Kacey bekommen. Vielleicht konnte er die Fotografin zu ihrem Brunch beim Klassentreffen einschleusen. Das wäre die perfekte Kulisse für einen Schnappschuss. Er grinste.

Jake schaute zu Kacey hinüber. Sie schenkte seiner Mutter gerade ein warmherziges Lächeln. Würde so sein Leben aussehen, wenn sie heirateten? Nicht, dass es schwierig wäre, beim besten Willen nicht. Tatsächlich wäre es ziemlich angenehm. Eine nette Ehefrau zu Hause, und dann noch eine Geliebte in der Stadt. Der wahr gewordene amerikanische Traum. Stichwort Geliebte … sein Handy klingelte.

»Also …« Kacey streckte die Hand über den Tisch aus und nahm Omas freie Hand. »Wo warst du denn vorhin? Ich habe nach dir Ausschau gehalten.«

Jake hätte schwören können, dass Travis ihn unter dem Tisch trat und lautlos *sorry* sagte. Kacey sprang von ihrem Stuhl auf, als sei sie das nächste Ziel.

»Oh, Schätzchen.« Oma Nadine schwenkte den Wein in ihrem Glas, während Kacey sehnsüchtig auf das Getränk starrte. »Ich habe nur unserem Nachbarn ausgeholfen.«

Mom prustete ihren Wein auf Dads Schoß.

Travis verschluckte sich an seinem Hühnchen.

Und Jake fragte sich, was zum Teufel für Aliens die Familie ersetzt hatten, mit der er geglaubt hatte, hier zu essen.

»Oh.« Kacey errötete. »Wie nett von dir. Wobei brauchte er denn Hilfe?«

Travis fielen förmlich die Augen aus dem Kopf.

Oma Nadine spielte mit dem Stiel ihres Weinglases. »Och, dies und das.«

Und plötzlich hatte Jake eine alptraumhafte Vorstellung davon, was seine Großmutter mit »dies und das« meinte. Und eine Ahnung, dass er seinen Nachbarn nie wieder mit denselben Augen betrachten könnte.

Wo war Samantha, wenn er sie brauchte? Wenn seine Oma schon zum Zuge kam, dann würde er auf keinen Fall heute Abend zu Hause bleiben. Ihm fiel ein, dass die Textnachricht vorhin eine Benachrichtigung über den Eingang einer Mail war.

Wie zur Antwort auf sein Flehen klingelte Jakes Telefon erneut. »Da muss ich rangehen.« Schnell verließ er den Tisch.

»Hey, Baby«, flötete Samantha, »wie wär's in einer halben Stunde mit Drinks in der Stadt?«

Er sollte nein sagen, er sollte wirklich nein sagen. Immerhin hatte er jetzt eine vorgetäuschte Verlobte. Da konnte er sich nicht mit einer anderen Frau in der Stadt sehen lassen, nicht in einer so frühen Phase seines Plans. Also entschied er sich für nein und wollte gerade ablehnen, als sie davon anfing, wie sehr sie ihn begehrte und vermisste.

»Ich habe ein neues Kleid an, Baby. Ganz eng geschnitten, überall da, wo du es magst. Komm schon! Nur ein paar Stunden, Jakey. Du wirst es nicht bereuen.«

»Ich bin so bald wie möglich da.« Er beendete das Gespräch und ging zurück ins Esszimmer. »Tut mir leid, Leute, ein Notfall im Büro. Eine Faxmeldung ist nicht durchgekommen, und ich erwarte morgen ganz früh einen Anruf aus dem Ausland. Ich muss noch mal zurück in die Firma und dafür sorgen, dass alles vorbereitet ist.«

Die Lüge ging ihm so leicht über die Lippen, dass er selbst

nicht nur überrascht, sondern auch leicht bestürzt darüber war, dass er seiner eigenen Familie gegenüber so unaufrichtig sein konnte.

Kacey legte den Kopf schief und sah ihn aus schmalen Augen an. »Kannst du denn nicht von hier aus faxen?«

Alle Blicke richteten sich auf ihn.

Ihm brach der Schweiß aus. »Ich wünschte, ich könnte, aber ich habe die Nummer nicht hier, und alle Papiere sind im Büro.«

Kacey wirkte nicht überzeugt. Was hatte er denn getan, um ihr Misstrauen zu verdienen?

Mit ihr geschlafen? Sie hinterher sitzenlassen? Ja, da war was. »Kace, es tut mir leid, Babe. Du weißt, wie ich mich darauf gefreut habe, den heutigen Abend mit dir zu verbringen. Aber wir haben ja noch den Brunch vor uns, richtig?« Er schenkte ihr sein umwerfendstes Lächeln und hoffte, dass es funktionierte.

Sie schaute auf ihren Teller. »Okay, tja dann, fahr vorsichtig.«

Endlich frei! Er versuchte, nicht im Laufschritt hinauszurennen. Er drückte erst Oma einen Kuss auf die Wange, machte dann die Runde und stürmte aus dem Haus, bereit für ein paar Drinks und eine dringend nötige Nacht voller Sex.

# KAPITEL 12

Travis wusste, dass sein Bruder log. Was für ein Narr musste man sein, um auf einen solchen Mist hereinzufallen? Aber tatsächlich seufzte sein Vater nach Jakes Abgang auf und meinte: »Ich wünschte nur, ich wäre nicht in den Ruhestand gegangen. Er wirkt so unter Stress.«

»Muss an den Stripperinnen liegen«, murmelte Kacey leise vor sich hin, so dass nur Travis es hören konnte. Und zum zweiten Mal an diesem Abend verschluckte er sich an seinem Hühnchen.

»Travis, Liebling, sieh zu, dass du dein Essen richtig kaust, bevor du es hinunterschluckst!«, tadelte seine Mutter. Kacey wiederum nahm das als Hinweis, dass er Hilfe beim Schneiden seines Hühnchens benötigte. Mit einem zuckersüßen Lächeln griff sie über seinen Teller, wobei ihr Arm seinen streifte, schnitt ihm sein Hühnchen in winzig kleine Bissen, spießte dann eines der Stücke auf die Gabel und hob es an seine Lippen.

»So, schön aufmachen – ein Löffel für Mama …«

Offensichtlich ließ Kacey sich keineswegs von Travis' mörderischem Blick beeindrucken. Und der Rest seiner Familie sah zu, als sei es vollkommen normal, dass sie ihn wie ein Kleinkind fütterte.

Andererseits, er hatte den Hund gespielt, als sie klein gewesen waren.

Möglicherweise wusste seine Mutter auch, dass er seinen Plüschhasen nach Kacey benannt hatte.

Sie sah auf, und Belustigung leuchtete in ihren Augen.

Verdammt. Travis machte den Mund auf, und sofort landete ein kleiner Bissen Hühnchen darin. Kacey kicherte. »Gern geschehen.«

Er schüttelte den Kopf, grinste dann aber wie ein Tölpel, als sie ein zweites Stück aufspießte. Es war noch heiß, und sie pustete kurz darüber, um es etwas abzukühlen. Und Travis stellte fest, dass ihn die Art, wie sie die Lippen über seinem Hühnchen spitzte, derart in den Wahnsinn trieb, dass es ihn seine letzte Willenskraft kostete, sie nicht direkt auf dem Esstisch der Familie zu nehmen.

Oje, Lust mit Hühnchen. Wie erniedrigend.

Travis beäugte noch einmal sehnsüchtig den Tisch. Vielleicht, wenn er einfach alle Teller auf den Boden warf … Zu dumm, dass sie keinen Rock anhatte. Was war nur los mit ihm? War er wirklich gerade dabei, hier seine Optionen abzuwägen, wo er am besten die Verlobte seines Bruders flachlegen konnte?

Seine Eltern wären stinkwütend.

Oma Nadine allerdings würde wahrscheinlich erst Beifall klatschen und dann Fotos für ihr Album machen. Auch wenn er nicht so sicher war, ob dieses Fotoalbum angesichts seiner pornographischen Natur legal wäre.

Großmütter machten ihre Enkel manchmal sehr stolz.

Travis seufzte und nahm Kacey schnell die Gabel aus der Hand. Viel mehr hielt er nicht mehr aus.

»Also, Kacey …« Seine Mutter schob sich noch einen Bissen in den Mund, kaute, schluckte und blinzelte dann. Er stöhnte. Mom konnte echt nicht essen und gleichzeitig Konversation machen. Das lief immer auf eine sehr langgezogene

Unterhaltung beim Abendessen und noch mehr Quälerei für alle um sie herum hinaus.

»... ich habe mich nur gefragt ...« Sie trank einen Schluck Wein.

Travis warf seinem Vater einen Blick zu und versuchte, ihn unauffällig dazu zu bringen, dass er Mom Teller und Weinglas entwenden solle, damit sie schneller herausrückte mit dem, was sie sagen wollte.

»... werdet ihr beiden nach der Hochzeit in Jakes Wohnung ziehen, oder wollt ihr etwas Neues kaufen?«

Dad stieß Mom mit dem Ellbogen an.

Worauf wollten die beiden hinaus?

Kacey sah Travis hilfesuchend an. Der schüttelte langsam den Kopf.

»Ähm«, machte Kacey, und stocherte auf ihrem Teller herum, »die Sache ist die, meine Wohnung ist wirklich klein, also wäre die von Jake am besten, aber ich mag nicht so gern in der Innenstadt wohnen.«

»Perfekt!« Mom klatschte in die Hände und stupste Dad an. Der sprang von seinem Stuhl hoch, holte einen Umschlag und übergab ihn Kacey.

»Seht es einfach als vorzeitiges Hochzeitsgeschenk.«

Es war wie eine Folge aus der Fernsehserie *Erwachsen müsste man sein* direkt am Esstisch. Dad stand hinter Mom, seine Hände auf ihren Schultern, und beide hatten die Köpfe schiefgelegt und ein eingefrorenes Lächeln im Gesicht.

Travis warf einen Blick auf Oma Nadine. Wenigstens sie benahm sich normal, Gott sei's gedankt, und trank gerade ihr viertes Glas Wein.

Kaceys Hände zitterten. Ohne Zweifel schenkten sie ihr etwas, das lachhaft teuer sein musste. Travis beugte sich vor und verschluckte sich beinahe schon wieder. Er sollte wirklich nie wieder in Anwesenheit dieser Leute essen.

Ein Haus.

Sie hatten ein Haus gekauft.

Und nicht nur irgendein Haus. Es schmiegte sich recht schön an den Lake Washington und befand sich in erstklassiger Lage.

»Wir haben uns gedacht, ihr wollt vielleicht etwas in der Nähe zur Innenstadt, aber nicht zu nah, so dass ihr alles genießen könnt, was Seattle zu bieten hat.« Mom drückte Dads Hand, und sie seufzten beide gleichzeitig.

Wescott tätschelte Kacey die Hand. »Es ist schon seit Jahren in Familienbesitz. Viele Häuser, viele Investitionen, aber wenn ihr wollt, gehört es euch.«

Kacey hatte immer noch nicht von der Urkunde aufgesehen.

Travis wusste nicht, was er tun sollte, also wechselte er das Thema. »Hey, ist es in Ordnung, wenn Kacey und ich gehen und den Kuchen für den Nachtisch anschneiden?«

Synchrones Nicken.

Travis musste Kacey förmlich aus dem Zimmer zerren. Kaum waren sie in der Küche, nahm er ihr sehr sachte die Urkunde aus den Händen und setzte sie auf einen Stuhl.

Prompt brach sie in Tränen aus.

Kacey kam sich wie eine Vollidiotin vor, weil sie heulte. Aber seit ihre Eltern vor ein paar Jahren gestorben waren, hatte sie sich immer ein Zuhause gewünscht. Ein richtiges Zuhause.

Ein Zuhause, wie Jakes Eltern es ihnen gerade gegeben hatten.

Und es war alles eine Lüge. In diesem Augenblick fühlte sie

überwältigende Übelkeit, also steckte sie den Kopf zwischen die Knie und versuchte, tief Luft zu holen.

»Hey, hey, ist schon gut, schon okay.« Travis rieb ihr über den Rücken. »Einfach weiteratmen. Du hast nur gerade eine Panikattacke. Das wird schon wieder. Gutes Mädchen. Nur atmen.« Er setzte sich neben sie und massierte ihr langsam kreisend den Nacken, bis sie sich endlich wieder beruhigte und den Kopf in seinen Schoß legte.

»Willst du darüber reden, Kace?«

Sie zuckte mit den Schultern. Sie wollte nicht wirklich mit irgendjemandem darüber reden, besonders nicht mit Travis. Sie war immer noch nicht sicher, welche Art Alien seinen Körper übernommen haben konnte, so dass er nicht nur umwerfend aussah, sondern auch noch nett war. Doch ein Teil von ihr traute ihm immer noch nicht ganz.

Immerhin hatte er als Kind mit Steinen nach ihr geworfen.

Kacey schüttelte den Kopf, und ein weiteres Schluchzen entwich ihrer Kehle. Dieses Haus war so voller Erinnerungen. Wie viele Abendessen im Kreis der Familie hatten sie erlebt? Das Essen war dabei immer vom Restaurant ihrer Eltern geliefert worden. Ihre Eltern tranken Wein zusammen mit Jakes Eltern, und danach schauten die Kinder alle zusammen im Wohnzimmer Disney-Filme an. Und jetzt, da sie wieder hier war, war es, als würde ein großes Stück fehlen. Sie saß auf demselben Stuhl, plauderte mit derselben Familie, die sie vergötterte. Sie war nicht sicher, ob das je wieder in Ordnung sein würde. Nicht, nachdem sie den Schmerz so lange unterdrückt hatte.

Sie zuckte wieder mit den Schultern. »Ich fühle mich schrecklich. Deine armen Eltern halten das für echt, und um alles noch schlimmer zu machen, schenken sie uns das hier.« Sie schlug auf das Papier auf dem Tisch neben ihr. »Und es ist verlockend. So verlockend, dass ich mich selbst dafür hasse.« Das war nur zum Teil die Wahrheit. Sie wollte das wirklich, aber noch mehr wünschte sie, ihre Eltern wären noch am Leben.

Travis seufzte neben ihr. »Du brauchst keinen Mann wie Jake, um zu bekommen, was du willst. Glaube mir, selbst wenn du das perfekte Haus und tonnenweise Geld hättest, würde dir trotzdem immer noch etwas fehlen, wenn der Mann, mit dem du das alles teilst, zu Stripperinnen geht und sie dafür bezahlt, Dinge zu tun, die du nie tun würdest.«

»Oh, darüber weiß ich nichts«, witzelte Kacey.

»Kace! Jake ist das nicht wert!«

»Nein.« Sie lachte. »Ich meine, über die Dinge, die Stripperinnen machen. Ziemlich sicher weiß ich, wie ich meinem Mann gefallen kann. Ich kann diese Damen locker in die Tasche stecken. Ich brauche nur den richtigen Mann dazu.«

Travis erstarrte. Dann räusperte er sich, erhob sich, ging hinüber zum Tresen und fing an, den Kuchen zu schneiden.

Was war in letzter Zeit nur mit ihm los?

»Lass mich raten.« Kacey beugte sich über den Tresen. »Himbeerkuchen?«

»Woher weißt du das?« Travis schmunzelte; seine Stimme klang heiser.

»Es war der einzige Kuchen, den Oma Nadine dir je zu backen beigebracht hat, und wenn ich mich recht erinnere, hast du ihn für dein Date auf dem Abschlussball gemacht.«

»Oh.« Travis schnitt den Kuchen sorgfältig in Achtelstücke. »Wenn ich mich recht erinnere, hat sie ihn auf ihr Kleid gekleckert und mir dann die Schuld daran gegeben, dass Himbeeren rot sind.«

»Sie war ja immer ein bezauberndes Mädchen. Wie war noch mal ihr Name?«

Travis lachte leise. »O nein, lass das. Genau das, was ich jetzt nicht brauche: Du gräbst meine ehemaligen Freundinnen aus und machst dich über sie lustig. Außerdem gehe ich nicht mehr mit Mädchen aus. Sondern mit Frauen.« Damit musterte er sie von oben bis unten und leckte dann langsam die Gabel ab.

Kacey wandte den Blick ab, hauptsächlich deshalb, weil der Anblick, wie er diese Gabel ableckte, so erotisch war, dass sie beinahe über den Tisch gesprungen und über ihn hergefallen wäre. Offensichtlich passiert so was, wenn man keinen Freund hat, und die engste Beziehung seit einem Jahr mit einem E-Reader und einem fiktiven Herzog namens Henry stattfindet.

»Also …« Kacey boxte ihn, »Frauen, hm? Ich sehe hier aber keine beim Familiendinner.«

»Es gibt keine Frauen.«

Kaceys Herz hämmerte plötzlich los.

»Wenn du es unbedingt wissen musst: Es gibt eine Frau. Mit Betonung auf *eine.*«

Kacey ballte die Hand zur Faust und verfluchte sich, dass sie das Thema angeschnitten hatte. »Wie heißt sie?«

»O nein, das lässt du auch!« Travis legte das Messer auf die Platte und packte Kacey bei den Schultern. »Genau das, was ich nicht brauche: Dass du der einzigen Frau nachstellst, die mich interessiert.«

Hatte er gerade gesagt, er sei nur interessiert an einer Frau? Verdammt sollte der Mann sein. *Sei gefälligst unattraktiv!*, wollte sie ihn anbrüllen. »Komm schon, Travis, du kennst mich. Welchen Schaden könnte ich denn schon anrichten?«

»Erstes Collegejahr …«, fing er an.

»Vergiss, dass ich gefragt habe.«

»Erstes Collegejahr.« Er hielt den Finger in die Höhe, als er sein Argument vorbrachte. »Irgendwie hattest du herausgefunden, dass ich in Ashley Willis verknallt war. Wie, weiß ich heute noch nicht, wenn man bedenkt, dass ich ein Kerl bin und kein Tagebuch führe.«

»Das nicht.« Kacey stach mit der Gabel in den Kuchen und leckte die herben Beeren ab. »Aber du hast ihren Namen einmal im Schlaf vor dich hingemurmelt. Aber erzähl weiter.«

Er sah sie finster an. »Du hast es ihr gesagt.«

»Okay, Trav, komm schon. Ich habe nichts dergleichen getan. Ich habe lediglich angedeutet, dass du ein ganz klein wenig in sie verknallt warst.«

»Kace, ein Poster mit meinem Gesicht und Herzstickern darauf ist verdammt viel mehr als nur andeuten. Gott, ich glaube, du weißt nicht mal, was das Wort ›diskret‹ bedeutet.«

»Weiß ich doch!«, widersprach sie.

Er kam um den Tisch herum und nahm sie in den Schwitzkasten. »Weißt du nicht!« Sie wehrte sich dagegen, aber keine Chance. »Gibst du auf?«, flüsterte er in ihr Haar.

Sein muskelbepackter Brustkorb hob und senkte sich hinter ihr. Gab sie auf? O Gott, was würde sie nicht alles für etwas, irgendetwas, aufgeben.

Ups! Roter Alarm! Was dachte sie denn da? Das war Travis, Travis!

»Travis!«, kreischte sie. Er ließ sie los und grinste.

»Na komm, bringen wir den Kuchen raus, bevor sie glauben, du hättest mich abgestochen oder so.«

»Nahe dran«, brummelte Kacey, wobei Abstechen nicht unbedingt das war, was sie im Sinn hatte. Ihn von Kopf bis Fuß mit Beeren einreiben und ihn dann ablecken? Ja. Gewalt? Nur in sexueller Hinsicht.

Sie brauchte unbedingt einen Sturz mit Kopfverletzung oder etwas Ähnliches, um sich Travis' Lächeln und seinen

Duft aus dem Kopf zu schlagen, bevor sie noch den Verstand verlor.

»Da seid ihr ja wieder!« Oma Nadine zwinkerte, als sie ins Esszimmer kamen und sich über den Kuchen hermachten. »Ich dachte schon, Travis hätte da drin eine kleine ›Begegnung‹ mit dir gehabt, Kleines.« Sie zwinkerte noch einmal. Unglücklicherweise hatte sich Kacey genau in dem Moment einen riesigen Bissen Kuchen in den Mund geschoben, groß genug, um sich zu verschlucken.

Und es wurde noch schlimmer, als Travis die Hände hob und sagte: »Ich habe versucht, diskret zu sein.«

Kacey funkelte ihn an.

Die ganze Familie lachte, und Kacey wollte ihm unter dem Tisch einen Tritt versetzen. Er zog sein Bein rechtzeitig aus der Gefahrenzone und streckte ihr die Zunge heraus, als sei er ein Zweijähriger.

Und im Ernst, vielleicht war es sexueller Frust, aber sie sprang auf ihn los, sein Stuhl kippte um, und sie landete rittlings auf ihm, drückte ihm Kuchen ins hübsche Gesicht und rief dabei die ganze Zeit: »Ich kriege dich!«

In ihrem Kopf hörte sie seine ganze Familie jubeln – doch in der Realität waren alle vollkommen still.

Außer Travis, der fluchte und ihr den Kuchen entgegenspuckte. Zum Glück hatten sie Hartholzboden statt Teppichen.

Endlich wischte sie eine Beere von seinem Gesicht und leckte sich die Finger ab. Seine Augen verdunkelten sich, und einen Moment lang sah es so aus, als würde er sie küssen.

Dann beugte er sich vor und griff hinter ihr nach oben. Und plötzlich hatte sie heißen Kuchen im ganzen Gesicht.

»Ich gewinne, Kace«, flüsterte er ihr rauchig ins Ohr.

*Ja, o ja, du gewinnst.*

# KAPITEL 13

Kacey schaute nun schon zum zehnten Mal an diesem Abend auf ihr Handy. Nichts, nicht mal eine SMS von Jake.

Was zum Teufel war nur los mit ihm? Schließlich war sie hier, um ihm zu helfen! Und er hatte zu arbeiten? Das kaufte sie ihm nicht ab. Sie war nicht dumm. Aber seine Eltern warfen ihr ständig besorgte Blicke zu, und das gab ihr ein unbehagliches Gefühl.

Schließlich waren sie zu Bett gegangen, kurz nach dem Vorfall mit dem Kuchen, der, wie Kacey entschied, zu diesen verrückten Momenten gehörte, in denen man nicht nur die Kontrolle über seine Körperfunktionen, sondern auch über logisches Denken verlor und schlechte Entscheidungen traf. Ungefähr so, wie wenn man betrunken war – was sie nicht war, denn nach der Vorstellung von Jakes Eltern trug sie sein Kind der Liebe unter dem Herzen.

Verdammt sei Jake Titus.

»Kace!« Travis schlenderte ins Zimmer, komplett oben ohne und nur mit Schlafanzughosen bekleidet. Hing ihr jetzt tatsächlich die Zunge aus dem Mund? O Gott, sie fing an zu schwitzen. Du liebe Güte, wenn doch wenigstens jemand die Klimaanlage hier drin einschalten würde.

Kacey wandte den Blick ab und rang sich ein unbehagliches Lachen ab. »Was gibt's?«

»Filmnacht.« Er warf ihr ein Kissen zu und ging zur DVD-Sammlung.

»Ähm, etwa FKK-Filmnacht? Ich glaube, das hatte ich noch nicht mitbekommen.« Er drehte sich um, und sie musterte ihn von oben bis unten.

»Bitte um Verzeihung, verschreckt meine Männlichkeit etwa deine sittsame Natur?«

Sie schnaubte. »Ich möchte nur nichts von der Schlampe der letzten Nacht abbekommen. Ich habe gehört, dass Krankheiten durch zu viel Hautkontakt übertragen werden.«

Er verdrehte die Augen. »Ich ziehe ein Shirt an – wenn du deines ausziehst.«

Wie verlockend. »Mein Shirt ausziehen? Damit du endlich meine Möpse zu sehen bekommst? Oh, liebe Zeit, Travis. Lass mich nachdenken. Soll ich deinen jahrelangen Traum wahr werden lassen oder meinen Stolz behalten? Ja, ich denke, ich behalte meinen Stolz.«

Er zuckte mit den Schultern. »Wie du willst, aber wenn du nicht nackt bist, ist es keine echte Pyjamaparty.«

»Was für Pyjamapartys musstest du denn als Kind mitmachen?«, fragte Kacey.

Travis grinste reuelos. »Nur die guten. Aber jetzt im Ernst, geh und zieh dir was Bequemes an. Ich warte so lange.«

»Na gut.« Sie hüpfte vom Sofa, und ihr Herz hämmerte verräterisch. Dieses launige Geplänkel musste aufhören. Sie waren Erwachsene, um Himmels willen, und keine Teenager! Sie schnappte sich ein paar Shorts von Victoria's Secret, ein schwarzes Top und zog dann noch Slippers an, damit das Ganze weniger … verführerisch aussah. Nicht, dass sie ihn verführen wollte. Als sie in den Spiegel schaute, verriet ihre Haut, das dumme Organ, sie allerdings, mittels einer hübschen tiefroten Färbung.

Sie sollte sich wirklich öfter verabreden.

Immer zwei Stufen auf einmal nehmend, lief sie die Treppe zum Wohnzimmer hinunter und sah, wie Travis gerade eine Flasche Wein aufmachte. Gott sei Dank hatte er inzwischen ein Shirt angezogen, denn sie war nicht sicher, ob sie den Anblick seiner glänzenden Muskeln noch länger ertragen konnte. »Dachte mir, du könntest einen Schluck hiervon gebrauchen, auch wenn es nicht gut ist für das Baby.« Er grinste.

»Ich würde die ganze Flasche austrinken, wenn ich nicht wüsste, dass ich dann total betrunken wäre. Der Wein fehlt mir.«

»Ähm, du hattest nur einen Abend lang keinen Wein, und er fehlt dir?«

»Nun, du unterschätzt eindeutig meine Beziehung zu Wein, und was ich an Wochenenden tue, wenn ich allein bin und lese.«

»Du wildes Huhn, du.« Travis füllte ihr Glas bis zum Rand. Man sollte ihn auf der Stelle heiligsprechen.

Als er ihr den Wein reichte, berührten sich ihre Finger flüchtig. Sein Blick glitt ganz kurz zu ihren Shorts, und er räusperte sich. »Die sehen hübsch aus.«

»Danke.« Sie lächelte.

»Sind das Shorts oder ist das Unterwäsche?«

Meinte er das ernst? »Shorts, du Esel. Also, welchen Film sehen wir uns an?«

»Rate mal.«

»Nicht in der Stimmung dazu, und nicht annähernd genug Wein intus für ein derart anstrengendes Unterfangen.«

»Ah, Schwangerschaftsdemenz, ja, so was gibt es wirklich.« Travis stand auf, machte das Licht aus und drückte auf ›Play‹. »Ich dachte mir, du möchtest vielleicht einen Horrorfilm sehen.«

»Horrorfilm?«

Ein Zeichentrickfilm erschien auf dem Bildschirm. Kacey blinzelte, als die Musik einsetzte, und fiel dann fast vom Sofa. »O mein Gott, das können wir nicht ansehen, Travis. Ich kann mir das nicht ansehen. Das ist schon eine Ewigkeit her, und …«

»Überwinde deine Ängste, Kace.«

Kacey schmiegte sich ein wenig näher an ihn, nur für den Fall, dass die Zeichentrickfiguren tatsächlich beschließen sollten, aus dem Bildschirm zu hüpfen und sie zu verschlingen.

Er drückte auf ›Pause‹ und lachte. »Kace, echt jetzt? Ich dachte, du hättest die Phobie inzwischen überwunden.«

»Das ist keine Phobie.« Kacey trank schneller von ihrem Wein. »Das ist ein gruseliger Film!«

»Es ist Alice im Wunderland.«

Kacey schüttelte ein paarmal den Kopf und trank noch mehr Wein. »Verdammt sei diese Grinsekatze.«

Travis hielt sein Weinglas hoch. »Auf das Überwinden alter Ängste?«

Und in diesem Augenblick veränderte sich etwas zwischen ihnen. Es war dunkel, aber dennoch schienen seine Augen etwas zu verbergen, als würde er von mehr sprechen als nur ihrer dummen Phobie. Sie lehnte sich zurück, inzwischen vollkommen entspannt, nachdem sie bereits die Hälfte ihres Weinglases geleert hatte, und flüsterte: »Auf das Überwinden alter Ängste.«

Travis war klar, dass das für ihn eine Doppelbedeutung hatte. Er musste wirklich seine alte Angst bezwingen, indem er die Frau endlich mal küsste und sich ein für alle Mal davon befreite. Und jetzt geisterte diese verdammte Krabbe aus

»Arielle« durch seinen Kopf und trällerte »Küss sie doch«. Na toll.

Das würde doch sicher dafür sorgen, dass diese überwältigende Anziehungskraft verschwand. Gott, es war schon schwer genug, den Film anzusehen und dabei neben ihr zu sitzen und ihren Duft einzuatmen, ganz zu schweigen davon, dass er ihre wohlgeformten Beine vor der Nase hatte.

Er wollte mit seiner Zunge über ihren Oberschenkel streichen, bis …

Stopp! Er musste damit aufhören, oder es würde ihm ernsthaft schwerfallen, während des doofen Films halbwegs bequem sitzen zu bleiben. Und dann würde sie womöglich annehmen, dass Zeichentrickfilme ihn irgendwie anmachten.

Der Film lief erst zwanzig Minuten, als er nach der Weinflasche griff, nur um festzustellen, dass sie sie bereits beinahe geleert hatten. Daran war sicher Kacey schuld. Sie trank das Zeug wie Wasser – nicht, dass er ihr das vorwerfen konnte. Ein einziges Abendessen mit seiner Familie reichte wahrscheinlich, um einen Menschen dazu zu bringen, besonders dann, wenn Oma der Neigung frönte, mit ihren Liebesverhältnissen anzugeben.

Er konnte sich immer noch nicht erklären, wieso es Grandma offensichtlich so gutging. Sie sollte doch eigentlich bettlägerig und krank sein! Stattdessen schlich sie sich hinüber zu einem Stelldichein mit dem Nachbarn.

Diese Vorstellung in seinem Kopf tat Wunder für seinen Zustand der Erregung. Jetzt konnte man ihn ganz offiziell als abgetörnt bezeichnen.

Die Musik wurde lauter; das war der Teil, wo die Grinsekatze ihren ersten Auftritt hatte.

Er schaute Kacey an, um zu sehen, wie sie reagierte.

Sie hob die Hände vor ihr Gesicht.

»Kace«, flüsterte er, »schau her. Die Katze wird nicht auf magischem Weg ins Wohnzimmer schweben.«

Sie spähte zwischen ihren Fingern hindurch, griff nach ihrem Glas, stürzte den letzten Rest Wein hinunter und gab ihm das Glas. »Mehr.«

Es lag ihm fern, ihr irgendwas abzuschlagen. Also machte er sich auf die Suche nach einer weiteren Flasche.

Kaum war der Korken heraus, hielt Kacey ihm ihr Glas hin, ohne dabei den Blick vom Fernseher abzuwenden. Wenn es um diese verflixte Katze ging, hatte sie echt eine irrationale Angst. Immerhin kreischte sie nicht los wie beim letzten Mal, als sie fünfzehn Jahre alt gewesen war. Aber sie rutschte immer näher an ihn heran, Zentimeter für Zentimeter, bis ihre Oberschenkel sich berührten.

Oh, süße Folter.

Er trank etwas, um Hände und Mund beschäftigt zu halten, und als dann der Abspann lief, wurde ihm klar, dass sie zwei Flaschen Wein geleert hatten.

Kacey sah allerdings ziemlich aufgedreht aus. »Wir müssen noch etwas Lustiges anschauen, damit ich diese Bilder im Kopf loswerde.«

Travis schüttelte den Kopf. Er fühlte sich weit entspannter, als gut für ihn war; sein Arm lag um ihre Schultern, und er zog sie näher an sich heran. »Was willst du denn?«

Was er eigentlich sagen wollte, war: *Nun, was willst du denn ansehen?* Aber er war angeheitert und seine Zunge daher ein wenig lockerer.

Sie zuckte mit den Schultern und schmiegte sich enger an ihn. Seine Hand glitt über ihren Rücken und immer tiefer, bis sie ihren Po streifte.

»Kace?«, fragte er noch einmal. Sie hatte sich nicht gerührt, und der Raum drehte sich um ihn, zum Teil vom Wein, zum Teil wegen seines lustvoll erregten Zustandes.

»Hm?« Sie sah zu ihm auf. Gott, sie war wunderschön und ihm so verdammt nah, dass er beinahe den Wein auf ihren Lippen schmecken konnte.

»Deine Entscheidung«, sagte er und neigte ihr den Kopf entgegen.

»Das bedeutet nichts«, flüsterte sie an seinen Lippen. »Wir sind betrunken, und es bedeutet nichts«, wiederholte sie, während ihre Finger sich in sein Haar schoben.

Mit einem Aufstöhnen schüttelte er den Kopf.

»Richtig, nichts.« Er fuhr mit der Zunge über ihre Unterlippe, die nach Rotwein schmeckte, und strich dann über ihr Kinn.

Sie bog den Rücken durch, und er zog sie enger an sich. Seine Selbstbeherrschung hing nur noch an einem seidenen Faden.

Als seine Lippen ihre streiften, öffnete sie den Mund für ihn – und die Hölle brach los. Er hatte nicht erwartet, dass sie so gut schmecken, sich so reif anfühlen würde, dass sie so perfekt in seine Arme passen und auch noch seinen Namen stöhnen würde.

Seine Zunge spielte mit ihrer. Kacey fuhr mit den Fingern über seinen Oberarm, schob dann ihre Hände unter sein Shirt und zog es ihm aus.

»Hab dir doch gesagt, nackte Pyjamapartys machen viel mehr Spaß«, sagte er zwischen zwei Küssen.

Sie kicherte und griff nach ihrem eigenen Shirt. Keine Chance, dass er das verpassen wollte. Fasziniert lehnte er sich zurück, als sie anfing, sich auszuziehen, und dann … ging das Licht an.

»Oma!«

»Travis! Kacey!« Sie drückte die Hand aufs Herz.

O Gott, das war's dann. Seine Großmutter hatte soeben gesehen, wie er kurz davor war, die Verlobte seines Bruders zu bumsen. Er würde der Grund für ihren Tod sein, er wusste es einfach.

Sie legte den Kopf schief. »Kacey, dieser Büstenhalter ist ja ganz bezaubernd. Pink. Wieso habe ich eigentlich keine pinkfarbene Unterwäsche?«

Travis verbarg das Gesicht in seinen Händen und wünschte flehentlich, er könnte sich einfach in Luft auflösen.

Oma Nadine zuckte mit den Schultern. »Seht zu, Kinder, dass ihr aufräumt. Jake soll nicht heimkommen und die Überbleibsel eures Techtelmechtels sehen.«

Irgendwie klang es vollkommen verkehrt, wenn seine Oma das Wort *Techtelmechtel* aussprach, während eine Frau rittlings auf ihm saß.

Oma Nadine winkte ihnen zum Abschied zu und machte das Licht wieder aus.

Aber die Stimmung war damit offiziell ruiniert.

»Glaubst du, sie war betrunken?«, fragte Travis flehend.

»Entweder das, oder sie war high.« Kacey richtete sich auf und zog ihr Shirt wieder an. Traurig wollte er eine Träne des Selbstmitleids vergießen, weil ihre kleine Party nun vorbei war.

»Ich sollte, ähm, ins Bett gehen …« Kacey stand auf, ein wenig wackelig auf den Beinen.

Travis nahm sie beim Arm. »Lass mich dir helfen. Ich werfe nur noch die Beweisstücke weg und bringe dich dann in dein Zimmer, okay?«

Kacey nickte und streckte die Arme über ihren Kopf.

Schnell warf er die Weinflaschen in den Mülleimer, stellte die Gläser ins Spülbecken, faltete die Decke und schaltete den Fernseher aus.

»Fertig?«, fragte er.

»Ja.« Sie mied seinen Blick.

Er ging mit ihr die Treppe hinauf und brachte sie zum Gästezimmer. Sie wollte protestieren, als er hineinging, das Licht anmachte und dafür sorgte, dass die Fenster offen waren. Er wusste, dass sie gern frische Luft hatte, wenn sie schlief, etwas, das sich wahrscheinlich nie ändern würde, da war er sicher.

»Ab ins Bett.« In ihm zog sich etwas zusammen. In diesem Bett sollte er liegen, nicht dieser verdammte Teddybär oder auch nur das andere Kissen. *Er war eifersüchtig auf ihr Kissen?* Er brauchte dringend eine kalte Dusche.

»Also …« Sie zuckte mit den Schultern und schaute zu Boden. »Wegen heute Abend.«

»Kace, nicht. Wir sind betrunken.«

»So betrunken bin ich nicht«, flüsterte sie.

Er lachte leise. »Ich auch nicht.«

»Ich hasse dich immer noch.«

Er lächelte. Er konnte gar nicht anders. »Kace, mach dir keine Sorgen. Ich würde nicht mal dann mit dir schlafen, wenn du das letzte Mädchen auf diesem Planeten wärst.« *Lüge, alles Lüge!*

»Gut«, brüllte sie, »ich mag dich sowieso nicht!«

»Tja, keine Sorge, Kace, die Abgelegten meines Bruders sind ohnehin nicht so mein Ding.« *Wo zum Henker kam das denn jetzt her?*

Ihre Hand klatschte direkt in sein Gesicht. Das hatte er auch total verdient.

»Kace, es tut mir leid. Ich habe damit nicht gemeint …«

»Man kann wohl sagen, dass ich genau weiß, was du gemeint hast, Travis. Gute Nacht.« Damit schlug sie ihm die Tür direkt vor der Nase zu. Er war ein absoluter Volltrottel.

# KAPITEL 14

Samantha war dabei, alles zu verderben.

Zuerst wollte sie Jake das Versprechen abnehmen, dass er diese Schlampe, mit der er sich verlobt hatte, nicht wirklich heiraten würde, und als er ihr gesagt hatte, dass er eine Heirat tatsächlich in Erwägung zog, hatte sie ihn doch tatsächlich geohrfeigt. Unglaublich.

Es war ja nicht so, dass er Samantha zurück in die Gosse schicken wollte oder so. Er wäre absolut glücklich und zufrieden mit einer Ehefrau und einer Geliebten nebenher.

Nachdem er ihr die Lage erklärt hatte, beruhigte sie sich wieder etwas, aber was ein vollkommen wundervoller Abend mit Drinks und atemberaubendem Sex hätte werden können, war damit ruiniert.

Am Ende fuhr er gegen ein Uhr morgens zurück nach Hause. Es hatte keinen Sinn, über Nacht zu bleiben, wenn sie die Zicke spielen wollte.

Er tastete im Dunkeln am Türschloss und betrat leise das Haus. Wo war Kacey eigentlich genau untergebracht? Er hatte ganz vergessen zu fragen. Er lief die Treppe hinauf, immer zwei Stufen auf einmal nehmend, und stieß direkt mit Travis zusammen, der gerade aus einem der Gästezimmer kam.

»Was machst du denn hier?«, fragten sie gleichzeitig.

Travis kratzte sich am Kopf und warf einen Blick über die Schulter zu dem Zimmer, aus dem er gerade gekommen war.

»Ähm, Kacey hat etwas zu viel Wein getrunken, also wollte ich dafür sorgen, dass sie es in ihr Zimmer schafft.«

Das nahm Jake ihm nicht ab. Er war schließlich kein Idiot.

»Also hast du ihr, ganz Kavalier, die Treppe hinaufgeholfen und alle Monster und Drachen abgewehrt, um ihre Ehre zu verteidigen?«

Travis verdrehte genervt die Augen. »Bist du fertig? Ich bin nämlich müde und brauche mein Bett. Stör sie einfach nicht, okay?«

»Sie geht dich nichts an, Travis. Ich kann sie stören, wann ich will. Ich kann direkt in ihr Bett hüpfen und sie von hinten bis vorn durchvögeln, und dann geht es dich immer noch nichts an. Hier geht es nicht um dich.«

Daraufhin schleuderte Travis seinen Bruder gegen die Wand. »Wenn du es wagst, sie noch mal anzurühren, dann schwöre ich, dass ich dich umbringe.«

»Sie anrühren?« Seit wann war Travis denn so zimperlich? »Ich rühre sie an, wann ich will, und noch mal, das geht dich gar nichts an.«

»Was ist eigentlich los mit dir!« Travis ließ ihn los und fluchte.

»Nichts.« Jake zog seine Lederjacke glatt. »Entspann dich einfach, okay? Ich bin darüber weg, sie ist auch darüber weg, und wir haben es beide abgehakt. Der Einzige, der offenbar immer noch der Vergangenheit anhängt, großer Bruder, bist du.«

Das sollte es ihm wohl zeigen. Mit einem spöttischen Grinsen klopfte Jake an Kaceys Tür, trat dann leise ins Zimmer und ließ Travis mit seinem finsteren Blick draußen stehen.

»Hey, Süße, ich bin wieder da.« Jake küsste sie auf die Stirn. Sie sah weder betrunken noch verwirrt aus – eher errötet, mit vollen Lippen. Gott, er hatte ganz vergessen, wie wunderschön sie war. Ihr Haar war über das Kopfkissen ausgebreitet. Sie seufzte und neigte ihm den Kopf zu.

»Arbeit okay?«, murmelte sie.

»Ja.« Ihm versagte die Stimme, und er konnte sich auf nichts anderes mehr konzentrieren als auf ihre zarte Haut, als er noch einmal ihr Gesicht streichelte. »Alles gut.«

Und dann konnte er einfach nicht anders. Er hatte sich geschworen, dass er sie nicht anrühren würde, aber er war eben nur ein Mann, und so ließ er es zu, dass Dummheit über gesunden Menschenverstand siegte. Seine Lippen streiften ihre, erst zaghaft, und dann fester, als er sie zurück aufs Bett drückte.

In diesem Augenblick platzte Travis ins Zimmer, wie ein verdammter Retter einer Jungfrau in Nöten, und fluchte, als er Jake über Kacey gebeugt sah.

»Kann ich dir helfen, Bruderherz? Wir sind gerade … beschäftigt.«

Travis warf erst Kacey einen Blick zu, woraufhin sie förmlich unter der Decke zu verschwinden schien, und sah dann wieder Jake an. »Du hast recht. Es geht mich nichts an, was ihr beide macht. Und es ist mir auch egal. Gute Nacht.« Damit schlug er die Tür hinter sich zu.

O Mann, sein Bruder brauchte echt mal ein Antiaggressionstraining. Was zum Henker hatte es ihn zu kümmern, ob da immer noch was zwischen ihm und Kacey lief?

Kacey sagte: »Du solltest gehen.« Ihr Gesicht war tränennass. Weinte sie etwa?

»Wieso weinst du denn? Ist alles in Ordnung? Was ist denn los?« Fragen über Fragen.

»N-nichts«, stotterte Kacey. »Tut mir leid, Jake. Ich habe ein bisschen zu viel Wein getrunken. Ich hatte nicht vor, dich zu küssen.« Sie wandte den Kopf ab und schloss die Augen.

»Ist schon in Ordnung.« War es nicht. Tatsache war, dass sich die Dinge in eine völlig andere Richtung entwickelt hätten, wäre Travis nicht plötzlich hereingeplatzt.

Vielleicht war es das Beste so. Immerhin war ihm klar, dass es sonst nur dazu führen würde, dass er ihr wieder weh tat. Er war wirklich nicht der Typ Mann für nur eine Frau. Aber sie war eine Versuchung für ihn, so dass es ihm schwerfiel, sich ihr zu entziehen. Vielleicht waren es Erinnerungen an ihre Freundschaft. Oder vielleicht die Art, wie sie lachte und ihn neckte. Jake schüttelte den Kopf. Er hätte heute Nacht echt noch ein Nümmerchen schieben sollen. Dann wäre alles viel einfacher gewesen.

Er drückte ihr einen letzten Kuss auf die Stirn, verließ das Zimmer und ging mit einem selbstzufriedenen Grinsen an seinem Bruder, der im Flur stand, vorbei. Offenbar hatte sein Bruder vor, den Anstandswauwau zu spielen. Ihm war es recht.

Bevor er sein Zimmer betrat, blieb er noch einmal stehen. »Sie schläft jetzt. Ich bin sicher, sie ist fix und fertig nach all der Aufregung.« Mit einem Augenzwinkern marschierte Jake in sein Zimmer, schlug die Tür hinter sich zu – und genoss es, seinen Bruder auf dem Flur schimpfen zu hören.

# KAPITEL 15

Als am nächsten Morgen um acht Uhr der Wecker ihres Handys losging, wünschte sich Kacey sehnlichst, sie könnte sich unter den Decken verkriechen. Was, in aller Welt, hatte sie sich gestern Abend nur gedacht?

Offensichtlich hatte sie gar nichts gedacht, sondern nur getrunken und sich an den nächstbesten Kerl herangemacht. Nun ja, nicht den nächstbesten, sondern den einzigen Kerl. Den verdammt heißesten Kerl, den sie je im Leben gesehen hatte.

Man sollte alle männlichen Mitglieder der Familie Titus erschießen, so viel war mal klar.

Er hatte sie zuerst geküsst, nicht wahr? Nein, sie hatte sich zuerst an ihn gelehnt, aber was hatte er von ihr erwartet? Mit so viel Wein intus? Und so, wie er sie angesehen hatte, mit diesem eindringlichen Blick, und der Duft, der von ihm ausgegangen war … Den Mann wegzuschieben hätte extreme Selbstbeherrschung erfordert, und gegen Ende des Abends war sie ohnehin nur noch auf Reserve gelaufen.

Noch zwei Tage.

Nur noch zwei Tage, und dann konnte sie wieder in ihr langweiliges Leben zurückkehren und Travis vergessen. Allein der Gedanke daran ließ ihr das Herz ein wenig schwer werden, aber das war albern.

Eilig machte sie ihre Morgentoilette, schnappte sich Laufschuhe und Sonnenbrille und lief zur Haustür.

»Wo denkst du denn, dass du hingehst?«, rief Travis hinter ihr. Mist.

»Wenn du es unbedingt wissen musst: Ich gehe joggen.«

Sie weigerte sich, sich zu ihm umzudrehen. Viel zu früh am Morgen, um mit seinem perfekten Gesicht fertigzuwerden.

»Ich komme mit.«

»Nein!«, schrie Kacey förmlich, bevor sie sich zurückhalten konnte. »Ich meine, du musst nicht mit. Mir kann überhaupt nichts passieren.«

Travis fluchte. »Glaube mir, mir ist absolut egal, ob irgendein Obdachloser dich auf der Straße anmacht. Ich muss nur mit dir reden. Warte kurz und lass mich meine Schuhe holen.«

Kacey nickte und wich dabei immer noch seinem Blick aus, dann lief sie zur Tür hinaus, um Dehnübungen zu machen.

»Fertig?«, rief Travis fünf Minuten später. Sie drehte sich um – und geriet beinahe ins Stolpern.

»Ja klar, gehen wir. Schön.« Dann klappte sie den Mund zu, schloss die Augen und stellte sich eine Welt vor, in der perfekte Exemplare der Spezies Mann einen nicht so ansahen, wie Travis es gerade tat. Auch wenn er wütend aussah.

»Hoffe, du kannst mithalten«, rief sie und lief los.

Travis lachte. »O bitte, ich bin letzte Woche einen Marathon gelaufen. Ich kann ziemlich sicher mithalten.«

Kacey hielt den Mund und schaute finster drein.

»Also ...« Er rannte neben ihr her, und obwohl er ein ziemliches Tempo draufhatte, atmete er noch nicht einmal schwer. »... du und Jake.«

Mist, Mist, Mist, Mist!

»Ja?« Sie warf ihm einen lässigen Blick zu.

»Tu es nicht.«

»Tu was nicht?«, fragte Kacey.

»Mit ihm. Lass ihn nicht an dich ran, Kacey.«

»Was denn, hast du dich selbst zu meinem Beschützer ernannt?«

»Irgendwer muss dich ja beschützen!« Er packte sie am Arm, so dass sie beide stehen blieben.

»Ach wirklich? Ist es das, was du gestern Abend gemacht hast? Mich beschützen? Denn angefühlt hat es sich nach etwas ganz anderem. Vielen Dank für die Aufklärung.« Kacey schubste ihn weg, aber er packte ihre Handgelenke.

»Du weißt, dass das nicht stimmt. Nicht, dass es eine Rolle spielen würde, wenn man bedenkt, dass du nicht mal eine Stunde später meinen Bruder geküsst hast.«

»Glaub doch, was du willst, und nur fürs Protokoll, Travis …«

Ruckartig hob er den Kopf.

»Es war ein Fehler durch zu viel Alkohol. Es ist nie passiert, okay?«

Seine Nasenflügel blähten sich, als er fluchte und den Blick senkte. »Richtig. Und das, was zwischen dir und Jake passiert ist, war dann also auch ein Unfall?«

»Noch mal, das geht dich nichts an. Lass mich einfach in Ruhe, Travis. Geh und such dir jemand anderen, den du quälen kannst, ja? Ich brauche meinen morgendlichen Lauf, bevor ich zu diesem dämlichen Brunch gehe.«

»Wenn es das ist, was du willst.« Er sah wieder zu Boden, fluchte und fuhr sich mit der Hand durch das dichte Haar. »Du wirst verletzt werden, das ist dir doch klar?«

Kacey seufzte. »Das werde ich doch so oder so, Travis. Die Frage ist nur, welchem Bruder ich die Gelegenheit dazu gebe, findest du nicht auch?«

Er schwieg.

Das war alles, was sie an Antwort brauchte.

Sie nickte, drehte sich um und lief weiter. Tränen drohten ihr über die Wangen zu laufen. Aber wieso? Wegen Travis? Wegen Jake? Sie hatte doch nicht einmal Gefühle für Jake! Er war ein egoistischer Bastard, aber Travis? Das mit Travis konnte was werden. Oder? Sie traute ihm nicht recht, aber neuerdings schien es so, als seien sie zwei ganz andere Menschen geworden, und dann …

Dann hatte er etwas gesagt, das ihr das Herz gefrieren ließ. Er wusste Bescheid darüber, dass Kacey und Jake im College getrennte Wege gegangen waren. Natürlich wusste er das, aber dass er ihr das an den Kopf geworfen hatte, als sei sie eine Schlampe und keinen zweiten Gedanken wert, das weckte in ihr den Wunsch, ihn zu erschießen. Wie konnte er es wagen, ihr das zu sagen? Das war nicht hinnehmbar, auch wenn er wütend gewesen war.

Sie wischte sich eine verirrte Träne aus dem Gesicht und konzentrierte sich auf den Weg. Sie musste lediglich noch heute und morgen durchstehen. Und dann konnte sie zurück nach Seattle, zurück zu ihrem Job bei Starbucks und das College zu Ende machen. Sie musste sich nur ins Gedächtnis rufen, was noch alles auf sie wartete, und vergessen, dass Travis überhaupt existierte.

Fünf Meilen später kam sie völlig erschöpft wieder beim Haus an – nur um dort auf Oma Nadine zu treffen, die gerade aus der Haustür trat, zurechtgemacht, als hätte sie ein heißes Date.

War sie wirklich so krank, wie Jake gesagt hatte? Sie sah aus, als ginge es ihr richtig gut.

»Oh, Kleines! Wie geht es dir heute Morgen?«, fragte Oma Nadine lächelnd. Oje, das war eine Anspielung darauf, dass sie Kacey und Travis gestern Abend erwischt hatte.

»Ähm, Grandma, da ist etwas, das du wissen solltest …«

»O nein, wage es ja nicht, dich für dein Verhalten zu entschuldigen, junge Dame. Wenn irgendwer dafür Verständnis hat, dann deine liebe alte Großmutter. Du meine Güte, wenn ich deine Beine hätte, würde ich noch viel Schlimmeres anstellen. Also, gönn dir einfach deinen Spaß, und pass auf dich auf, Liebes.«

»Aber Travis und ich sind doch gar nicht … und Jake und ich sind … und …«

Oma Nadine lächelte wieder. »Unser kleines Geheimnis, Schätzchen. Ich habe auch gar nichts gesehen. Ich weiß, dass du diese Jungs beide liebst – natürlich auf unterschiedliche Weise. Ich denke, es ist an der Zeit, dass du damit aufhörst, in Jakes Schatten zu stehen, und stattdessen als eigenständige Frau vortrittst, und all so was.«

Kacey schluckte den Kloß in ihrer Kehle hinunter. »Wir sind nicht verlobt.« Damit hatte sie eigentlich nicht herausplatzen wollen.

»Schätzchen, ich bin nicht dumm.« Oma Nadine umarmte Kacey, verschwitzt, wie sie war. »Ich bin auch nicht krank«, flüsterte sie. »Oh, ich hatte einen dieser dummen Schreckmomente, die alte Leute schon mal haben, wenn nicht mehr alles so funktioniert, wie es sollte. Aber ich bin voll auf dem Damm.«

»Aber …?« Kacey war hin- und hergerissen zwischen glücklich und verwirrt. »Wieso hast du dann jedem das Gegenteil erzählt?«

Daraufhin wurde Oma Nadines Blick sehr ernst. »Liebes, wenn man am Ende seines Lebens ankommt, erkennt man die Fehler der Vergangenheit. Einer meiner größten Fehler war es, dass ich dich nicht gezwungen habe, wieder nach Hause zu kommen, dich deinen Dämonen zu stellen und der Vergangenheit ins Auge zu sehen.« Sie legte eine runzelige Hand an

Kaceys Kinn. »Ist Travis mit dir beim Restaurant vorbeigefahren?«

Kacey wollte sich ihr entziehen, doch stattdessen biss sie sich fest auf die Unterlippe, um nicht loszuheulen. »Nein, nein, ist er nicht. Und ich glaube nicht, dass ich den Anblick ertragen kann, Oma. Nicht mit all den Erinnerungen. Und damals, als sie starben, wollte ich es einfach nur verkaufen und alles hinter mir lassen.«

Oma Nadine seufzte. »Das verstehe ich, Schätzchen, aber denkst du nicht, es ist Zeit, zurückzukehren?«

»Zurückzukehren?«

Oma Nadine zog sie in eine herzliche Umarmung. »Nach Hause, Schätzchen. Zeit, dorthin zurückzukehren, wo du hingehörst.«

Kacey umarmte Oma Nadine, so fest sie konnte, und ließ sich in den beruhigenden Duft ihres französischen Parfüms einhüllen.

»Mir ist schon klar, dass mein Bastard von einem Enkelsohn es vermasselt hat. Ich mag ihm ja gedroht haben, damit er dich hierherbringt, aber du darfst nicht eine Sekunde lang glauben, dass dieser Besuch irgendwas mit ihm zu tun hat. Dieser Besuch hier – der ist für dich.«

»Ich verstehe nicht.« Kacey starrte auf ihre Hände. Alles war plötzlich so verwirrend.

»Das wirst du noch.« Oma Nadine kniff sie in die Wange. »Du wirst sehr bald verstehen, mein Liebes, warum es wichtig ist. Warum das alles hier« – sie löste sich wieder von Kacey und hob die Hände in die Höhe – »wichtig ist. So ist das Leben, und, Schätzchen, du musst anfangen zu leben.«

Kacey nickte.

»Und jetzt« – Oma Nadine zog an ihrer Kostümjacke – »habe ich eine Verabredung.«

»Oma, es ist neun Uhr morgens.«

»Wer sagt denn, dass man Verabredungen nur abends haben kann?« Damit holte sie einen ramponierten Lippenstift hervor, formte ein O mit den Lippen und trug ihn auf. »So wie ich das sehe ...«, sie rieb die Lippen aufeinander, »hat man bei einer Verabredung am Morgen den ganzen Tag zum Spielen.«

Zu viele Informationen. Viel zu viel.

War es eigentlich machbar, Unterhaltungen zurückzuspulen und zu vergessen, dass sie je stattgefunden hatten?

»Ich bin dann mal weg.« Noch ein Lächeln, und dann schlenderte Oma Nadine auf ihren Fünfzehn-Zentimeter-Absätzen über die Straße.

*Also, wenn deine adoptierte Oma schärfere Klamotten trägt als du, dann läuft irgendwas ernsthaft verkehrt. Notiz an mich selbst: Später ihren Kleiderschrank durchstöbern.*

Fasziniert sah Kacey zu, wie Oma Nadine an Mr Casbons Tür klopfte, woraufhin diese weit aufschwang und Oma ins Haus gezogen wurde.

Die Vorhänge waren geschlossen. Dank sei Gott für kleine Gefälligkeiten.

Kacey ging wie benebelt ins Haus. Grandma war nicht krank. Sie wusste, dass Kacey und Jake nicht verlobt waren, und sie ermunterte Kacey dazu – was zu tun? Sich selbst zu finden? Aber wieso musste sie dafür an den einen Ort kommen, der voll war mit all ihren Kindheitserinnerungen?

Das einzige Haus, die einzige Familie, die ihr fast näher stand als ihre eigene.

Als sie und Jake sich getrennt hatten, war es gewesen, als sei ihre Welt aus den Fugen geraten. Anstatt wie bisher sämtliche Ferien bei seiner Familie zu verbringen, hatte sie sich immer mit zu viel Arbeit herausgeredet.

Und das alles wegen einer einzigen dummen Nacht. Eine sorglose Nacht, in der sie geglaubt hatte, sie könnte mehr für ihn sein als nur seine beste Freundin.

Oh, sie waren schon ein Jahr lang miteinander gegangen, bevor es überhaupt zu irgendwas gekommen war, aber das war eher eine Art Abmachung gewesen. Es stellte eine Möglichkeit für ihn dar, sie vor gruseligen Kerlen zu beschützen, vom letzten Jahr in der Highschool bis in ihr erstes Jahr im College.

Es hatte nie irgendwas bedeutet.

Sie hatten sich nie entsprechend verhalten.

Kacey schluckte noch mehr Tränen hinunter und rief sich den Geruch des Schlafzimmers ins Gedächtnis, in jener Nacht, als sie von der Party zurückgekommen waren.

Jake hatte über irgendeinen Typen gelacht, der in den Pool gefallen war, und Kacey hatte nur noch Wasser getrunken. Keiner von beiden war je ohne den anderen zu einer Party gegangen, und sie hatten immer dafür gesorgt, dass sie genug zu trinken hatten und sich ansonsten aus Schwierigkeiten heraushielten. Sie waren aus gesellschaftlichen Gründen zusammen gewesen, das war alles.

Doch als Jake sie damals bei ihrer Wohnung abgesetzt hatte, hatte er gefragt, ob er auf ihrer Couch übernachten könne. Er war dageblieben, und nach einer Weile hatten sie zu knutschen begonnen.

Sie wusste nicht einmal genau, wie es zu der Knutscherei gekommen war. Hatte sie sich zuerst an ihn geschmiegt? Oder er? Spielte das jetzt noch eine Rolle? Dann hatten sie sich ausgezogen, und alles, woran sie sich erinnerte, war der Gedanke, dass sie nun endlich mit dem Mann zusammen sein würde, den sie liebte. Mit dem Mann, der ihr ganzes Leben lang an ihrer Seite stehen würde.

In ihrer Unschuld hatte sie geglaubt, sich ihm hinzugeben, das bedeutete … für immer.

In seiner Gedankenwelt bedeutete es … einen Augenblick.

Einen beschissenen, noch nicht mal überwältigenden Augenblick, der in Tränen der Enttäuschung endete.

Es war peinlich gewesen, und das war noch milde ausgedrückt. Jake hatte am Bettrand gesessen, sein Gesicht in den Händen vergraben, und immer wieder gesagt: »O Gott, was haben wir getan, was haben wir nur getan?«

Und sie hatte dagesessen, nun nicht länger eine Jungfrau, und hatte krampfhaft versucht, die Tränen zurückzuhalten. Wäre es irgendein anderer Typ gewesen, hätte sie ihn hinausgeworfen und Jake angerufen, damit er herkam, um sie zu trösten. Aber wen ruft man an, wenn man mit dem besten Freund in der Kiste war? Wenn der einzige Mensch, der einen versteht, derjenige ist, der einen nicht einmal mehr ansehen kann?

»Ich muss gehen«, hatte er gesagt, ohne sich auch nur zu verabschieden, ohne zu fragen, ob es ihr gutging, oder irgendwas. Die Tür, die hinter ihm zuschlug, hatte sich angefühlt wie ein Hammer, der ihren Körper traf.

Sie war in der Stille sitzen geblieben und hatte versucht, ihre Atmung wieder unter Kontrolle zu bekommen. Ohne wirklich zu verstehen, warum die Erfahrung für sie nicht so magisch war, wie sie es immer gehört hatte, und ohne zu wissen, ob sie mit irgendjemandem darüber reden oder einfach nur hier liegen bleiben sollte.

Ihre Eltern hatten gerade Ferien gemacht, und sie konnte nicht ahnen, dass sie auf einen Anruf von ihr ohnehin nicht reagiert hätten. Es war dieselbe Nacht gewesen, in der sie auf dem Rückweg vom Flughafen einen tödlichen Autounfall hatten.

Eine Woche später hatte Jake eine Entschuldigung gebrummelt und gesagt, er würde eine Weile wirklich viel mit seinen Kursen zu tun haben.

Er rief nur noch einmal die Woche an, dann einmal im Monat, bis sie schließlich nur noch zu Feiertagen Karten von ihm und seiner Familie bekommen hatte.

Der Schmerz überwältigte sie von neuem. Erst jetzt wurde ihr klar, dass sie in jener Schicksalsnacht jeden Menschen verloren hatte, den sie je im Leben geliebt hatte.

Ihre Eltern, Jake, seine Familie und Oma Nadine. Alle, von einem Augenblick auf den anderen von ihr genommen. Und plötzlich fragte sie sich, wie sie überhaupt so weit gekommen war, ohne einen Nervenzusammenbruch zu erleiden.

Kacey holte tief und hörbar Luft und lief die Treppe hinauf. Später wäre immer noch Zeit für Selbstmitleid und Selbstbetrachtung, aber jetzt – jetzt musste sie sich fertig machen, um sich an Jakes Arm zu hängen, auch wenn das der letzte Ort war, wo sie sein wollte.

# KAPITEL 16

Travis sagte sich immer wieder, dass es weder gruselig noch sonderbar oder überhaupt nur annähernd schräg war, dass er Kacey und Jake heimlich zum Brunch folgte.

Er hatte sich alles genau zurechtgelegt. Er würde im Hintergrund bleiben, sich unter die Leute mischen, Sekt mit Orangensaft trinken, und sobald er sehen konnte, dass Jake sich nicht komplett zum Affen machte, sondern Kacey auch tatsächlich Beachtung schenkte, würde er wieder gehen.

Trotz der verletzenden Worte, die zwischen ihnen gefallen waren, verspürte er immer noch diesen urtümlichen Besitzanspruch ihr gegenüber. Es war ein intensives und eigenartiges Gefühl, aber er konnte sich ebenso wenig dagegen wehren, wie er seinem Körper befehlen konnte, nicht mehr zu atmen. Er musste wissen, dass sie dieses Treffen überstehen würde. Auch wenn er sich nicht der Illusion hingab, dass Menschen sich nach der Highschool so sehr verändern könnten.

Sie waren alle von ihrer geistigen Reife überzeugt, und gleichzeitig tratschten sie per Facebook.

Sie behaupteten, sie würden über allen Dramen der Vergangenheit stehen, und gleichzeitig hegten sie einen Groll gegen jeden von ihnen, der mehr Erfolg hatte als sie selbst. Tatsache war, dass das Erwachsenenalter fast noch schlimmer war als die Highschool, denn aus irgendeinem Grund war es plötzlich in Ordnung, intrigant zu sein. *»Oh, ich bin ja so betroffen wegen Soundso. Hast du schon gehört, was passiert ist?«*

Und das war etwa kein Tratsch?

Oder als die Freundinnen seiner Mutter vorbeischauten und sich nach Jake erkundigten, weil einige ihrer Töchter immer noch keinen Freund hatten. Er hatte Kacey gegenüber niemals erwähnt, was die Leute hinter ihrem Rücken tratschten, nachdem sie und Jake nicht mehr so viel Kontakt miteinander hatten.

Es war, gelinde ausgedrückt, grässlich.

Die Gerüchteküche in ihrem kleinen Gesellschaftszirkel hatte fröhlich gebrodelt: Kacey habe Jake betrogen; sie habe sich von irgendeinem anderen Kerl schwängern lassen; und das schlimmste Gerücht von allen besagte, Jake habe ihr den Laufpass gegeben und sie sei daraufhin in eine Anstalt eingewiesen worden.

Letzteres war echt lustig.

Seine arme Mutter hatte beinahe der Schlag getroffen, aber sie hatte es geschafft, allen den Kopf zurechtzurücken. Denn nach ihrer Aussage hatten Jake und Kacey lediglich sehr viel Arbeit, hielten aber immer noch regelmäßig Kontakt zueinander, auch wenn niemand mehr ihr Auto vor dem Haus stehen sah.

Die Leute tratschten weiter.

Und Travis hasste sie dafür.

Also, jawohl, er folgte den beiden und spielte den verrückten Stalker. Wenn das bedeutete, dass er irgendwie zu ihrer Rettung eilen konnte, war er damit zufrieden. Er wollte sie nicht schon wieder verletzt sehen, denn er war nicht sicher, ob er das ertragen könnte. Alle Eifersucht mal beiseitegelassen, er wollte sie wirklich nur glücklich wissen.

Auch wenn das bedeuten konnte, dass sie am Ende bei Jake landen würde, verdammter Glückspilz.

Der Familien-BMW bog in die Einfahrt zum River Walk Restaurant ein. Travis parkte seinen Truck auf der Straßenseite gegenüber und schaltete den Motor aus.

Einen kurzen Moment überlegte er, ob er sich in seinem Sitz ducken sollte, doch dann wurde ihm klar, dass sein Truck an sich schon auffällig genug war, also spielte es keine große Rolle, ob man ihn sah.

Kacey stieg aus dem BMW. Sie trug ein figurbetontes weißes Kleid mit Flügelärmeln und rundem Halsausschnitt, das ihren Rücken komplett frei ließ, abgesehen von einem schmalen Stoffstreifen am Nacken. Seine Kehle wurde trocken, als sie sich zu Jake drehte. Ihr Körper war perfekt.

Das fiel offensichtlich auch Jake auf, falls sein selbstgefälliges Grinsen irgendein Hinweis darauf war. Travis ballte die Hand zur Faust und beobachtete, wie Kacey den Kopf in den Nacken warf und lachte. Ihre Handtasche fest an sich gedrückt, ging sie vor Jake her, während er die Hand auf ihren bloßen Rücken gelegt hatte.

Hätte Travis knurren oder brüllen oder vielleicht sogar mit der Faust auf irgendetwas eindreschen können, hätte er sich sehr viel besser gefühlt. Stattdessen quälte er sich, indem er das Ganze beobachtete und sich dabei vorstellte, wie es wohl wäre, wenn die Rollen vertauscht wären. Was, wenn es seine Hand wäre? Was, wenn sie über seinen Witz lachen würde?

»Geh nicht dorthin«, sagte er laut und räusperte sich.

Endlich, nach endlosen Minuten der Qual, verschwanden die beiden im Restaurant, und Travis konnte sich wieder entspannen. Zumindest ein wenig.

Er warf einen Blick in den Spiegel, um zu sehen, ob er annehmbar aussah. Er hatte sich nicht großartig in Schale geworfen. Aber sein Stil war ohnehin anders als der seines Bruders. So, als würde man feinsten Champagner mit einem teuren Whisky vergleichen.

Jakes Anzüge kosteten mehr Geld, als die meisten Leute als Rate für ihr Haus bezahlten. Er stank nach Geld, von der Rolex am Handgelenk bis hin zu perfekt gebügelten Hosen, Jackett und dem lässig aufgeknöpften Anzughemd, das seine gebräunte Haut erkennen ließ. Sein strahlendes Lächeln passte gut zu seinem dunklen kurzen Haar. Von der Tatsache, dass er irgendwie auch noch die Kunst der perfekten Rasur gemeistert hatte, mal gar nicht zu reden.

Mit einem Wort: Jake war wie ein Mädchen.

Travis hingegen, nun ja, nahm die Sonnenbrille ab und warf sie auf den Autositz. Er war mehr der Typ für Jeans und T-Shirt. Ja, er mochte Markenklamotten, aber er war in seiner Auswahl nicht so feminin wie Jake.

Tatsächlich fand er es ziemlich witzig, dass Jake heute einen khakifarbenen Anzug trug, während Travis Jeans von Rock & Republic und ein enganliegendes Shirt von Armani anhatte.

Er wollte seine größten Vorzüge zur Schau stellen, für den Fall, dass es nötig war.

Und er war eitel genug, um zu wissen, dass der Anblick seiner Arme und seines Brustkorbes Wunder bei den Frauen bewirkte.

Bei allen Frauen, außer der einen, die er mehr als alle anderen wollte.

»Lass das«, ermahnte er sich erneut. Mit einem Fluch sprang er aus dem Truck und schlug die Tür zu.

Jetzt war ein ebenso guter Zeitpunkt, um in die Hölle zu marschieren, wie jeder andere auch. Er setzte ein Lächeln auf und lief über die Straße.

Die Tür ging auf, und was er sah, hätte ihn schockieren

oder vielleicht abstoßen sollen, aber er war so verdammt daran gewöhnt, dass es ihn fast nicht mal mehr störte.

Jake stand rechts neben der offenen Bar, inmitten einer Horde von etwa einem Dutzend Frauen, die ihn um ein Autogramm baten.

Also wirklich, er hatte sich doch nur ein Mal für das GQ-Männermagazin ablichten lassen.

Die Frauen um ihn herum kicherten und beugten sich nach vorn, so dass Jake einen erstklassigen Blick auf jedes einzelne Dekolleté hatte.

Offenbar amüsierte er sich prächtig.

Und dann hörte er ein anderes Lachen. Kein gekünsteltes, sondern herzlich und volltönend. Er drehte den Kopf, und sah Kacey an einem Tisch mit anderen Frauen sitzen.

Die meisten von ihnen sahen alt aus. Nicht wie die Art Frauen, die man bei einem vierjährigen Klassentreffen erwarten mochte, doch als er etwas näher trat, wurden die Gesichter vertrauter. Schon komisch, was das Alter mit den Menschen anstellte. Viele von ihnen waren korpulenter geworden, manche waren schwanger, und ein paar hatten ihre Haare in verschiedenen Tönen gefärbt und trugen Piercings im Gesicht.

Kacey sah heiter aus, absolut gut, aber wo waren all die Männer?

Er sah sich noch einmal um und bemerkte eine Gruppe von Kerlen, die direkt hinter Jake saßen, Bier tranken, rülpsten und herzhaft lachten.

Sie sahen aus wie der Tod auf Urlaub.

Was zum Henker war denn das für eine Art Klassentreffen? Wie deprimierend.

Ein paar trugen Eheringe, ein paar bekamen dünnes Haar, und die meisten von ihnen benahmen sich, als seien sie immer noch Teenager, die Frauen nachpfiffen und sich zur Mittagszeit betranken. Travis fragte sich plötzlich, was mit der Welt passiert war.

Kopfschüttelnd machte er einen raschen Abgang in Richtung Toiletten, um seine Strategie zu überdenken.

Eine junge Frau kam im Laufschritt aus der Damentoilette und stieß frontal mit ihm zusammen.

»Oh, tut mir leid …« Ihre Augen wurden groß, sie hob anerkennend den Kopf, und ein breites Lächeln erschien auf ihrem Gesicht. »Es tut mir nicht leid.«

Travis lachte. »Woher der plötzliche Sinneswandel?«

»Schätzchen, lass mich dich noch ein paar Minuten länger anstarren, und ich ändere noch mehr als nur meine Meinung.« Sie hob eine Augenbraue und fuhr mit einer Hand über seinen Bizeps. Moment mal – wurde er etwa gerade vor den Toiletten sexuell belästigt?

»Bist du noch eine Weile hier?«, schnurrte sie.

»Ähm, ich weiß noch nicht.«

»Was kann ich tun, um dich zu überreden, Süßer?« Ihre linke Hand tätschelte seinen Oberarm, und er bemerkte einen großen funkelnden Ring daran.

»Schätzchen«, meinte er gedehnt, griff nach ihrer Hand und drückte einen Kuss darauf, »wenn eine hübsche Lady mich bittet zu bleiben, braucht es nicht viel Überredungskunst. Nun geh und genieße den Brunch.« Er grinste.

Daraufhin nickte sie kichernd, was die Aufmerksamkeit der Damen am Tisch erregte. Er hob den Kopf und sah, wie allen dort der Mund aufklappte – allen außer Kacey, die gerade in diesem Moment nach irgendwas in ihrer Handtasche kramen musste.

Er nickte und marschierte zur Herrentoilette.

Wo war das Handy, wenn man es brauchte? Mist, es war in Jakes Auto! Sie musste hier raus, bevor sie ausflippte! Alles drehte sich nur um Jake. Fragen, ob sie über die Jahre in Kontakt geblieben seien. Oh, und fanden sie beide es denn nicht aufregend, dass sie nach all der Zeit heirateten? Oh, und niemand habe auch nur eine Sekunde lang geglaubt, dass Kacey in eine Anstalt eingewiesen worden sei. Was, in aller Welt …?

Eine Mitschülerin, an die sie sich nur noch vage erinnerte, kam an den Tisch geeilt. Ihr Name war Joy, und Kacey dachte sich, der Name passte zu ihr.

»Ich bin offiziell verliebt.« Sie ließ sich auf ihren Stuhl plumpsen und stürzte ihren Sekt mit Orangensaft in einem Zug hinunter. Wow, Kacey wünschte, ihre Erfahrungen auf der Damentoilette wären auch so aufregend.

»Hast du den gesehen?« Sandy, eine Freundin aus ihrem Abschlussjahr, boxte sie in die Rippen. »Das war mit Abstand das heißeste Exemplar Mann, das ich in meinem ganzen Leben gesehen habe.«

»Ich will ihn vernaschen«, mischte eine andere sich ein.

»Ich würde ihn den ganzen Tag vernaschen«, rief ein Typ vom anderen Ende des Saales.

Gut zu wissen, dass dieser Typ, wer auch immer er war, in beiden Teams spielen konnte. Wahrscheinlich war er schwul. Die guten Kerle waren immer schwul.

»Nichts für ungut, Kacey.« Joy streckte den Arm über den Tisch und tätschelte ihr die Hand. »Aber der Typ ist sogar noch heißer als Jake!«

Hörbares Aufkeuchen ringsum. »Nein! Machst du Witze? Was du nicht sagst!« Und dann trat absolute Stille ein, als ein Mann in enganliegendem T-Shirt von den Toiletten zurückkam und direkt auf ihren Tisch zutrat.

Sein Blick richtete sich auf Kacey.

Und in diesen paar Sekunden blieb ihr beinahe das Herz stehen.

Sein fröhliches Lächeln galt ihr, und nur ihr allein.

Verdammter Kerl.

»Kacey, wieso sieht er dich so an? Kacey?« Sandy stieß sie an, aber Kacey wandte den Blick nicht von Travis ab, und ihr Lächeln wurde immer breiter.

Als er neben ihr angekommen war, sank er in die Knie, um auf Augenhöhe mit ihr zu sein. Er beugte sich vor, um sie auf die Wange zu küssen, und verweilte noch eine Extrasekunde, bevor er sich wieder von ihr löste.

»Ich dachte mir, du brauchst vielleicht einen Retter.«

Neben ihr stieß Sandy einen Fluch aus.

Joy kicherte.

Und eine andere Frau sagte: »Wie macht sie das nur? Jake *und* der geheimnisvolle Fremde?«

»Danke sehr.« Kacey schluckte ihren Stolz hinunter und nahm sein Angebot als das, was es war: Eine Möglichkeit, von hier zu verschwinden, weg von Jakes Verehrerinnen.

»Tut mir leid, Ladys.« Kacey stand auf und nahm ihre Handtasche und die Sonnenbrille. »Ich hatte ganz vergessen, dass Travis und ich ja noch wegwollten, in …«

»Den Park«, beendete er den Satz für sie. »Ich hoffe, ich entführe dich nicht zu früh.«

»Nein«, antwortete Kacey. »Ja!«, riefen alle anderen gleichzeitig.

»Moment«, warf Sandy ein. »Travis? Travis kommt mir irgendwie bekannt vor.«

»Bruderherz«, rief Jake, »komm mal her!«

Kacey verdrehte die Augen.

Und wieder hörbares Aufkeuchen am Tisch.

»Du bist Travis Titus! Du meine Güte. Du meine Güte! Seht euch nur die beiden an!« Wenn Sandy nicht aufpasste, würde sie noch einen Herzanfall bekommen.

Genau in dem Moment kam ihr Ehemann um die Ecke, dessen Bauchansatz neben Travis' perfekter Statur nur umso unschöner wirkte. »Hey, Baby.« Er wollte ihr einen Kuss auf die Wange drücken, aber Sandy schob ihn weg.

Kacey presste fest die Lippen zusammen, um nicht laut loszulachen.

»Hey, Kace, wo willst du denn hin? Travis, du hier?«

Jake versuchte, souverän zu wirken. Kacey konnte es ihm ansehen, denn seine Lippen zuckten, als wollte er ein finsteres Gesicht machen und seinem Bruder eins verpassen.

»Oma wollte, dass ich Kacey in den Park fahre, irgendwas wegen der Hochzeit oder so.«

Nun ja, das war gelogen, sogar in doppelter Hinsicht. Aber Kacey hatte nicht vor, darüber zu streiten.

»Oh, nun ja, ähm, dann sollte ich wohl mitkommen.«

»Nein!«, kreischten die anderen Frauen. »Jakey, bleib doch hier bei uns.« Eine kam zu ihm und meinte: »Sie schafft das schon. Wir haben dich seit Jahren nicht mehr gesehen!« Und das mit Schmollmund und Augenaufschlag.

Kacey hätte ihr am liebsten die Haare ausgerissen.

Jake wollte etwas sagen, aber eine andere hakte sich bei ihm unter. »Bitte, Jake, du hast uns noch nichts von deiner Reise nach Afrika erzählt, um den Nomaden zu helfen.«

Ernsthaft? Die kauften ihm das ab? Ehrlich? Kacey wollte am liebsten losschreien. Er nickte schmunzelnd. »Na klar, ich bleibe noch, aber nur kurz.« Er warf Kacey einen Blick zu. »Ich bin ja nur ungern allzu lange von meiner Liebsten getrennt.«

Kacey fragte sich, was mehr Spaß machen würde: Ihn zu ohrfeigen oder zu erwürgen.

Jake beugte sich zu ihr vor und küsste sie auf die Wange. »Bis bald.«

»Yep.« Kacey drückte ihn schwach von der Seite und hängte sich dann wie eine Klette an Travis.

Als sie draußen waren, brummelte sie: »Ich bin immer noch sauer, aber danke.«

»Na klar.« Er setzte die Sonnenbrille auf.

»Und ich brauchte keinen Retter.«

»Ich weiß.«

»Okay, ich will nur, dass du weißt, dass ich da drin alles ganz gut im Griff hatte, und …«

»Kace, das weiß ich doch. Also, willst du jetzt Spaß haben oder hier sitzen bleiben und diskutieren?«

»Spaß haben«, brummelte sie.

Er lachte. »Recht so. Na dann, schauen wir doch mal, was mir so alles einfällt.«

# KAPITEL 17

Jake sah zu, wie die beiden verschwanden. Nun, genau genommen schaute er Kacey nach. Sein Bruder konnte auch gern zur Hölle fahren, was ihn anging.

Was machte der überhaupt hier? Es war schließlich nicht sein Klassentreffen.

Er wollte ihnen gerade nachgehen, als ihn eine heiße Blondine am Hemd zupfte und ihm einen Augenaufschlag schenkte, als wolle sie seine Meinung ändern. »Dann sind die Gerüchte also wahr?«

»Gerüchte?« Er lächelte sie strahlend an.

»Dass Mädchen in Tränen ausbrechen, wenn du ihr Bett verlässt, weil sie dich so begehren.« Sie wollte damit sexy wirken, aber ganz im Ernst, sobald sie die Wörter *Tränen* und *Bett* in einem Atemzug aussprach, war es mit seinem sexuellen Appetit absolut vorbei.

Kacey.

Gott, war er dämlich.

Er hätte sich entschuldigen sollen.

Oder zumindest hätte er etwas anderes tun sollen, als nur dazusitzen, das Gesicht in den Händen vergraben, drauf und dran, in Tränen auszubrechen, weil er die wichtigste Freundschaft in seinem Leben ruiniert hatte.

Es hatte ihn vernichtet.

Die meisten Leute redeten davon, dass sie vom Weg abgewichen waren, dass irgendwelche Entscheidungen sie letztendlich zu den Menschen gemacht hatten, die sie nun waren, wie sie langsam in die blasse Existenz geglitten waren, die sie heute ihr Leben nannten.

Aber bei Jake war es anders. Er kannte den exakten Zeitpunkt. Drei Uhr morgens. Er kannte das genaue Datum. Dritter Februar. Er wusste noch alles.

Der Duft nach Kokosnuss in Kaceys Zimmer von einer dieser albernen Kerzen von Bath & Body Works. Das Gefühl ihrer Jerseylaken an seinen Beinen.

Ihre glatte Haut unter seiner Hand.

O ja, er kannte den genauen Moment, als er alles riskiert und alles verloren hatte, was ihm lieb und teuer war.

An genau demselben Tag hatte er beschlossen, dass er so nicht weitermachen konnte. Er hatte sich an einem Scheideweg befunden. Er hätte sich entscheiden können, der gute Kerl zu sein, ihr nachzulaufen und sich zu entschuldigen, und dann ein sicheres Leben zu führen, mit zwei Komma fünf Kindern und einem Haus mit Lattenzaun.

Oder er konnte sich entscheiden, ein Mistkerl zu sein.

Welche Wahl er getroffen hatte, war offensichtlich. Aber er hatte sich in die Enge getrieben und allein gefühlt, und dass seine Freunde ihm weisgemacht hatten, der einfachste Weg, ein Mädchen zu vergessen, sei der, sich ein neues anzulachen, war auch nicht hilfreich gewesen. Er hatte den Rat befolgt, immer wieder, bis er so gefühllos und angewidert von sich selbst war, dass er nicht einmal mehr weiterleben wollte.

Irgendwann war der Schmerz verblasst, als Kacey angefangen hatte, ihr eigenes Leben zu führen.

Es war leichter für ihn, zu ignorieren, dass es je passiert war, und so zu tun, als spielte es keine Rolle. Aber es spielte eine Rolle. Und wie.

Kacey wusste davon nichts.

Wie sollte sie auch?

Es war sein erstes Mal gewesen, genauso wie für Kacey. Er hatte nie einer Menschenseele erzählt, dass er die ganze Zeit in der Highschool nie Sex gehabt hatte. Es war aber auch einfach, sein Geheimnis zu bewahren, denn die Mädchen waren so scharf auf ihn gewesen, dass sie Lügen über seine Fähigkeiten im Schlafzimmer erzählt hatten. Zugegeben, er war nie ein Engel gewesen, aber ihm war immer klar, dass er sein erstes Mal mit jemand Besonderem erleben wollte, mit einem Mädchen, das ihm wirklich etwas bedeutete. Er hatte geglaubt, er liebte Kacey, aber sie hatte so eine Art, einem Mann das Gefühl zu geben, er sei mehr, als er tatsächlich war, und das war schwierig für Jake. Er hatte gewusst, dass er mehr gewollt hatte, als er ihr geben konnte. Sich die Hörner abstoßen, Fehler machen, verrückt sein, berühmt werden – das hatte er gewollt. Kacey wäre schon glücklich gewesen, die Schule abbrechen und sofort Kinder bekommen zu können.

Nichts schlägt einen Typen schneller in die Flucht als das Wissen, dass er mit einer Frau alles haben und alles verlieren kann.

Um ehrlich zu sein, es hatte ihm eine Mordsangst gemacht.

Was wäre wenn? Was, wenn er sich entschuldigt hätte? Wenn er sie geliebt hätte, wie sie es verdiente? Sein Verstand sagte ihm, dass er sie trotzdem kaputtgemacht hatte. Es war so viel einfacher, derjenige zu sein, der er war.

Und daher: Als die heiße Blondine die Hand unter seine Gürtelschlaufe schob und ihm etwas Unanständiges ins Ohr flüsterte, ging er mit ihr. Ohne sich darum zu kümmern, dass die Leute hinter seinem Rücken wisperten, dass er fremdging; ohne sich darum zu kümmern, als die Blondine sich im Auto aus ihrem Top schälte, dass das, was er da machte, Dummheit in Reinform war.

Er wollte frei sein und leben und sich von dem Jungen befreien, der er vor so langer Zeit mal gewesen war.

# KAPITEL 18

Travis versuchte, nicht auf ihre Beine zu starren. Er versuchte es wirklich. Und es war eine ungeheure Anstrengung im Namen der Spezies Mann allgemein. Tatsächlich wünschte er manchmal, jemand würde die extreme Selbstbeherrschung dokumentieren, die er bewies, indem er sich auf die Lippe biss, konzentriert ein- und ausatmete und dabei auch noch den Truck auf der richtigen Spur hielt.

»Also, wohin geht's?«, fragte Kacey.

Er schaute sie immer noch nicht an. Er wusste, wenn er sie ansah, und sei es nur flüchtig, dann würde er den Blick nicht mehr von ihr losreißen können und wäre verantwortlich für eine Massenkarambolage.

Seine Nerven lagen ohnehin schon blank, so wie der Duft ihres Parfüms durch den Truck schwebte, in seiner Nase kribbelte, seine Sinne reizte und ihn mehr in Erregung versetzte als erlaubt sein sollte.

Er holte rauh Luft und sagte: »Ist eine Überraschung.«

»Oh, ich liebe Überraschungen«, kommentierte sie trocken.

»Lass den Unsinn, Kacey. Schon vergessen, mit wem du gerade hier bist? Ich weiß, wie sehr du auf Überraschungen stehst. Mensch, du hast sogar geheult, als wir zu deinem sechzehnten Geburtstag eine Party gegeben haben.«

Kacey verschränkte die Arme.

»Erinnere dich daran.« Travis kämpfte gegen den dringenden Wunsch an, sie mit aller Gewalt aus ihrer schlechten Stimmung zu holen. »Oder als Mom und Dad Karten für alle zu diesem Backstreet-Boys-Konzert gekauft haben, da warst du glücklich. Du durftest hinter der Bühne Brian treffen, und dann hast du verkündet, dass du ihn mal heiraten wirst.«

Daraufhin schnaubte sie und lachte dann. »O Mann, wie ich diese Backstreet Boys geliebt habe.«

»Jedes Mädchen stand auf sie. Ich dagegen wollte lieber ihren Wohnwagen abfackeln und zusehen, wie sie alle eines langsamen und qualvollen Todes sterben.«

»Du und jeder andere Kerl da draußen«, neckte sie ihn.

»Also, gib es zu.« Er bog in eine Seitenstraße ein. »Du stehst auf Überraschungen.«

»Travis Titus, fährst du mich etwa zu einem Treffen mit den Backstreet Boys?«

»Nein.« Er schauderte. »Gott sei Dank nicht. Ich bringe dich an einen Ort, der dich fröhlich macht, nicht zurück zu dem schrillen Geschrei von Sechzehnjährigen.«

»Fröhlich?« Sie spielte am Radio herum. »Hm, wie könntest du wissen, was mich glücklich macht? Du hast mit Steinen geworfen, mich mit Hohn und Spott überzogen, mich verfolgt, und dann glaubst du, du kennst den einen Ort in der Stadt, der mich fröhlich machen wird?«

Und in diesem Augenblick sah er sie doch an – ihre Beine, ihr Gesicht, ihre Augen, ihre Lippen – und antwortete zuversichtlich: »Ja. Ja, das denke ich.«

Kacey blinzelte verwirrt und schaute dann wieder aus dem Fenster. Es war das Beste, wenn sie nicht miteinander redeten. Mit jeder Minute wuchs er ihr mehr ans Herz, und sie würde in wenigen Tagen wieder verschwunden sein. In zwei Tagen, um genau zu sein.

Sein Herz zog sich zusammen. Er würde darüber hinwegkommen. *So wie damals in der Highschool?* Sein Gedächtnis erinnerte ihn daran, dass das eher unwahrscheinlich war.

Er holte tief Luft und bog in die richtige Straße ein. Die Fahrt verlief schweigend, bis er das Schild sah und auf den Parkplatz fuhr.

»Der Zoo«, stellte Kacey fest. »Du fährst mit mir in den Zoo?«

»Nun kling nicht so beeindruckt«, meinte Travis neckend. »Vielleicht finden wir da drin ein Arschgesicht, das genauso wie mein Bruder aussieht! Vielleicht bin ich aber auch nur zu hoffnungsvoll.« Er seufzte, fuhr in die erste freie Parklücke und schaltete den Motor aus.

»Wie kommst du darauf, dass mich das fröhlich stimmt?« Kacey rührte sich nicht vom Fleck. Sie war noch immer angeschnallt und hatte die Arme verschränkt.

Travis löste seinen Sicherheitsgurt und beugte sich zu ihr hinüber. »Steig aus dem Auto und finde es heraus.«

Kacey war noch nie einer Herausforderung aus dem Weg gegangen, also schnallte sie sich mit finsterem Blick ab und drückte die Tür auf.

Oje, das Klassentreffen war wohl schlimmer gewesen, als er gedacht hatte.

Seite an Seite gingen sie zum Eingang. Travis kaufte die Tickets und zuckte zusammen, als er bemerkte, dass sie vor ihm herging. Er wollte so gern die Hand an ihren Rücken legen und die glatte Haut an ihrem Rückenausschnitt fühlen. Und einmal mehr hasste er seinen Bruder, weil er die Ehre hatte, etwas so Heiliges anzufassen.

»Also, wohin jetzt, oh, du Schöpfer aller Glückseligkeit?«, fragte Kacey, die Hände in die Hüften gestemmt.

»Willst du die ganze Zeit über so sein?«

»Wie denn?« Sie schob die Unterlippe vor. Hinreißend. Sie versuchte viel zu sehr, wütend und nachtragend zu sein.

»Schau mal, ich versuche nur, den Schaden zu reparieren, den mein Blutsverwandter angerichtet hat. Du kannst mitmachen oder nicht. Deine Entscheidung.«

Kacey wandte den Blick ab und seufzte. »Den Schaden kannst du nicht reparieren, der ist schon angerichtet.«

Mal ehrlich, er hatte keine Ahnung, was für ein Schaden damit gemeint war; er wusste nur, dass sie sich getrennt hatten, und das nicht im Guten, und mal ganz ehrlich, es ging ihn auch gar nichts an.

»Ich meine, was er heute angestellt hat«, verdeutlichte Travis. »Dass er mit allem geflirtet hat, was im engen Rock daherkam, und dich genötigt hat, an einem Tisch mit sexbesessenen Weibern zu sitzen.« Er grinste. »Gar nicht zu reden davon, dass er dir so ein albernes Brunch-Klassentreffen aufgedrängt hat, obwohl wir beide wissen, wie sehr du die Highschool gehasst hast.«

»Mit Betonung auf *Hass*«, fiel Kacey ein.

»Genau, das ist mein Mädchen. Also, wie wär's jetzt mit einem Lächeln?«

Sie blähte die Nasenflügel.

»Ein ganz kleines?«, fragte er und kam näher.

Ihre Lippen öffneten sich leicht.

Und ganz plötzlich war ein Lächeln das Letzte, woran er dachte. O Mist, er musste damit aufhören, ihnen beiden so etwas anzutun. Also ging er langsam wieder rückwärts und nahm ihre Hand. »Folge mir.«

Widerstrebend trottete Kacey hinter ihm her, aber manchmal kannte er sie besser als sie sich selbst. Das war ein Gedanke, der ihn oft erschreckte, und schon kam er sich wieder wie ein Stalker vor.

Als sie dort ankamen, wo er hinwollte, räusperte er sich.

Kacey trat langsam auf den kleinen Glasbehälter zu und sah dann verwirrt zu ihm auf.

»Einfach nur gucken«, meinte er. Dann schaute er sich um, ob auch niemand zusah, und klopfte sachte gegen das Glas.

Kacey stieß ein Schimpfwort aus, ein kleines Kind fing an zu weinen, und eine Mutter warf ihnen einen bösen Blick zu. Alles in allem war es die perfekte Überraschung.

»Du Sohn eines …«

»Kace«, unterbrach er sie, »sag mir, dass du jetzt nicht lächelst.«

Daraufhin brach sie in Gelächter aus. »Du gruseliger, merkwürdiger Kerl! Wieso zum Henker bringst du mich zur Tarantel-Ausstellung!«

»Weil du Spinnen hasst.«

Sie warf den Kopf in den Nacken und lachte. »Und wieso sollte mich das aufheitern?«

»Es funktioniert.« Rein instinktiv zog er sie an sich, und sie erwiderte die Umarmung. »Oder etwa nicht?«

»Doch, du Dummkopf. Es funktioniert nur, weil ich viel zu schockiert und aufgebracht bin, um was anderes tun zu können, als zu lachen.«

»Ah, und damit kommt sie der Sache auf den Grund.«

»Wie bitte?«

Travis ließ sie los und betrachtete die Spinne. »Manchmal, wenn das Leben schwierig wird und andere einen wütend machen oder sogar, wenn man Angst hat, ist Lachen die beste Antwort. Lache der Angst und allem anderen, was dich am meisten ängstigt, ins Gesicht. Das ist die einzige Möglichkeit, die Dinge durchzustehen, die einen zum Weinen bringen.«

Kacey war still geworden, dann sagte sie: »Du hast von Omas Kool-Aid getrunken, oder?«

»Ich liebe Weintraubengeschmack«, witzelte er.

Kacey betrachtete noch einmal die Spinne und zog eine Grimasse. »Danke. Komischerweise hat das tatsächlich funktioniert. Ich mache mir mehr Sorgen, dass diese dumme Spinne aus ihrem Glaskasten ausbricht, als ich mir Gedanken um diesen schrecklichen Vormittag mache. Ach, übrigens, wann wurde ich eigentlich in eine Anstalt eingewiesen?«

»Och, das war nach der Schwangerschaft.«

»Und davor kam?«

»Der Seitensprung«, bestätigte er.

»Das erklärt die Sache. Ich bin ja so ein Flittchen.«

Travis nickte. »Also, bereit für einen Blick auf die Arschgesichter?«

»Du hast mir nicht gesagt, dass Jake auch hier ist!« Sie versetzte ihm einen spielerischen Klaps.

»Oh, es gibt einen ganzen Käfig voll. Komm nur mit!«

Travis nahm ihre Hand und ging mit ihr zu den Affen. In dem Augenblick, als sie vor dem Käfig stehen blieben, begann einer der Affen, an den Baum zu kacken, ein anderer kratzte sich am Hintern, und wieder ein anderer fing an, sich ein Körperteil zu lecken, das nicht laut erwähnt werden sollte.

Travis seufzte. »Es ist, als würde man Klein-Jakey von neuem aufwachsen sehen.« Er legte eine Hand aufs Herz und seufzte sehnsuchtsvoll.

Kacey hielt sich lachend die Hand vor den Mund. »Armer Junge.«

»Kein Mitleid mit dem Wunderkind. Er hat sich alles selbst zuzuschreiben, und noch einiges mehr.«

»Und ihr redet noch miteinander?«

Travis wandte den Blick ab. »Ich und Jake? Das wäre dann ein schallendes *Nein.* Dieses Wochenende ist das erste Mal seit Jahren, dass wir mehr als einen Tag gemeinsam verbringen.«

»Wieso?«

*Wegen dir.*

*Weil ich dich liebe.*

*Weil er ein Trottel ist.*

»Sagen wir, wir hatten einen Streit. Ich war nicht ganz einverstanden mit dem Weg, den er eingeschlagen hat, und er war der Ansicht, ich sei zu verklemmt. Ende der Geschichte.«

Travis streckte die Hand aus, und Kacey ergriff sie.

Sie gingen zur nächsten Anlage.

»Vermisst du ihn?«, fragte Kacey.

»Ich vermisse den, der er mal war. Ich vermisse den, der er sein könnte.« Er lachte bitter. »Ist das nicht übel? Wenn man wünscht, jemand wäre anders, nur weil man es nicht gut findet, wie dieser Jemand ist?«

Tränen stiegen Kacey in die Augen. »Nein, ich denke nicht, dass das übel ist. Falls es dir hilft: Ich vermisse ihn auch.«

»Du wohnst in Seattle.«

»Mir fehlt der Mensch, der er mal war. Außerdem habe ich letzte Woche das erste Mal seit zwei Jahren wieder mit Jake gesprochen.«

Travis wusste nicht recht, ob er erleichtert oder verärgert darüber war, dass sein Bruder sich wieder einmal als Lügner erwiesen hatte. Also war er doch nicht in Kontakt mit Kacey geblieben, wie er allen erzählt hatte? Interessant. Auch wenn sein Herz immer noch ein Problem damit hatte, dass sie irgendwelche Gefühle für Jake hegen könnte, sei es für die alte Version von ihm, wie sie ihn in Erinnerung hatte, oder für die aktuelle. »Nun ja, ihr beide wart beste Freunde. Von daher verstehe ich das.«

»Er hat nie mit mir Händchen gehalten.« Kacey lachte. »Ist das nicht komisch? Wir haben nie Händchen gehalten.«

»Was?« Ruckartig hob Travis den Kopf. »Aber ihr seid

doch miteinander ausgegangen, und ihr wart die ganze Zeit zusammen. Ich meine …« Er stupste sie leicht an. »In der Skate Night in der sechsten Klasse, da habt ihr Händchen gehalten. Das zählt doch bestimmt.«

Kacey schüttelte lachend den Kopf. »O ja, nehmen wir die Skate Night als Beispiel, denn das ist ja überhaupt nicht unfreiwillig, oder? Ich schwöre dir, die animieren einen dazu! Spielen Lieder von Savage Garden und sagen den Mädchen, sie sollen sich einen netten Jungen aussuchen. Wahrscheinlich sind Jakes Liebchen da zum ersten Mal draufgekommen, wie man einen Kerl anbaggert, um an sein Geld zu gelangen.«

»Skate Night«, seufzten beide gleichzeitig.

»Zählt trotzdem nicht«, warf Kacey ein. »Wie gesagt, das war total erzwungen. Ich meine, wenn wir ausgegangen sind, hat er mich schon geküsst …«

Travis hoffte, sein Zusammenzucken war nicht allzu offensichtlich.

»Ich weiß noch, in der Highschool wollte ich einmal seine Hand nehmen. Aber er hat sie weggezogen und den Kopf geschüttelt. Später hat er mir dann erzählt, er wollte nicht, dass es so aussieht, als würden wir die anderen ausschließen.«

»Was für ein Mistkerl.«

»Ja, ich glaube, das war der Anfang vom Ende.« Kacey seufzte. »Oh, sieh nur! Der Bär ist draußen!«

»Scheiße, im Ernst?« Travis packte sie und schubste sie gegen die Ziegelmauer am anderen Ende der Anlage. Adrenalin jagte durch seinen Körper.

»Ähm …« Kacey stemmte sich gegen seine angespannten Arme. »Was machst du da?«

»Du sagtest …« Travis atmete schwer. »Du sagtest, der Bär ist draußen.«

Kacey biss sich auf die Lippe und brach dann in Gelächter aus. Ihr Kopf ruhte an seiner Schulter, und ihre Schultern bebten. »Ich meinte damit, er schläft nicht in der Höhle. Vielleicht hätte ich nur brüllen müssen, dass er zu sehen ist? Dann hättest du nicht gleich einen Herzanfall bekommen.«

Sie lächelte spöttisch. »Na ja, wenigstens weiß ich jetzt, dass du immer noch Angst vor Bären hast.«

Er hasste Bären. Sogar die von Haribo. »Ich wollte dich nur beschützen.«

»Und dich selbst dazu.« Kacey nahm seine Hand. »Gib es zu, dein Herz hat gehämmert wie verrückt. Und du bist ins Schwitzen gekommen.«

»Ich hasse Bären.« Travis fühlte sich, als sei er wieder zehn Jahre alt. Kacey hatte ihn gefragt, wieso er weinte, und er hatte ihr erzählt, er weinte, weil die Glücksbärchis wieder im Fernsehen kamen.

Zu Weihnachten hatte sie ihm einen Glücksbärchi gekauft.

Und er hatte geweint.

Wieder mal.

Er gab seinen Eltern die Schuld, weil die zu oft mit ihm als Kind zum Camping gefahren waren. Als er drei Jahre alt gewesen war, tauchte ein Bär an ihrem Lagerplatz auf, und das hatte er nie richtig verarbeitet. Seine Mom sagte, er habe den ganzen Tag nur geweint, als er entdeckt hatte, dass der Bär seine Graham-Crackers gefressen hatte.

»Sieh doch.« Kacey zeigte auf den großen, bedrohlichen Bär. »Er spielt nur.«

Was sie wahrscheinlich sah, war ein Bär, der glücklich und zufrieden mit einem Stück Holz spielte. Was Travis sah, war ein Bär, der mit seinen riesigen Klauen etwas zerriss.

»Hast du Mr Happy eigentlich noch?«

»Im Moment hasse ich dich ein klein wenig. Wie sind wir

eigentlich davon, dass ich dich aufheitere, dazu gekommen, dass wir über meine Phobien diskutieren?«

»Und, hast du ihn noch?«, stichelte sie weiter.

»Nein, Mr Happy, mein Glücksbärchi, erlitt einen äußerst tragischen Unfall, in dem Jahr, in dem du ihn mir gekauft hast. Irgendwas mit Lagerfeuer und kein Feuerholz in Reichweite.«

»Na, ob ich dir jemals wieder ein Geschenk kaufe ...«

Im Augenblick würde er wahrscheinlich sogar so einen verdammten Bären von ihr annehmen, wenn sie nur weiter seine Hand hielt.

Travis schaute auf die Uhr. »Tja, sosehr mir unser einstündiger Kurzausflug auch gefallen hat, wir müssen trotzdem zurück. Oma hat tatsächlich etwas von Plänen für die Hochzeit erzählt, aber ich bin mir ziemlich sicher, dass das ein Code war für: *Geh und rette Kacey, damit ich nicht ohne Führerschein fahren muss.*«

»Wirklich?« Kacey blinzelte ungläubig.

»O ja, sie glaubt wirklich, dass ihr beiden heiratet, und meine Eltern planen bereits die Trauungszeremonie, während wir hier reden. Du solltest hoffen, dass Oma sie noch zur Räson bringt. Andernfalls bist du ab nächsten Sonntag eine verheiratete Frau.«

»Wie lustig.« Kacey schauderte. Ihr war klar, dass Oma Nadine allen etwas vormachte, aber dass seine Eltern nicht Bescheid wussten, war immer noch ärgerlich. »Wir werden nicht heiraten. Es war nur eine Vereinbarung, obwohl ...« Sie verstummte.

»Was denn?« Travis rutschte das Herz in die Hose. »Obwohl was?«

Wollte sie es sich anders überlegen? Wollte sie Jake etwa wirklich heiraten?

»Obwohl es schon ein wenig komisch ist, dass es Oma so ganz plötzlich so gut geht, findest du nicht?« Sie hoffte, die Andeutung würde ausreichen.

»Vermutlich schon.« Travis kratzte sich am Kopf. »Ich war nicht sehr oft zu Hause. Es war eigenartig, denn den einen Tag schien sie vollkommen in Ordnung zu sein, und am nächsten war es so, als würde sie ihren letzten Atemzug machen. Sie hat jede Menge sonderbare Entscheidungen getroffen. Wie ihre Beerdigung ablaufen soll, wohin die Anteile an der Firma gehen, dass wir alle heiraten sollen.«

Er blieb stehen. »Du denkst jetzt aber nicht, dass Oma ihre Krankheit nur vortäuscht, oder?«

»Nun, welchen Grund sollte sie dafür haben? Vielleicht versucht sie nur, gesund zu erscheinen, weil ich hier bin?« Kacey wandte den Blick ab und spielte an ihrer Handtasche herum.

»Richtig.« Travis wartete darauf, dass sie noch etwas sagte, aber sie wechselte rasch das Thema.

»Also, Hochzeitspläne. Ich hoffe, das heißt, dass ich mir noch mehr Fotoalben ansehen darf.« Sie stieß ihn leicht an.

»O ja, erinnere mich daran, dass ich diese Alben später verbrenne. Ich will keine Spur aus Fotos, die zu meiner Rolle als Hund führt.«

»Du warst ein niedlicher Hund.«

»Ich hatte keinen Schwanz.«

Kacey schloss die Augen und lachte. »Aber du hattest einen wirklich niedlichen Aufnäher genau da.« Sie legte die Hand an seine Mitte und drückte gegen seine Bauchmuskeln. Ihm stockte der Atem, und er starrte auf ihre Lippen. Der Drang war wirklich unglaublich.

Kacey leckte über ihre Lippen, streckte sich auf die Zehenspitzen, und ihre Lippen streiften sein Ohr, als sie flüsterte: »Fürs Protokoll: Mir ist der Hund lieber als der Mistkerl.«

»War das ein Kompliment, Kacey Jacobs?«

»Na ja, ja, das war ein Kompliment, Travis Titus.«

Daraufhin lachten sie beide und plauderten ungezwungen auf dem ganzen Weg zum Truck. Ach, würde der Augenblick doch nie enden.

# KAPITEL 19

Kacey schwitzte.

Dummer Travis, und seine dummen Einfälle, sie aufzumuntern, und dann auch noch sein verdammtes Lächeln mit diesen albernen Grübchen. Sie seufzte. Sein Knackarsch und seine albernen Witze über Jake waren auch keine Hilfe.

So viele Wörter brüllten durch ihren Kopf, die meisten davon Schimpfwörter. Diese beiden Jungs brachten wirklich das Schlimmste in ihr zum Vorschein.

Was auch immer da zwischen ihr und Travis vorging, sie musste dagegen ankämpfen. Vor allem dachten seine Eltern ja immer noch voller Glück, sie und Jake seien verlobt.

Oma Nadine hatte andere Pläne, wobei Kacey gern gewusst hätte, weswegen sie eigentlich die ganze Familie an der Nase herumführen wollte.

Und Travis – nun ja, Travis hielt das Ganze für einen Schwindel und machte sich Sorgen, dass seine Großmutter jederzeit umkippen könnte.

Und als hätte sie noch nicht genug Stress im Leben, kam Jake auch noch zeitgleich mit ihnen zu Hause an. Er stieg aus dem Auto, und ihr war klar, dass er nicht einfach nur froh war, von einem langweiligen Brunch wegzukommen. Dafür wirkte er viel zu zufrieden.

»Hey, Baby.« Er zog Kacey an sich und küsste sie auf den Mund.

Daraufhin verpasste sie ihm postwendend eine Ohrfeige. »Mit demselben Mund küsst du deine Nutten!«

Ganz im Ernst, eigentlich hatte sie das nicht laut sagen wollen.

Hinter ihr stieß Travis einen leisen Pfiff aus.

»Was soll denn das, Kacey? Ist das die Art, deinen Verlobten zu begrüßen?« Er zeigte ihr ein unschuldiges Lächeln.

»Du Bastard!« Kacey hob erneut die Hand, aber Travis zog sie weg, bevor sie Jakes Gesicht noch weiteren Schaden zufügen konnte.

»Was zum Henker hat er dir denn erzählt?« Jake wollte auf seinen Bruder losgehen, doch Kacey stand zwischen ihnen.

»Nichts, er hat gar nichts gesagt. Du dagegen hast alles gesagt, was nötig war, ohne dabei auch nur dein Schandmaul aufzumachen.«

»Ich bin verwirrt.« Jake hob resigniert die Hände.

»Du stinkst nach Schlampe. Meine Güte, du hast es versprochen, Jake. Du hast gesagt, das hier wäre für Grandma und dass du ein Wochenende durchhalten würdest. Tatsächlich? Was werden deine Eltern wohl sagen, wenn du in dieses Haus marschierst und dabei wie eine billige Kopie von Dolce und Gabana riechst? Hm?«

»Es *war* original D und G. Wenn nicht, würde ich das erkennen«, korrigierte er, zog sein Jackett aus und schwang es über seine Schulter. Kacey machte erneut einen Satz auf ihn zu.

Travis hielt sie zurück, und sie drehte sich um und warf ihm einen finsteren Blick zu, der sagte: *Lass mich ihn einfach kaltmachen!*

Jake blieb abrupt stehen. »Ich verstehe sowieso nicht, wo das Problem ist. Ich habe Spaß, und ihr zwei habt Spaß. Jeder hat was davon. Meine Eltern glauben, wir würden heiraten, Oma hat dich endlich wieder hier, auch wenn es lächerlich ist, wieso du auf einmal so wichtig sein sollst. Ich meine, es ist schon Jahre her, und jetzt will sie dich wiedersehen? Schau, alles was zählt, ist doch, dass ich allem Anschein nach erwachsen geworden bin, ihr seid wieder vereint, und wir schwelgen bald im Eheglück.« Er zuckte mit den Schultern und ging.

»Egoistischer Bastard«, murmelte Travis vor sich hin.

»Ich möchte ihm die Augen auskratzen.« Kacey spürte, wie sie vor Zorn errötete.

»Yep, du und jede Frau, mit der er je geschlafen hat.«

Kacey fühlte, wie sie erstarrte und sich heiße Röte über ihr Gesicht und ihren Hals ausbreitete, bis sie es nicht mehr ertragen konnte. Ihre Unterlippe zitterte fast unmerklich, und sie marschierte zielstrebig auf das Haus zu, doch Travis zog sie am Arm zurück und schob sie durch den Eingang, der der Garage am nächsten war.

»Was ist los?«

»Mir geht es gut.« Kacey hatte plötzlich weiche Knie.

»Dir geht es nicht gut, Kace. Du zitterst. Was hast du mir verschwiegen?«

*Oh, nur so ziemlich alles,* wollte sie am liebsten sagen.

Besiegt ließ sie einfach nur den Kopf hängen und schwieg.

Travis fluchte. »Schön, dann sage es mir nicht, aber ich bin hier, falls du je darüber reden willst.« Er wollte schon gehen, doch dann drehte er sich noch einmal um. »Hör zu, Kace, ich weiß nicht, was zwischen euch beiden passiert ist, und ich weiß, dass es mich nichts angeht, aber es muss echt übel für euch gewesen sein, wenn ihr euch darüber derart verkracht habt. Versprich mir, dass du mit jemandem darüber redest, wenn schon nicht mit mir.«

Sie würde nichts dergleichen tun, aber sie nickte trotzdem. Niemand wusste davon. Na ja, niemand außer ihrer einzigen Freundin, aber ihre Eltern waren in dem Glauben gestorben, dass Kacey letzten Endes in die Familie Titus einheiraten würde.

Gott, es fühlte sich an wie die ultimative Enttäuschung.

Ihre Eltern waren so stolz gewesen, dass sie auf die Schule ging, und sie hatten Jake geliebt wie einen Sohn. Sie hatten immer Witze gemacht über gemeinsame Familienurlaube und über Feiertage mit Plätzchenbacken.

Was tut man, wenn einem das Leben, das man für vorgezeichnet hält, plötzlich gestohlen wird? Was tut man, wenn man selbst schuld daran ist und nicht einmal jemandem den Grund dafür sagen kann? Was tut man, wenn der Mensch, der einem den größten Schmerz seines Lebens zugefügt hat, einem plötzlich alles, was man je wollte, auf einem Silbertablett anbietet? Sie sah sich dem Nonplusultra im goldenen Käfig gegenüber, denn sie kannte Jake möglicherweise besser als jeder andere. Es würde nicht viel Überredungskunst brauchen, damit er sie wirklich heiratete. Dafür würden schon seine Eltern sorgen, besonders dann, wenn er Schluss machen würde.

Was war sie eigentlich im Begriff zu tun? Wollte sie wirklich mit einem Typen zusammenleben, der sein Ding nicht in der Hose behalten konnte?

Ihre Hände zitterten immer noch.

Es war zu real. Der Geruch eines fremden Parfüms an ihm hatte sie in die Vergangenheit zurückversetzt. Zu dem Augenblick, als sie ihn zum ersten Mal nach ihrer gemeinsamen Nacht wiedergesehen hatte.

Er trug ein abgenutztes Sweatshirt von Abercrombie und ausgefranste Jeans. Und er hatte umwerfend ausgesehen.

Ihre Blicke waren sich begegnet, und er hatte gelächelt und

war auf sie zugekommen. Sie umarmten einander, aber Jake hatte nicht nach Jake gerochen.

Er hatte den Geruch eines anderen Mädchens an sich gehabt, und dann war jemand an seiner Seite erschienen und hatte gefragt, ob er bereit sei zu gehen. Ein anderes Mädchen, ein schönes Mädchen. Sie hatte ihn in den Hintern gekniffen, und dann waren die beiden gegangen.

So hatte der erste Tag vom Rest ihres Lebens begonnen.

Gedankenverloren ging sie ins Haus, wo die Familie zweifellos dabei war, ihr künftiges Eheglück zu planen – und fiel dabei beinahe über Jake, der auf dem Küchenboden lag und Zeter und Mordio schrie.

»Was ist passiert?«

Jake fluchte wie ein Bierkutscher, seine Mutter kämpfte einen aussichtslosen Kampf mit dem Korken einer Weinflasche – zweifellos, um ihren Kummer zu ertränken –, und sein Vater versuchte, Jakes Auge mit Eis zu kühlen.

Oma Nadine schmunzelte, und Travis stand mit geballten Fäusten da.

Alles in allem, eine ganz normale Szene im Hause Titus.

»Er ist gegen die Wand gelaufen«, sagte Travis schlicht.

»Eine Wand war das?« Kacey deutete auf Jakes Auge, das bereits anschwoll und sich verfärbte.

»Es war eine große Wand.« Jake stöhnte. »Verdammte Wand. Ich hasse Wände.«

Daraufhin grinste Travis, und Oma Nadine fing an zu husten und fächelte sich Luft zu.

»Okay.« Kacey war nicht sicher, was sie jetzt tun sollte, also ging sie in die Hocke, auf Augenhöhe mit Jake. Sie nahm seinem Vater den Beutel mit Eis aus der Hand und drückte ihn dann, so fest sie konnte, auf sein Auge.

Bets keuchte auf, und Oma Nadine brach in Gelächter aus.

»Tut mir leid«, sagte Kacey zuckersüß, »ist mir aus der Hand gerutscht.«

Jake sah sie finster an, sagte aber nichts.

»Können wir einen Augenblick allein haben?«, fragte sie.

Langsam marschierte die Familie aus dem Zimmer. Kacey beugte sich vor, denn sie wollte flüstern, so dass nur Jake sie hören konnte, für den Fall, dass die anderen darauf warteten, irgendwelchen Streit aus der Küche mitzubekommen.

»Nie wieder, Jake.«

Er öffnete den Mund.

»Nein.« Kacey schüttelte den Kopf. »Nein, du hältst jetzt den Mund und hörst zu. Schwierig für dich, da bin ich sicher, aber versuch es.«

Er nickte.

»Wenn ich schon hier bin und dir diesen Riesengefallen tue, dann solltest du ein wenig Selbstbeherrschung üben. Du kannst nicht mit deinen Schlampen in der Gegend herumvögeln und erwarten, dass man dich nicht dabei erwischt. Kameras gibt es überall, und eines schönen Tages wirst du zu sorglos. Und überhaupt, glaubst du allen Ernstes, diese Mädchen machen sich was aus dir? Ich garantiere dir, die wollen nichts als dein Geld, deinen Status und deinen Luxuskörper. Und wenn du nicht sofort aufhörst zu grinsen, verpasse ich dir eine Ohrfeige.«

Jake schluckte krampfhaft und hörte auf zu grinsen.

»Ich weiß, dass dir der Segen deiner Eltern wichtig ist. Und ich kann sogar respektieren, dass du, trotz all deinem Egoismus, das Beste für die Firma willst. Ich denke, von allen Leuten verstehe ich das am besten, aber du kannst das alles auch erreichen, ohne die Menschen, die du liebst, zu manipulieren. Wenn dieses Wochenende vorbei ist, bin ich mit dir fertig. Das sollst du wissen.«

Zitternd stand sie wieder auf.

Jake streckte die Hand aus und umfasste ihr Handgelenk. »Kace.« Sein Blick flackerte, und er fluchte leise. »Ich hab's vermasselt.«

»Ist wohl dein Lebensmotto.«

Er grinste schief. »Nur wenn es um Frauen geht, die mir wichtig sind.«

Das glaubte Kacey aufs Wort. Sie schüttelte den Kopf und wandte sich ab, um zu gehen.

»Ich habe dich geliebt, weißt du.«

Abrupt blieb Kacey stehen, und ihr Herz hämmerte wie verrückt. Sie holte ein paarmal tief Luft, um sich zu beruhigen, und drehte sich dann um. Sie sah dem Mann, den sie so viele Jahre lang geliebt hatte, ins Gesicht – der nicht länger ihr Freund aus Kindertagen war, sondern ein egoistischer Kerl, der sich nur für sein eigenes Vergnügen interessierte. »Ich habe dich auch geliebt, Jake. Aber den Mann, der du jetzt bist, den mag ich nicht besonders.«

Damit marschierte sie aus der Küche – und rannte direkt gegen Travis, der doch tatsächlich gelauscht hatte.

Schon komisch, eigentlich hatte sie das eher von Oma Nadine erwartet und nicht von ihrem Erzfeind.

»Na, das war ja ein ganz besonderer Augenblick.« Er straffte sich und fuhr sich mit den Fingern durchs Haar.

»Du hast ihm eins mit der Faust verpasst.«

Travis vergrub die Hände in den Hosentaschen, das lockige Haar fiel ihm in die Stirn. »Hab ich.«

»Was war das für ein Gefühl?«, wollte Kacey wissen.

»Nicht so gut, wie ich dachte.«

Kacey lachte und versetzte ihm einen spielerischen Klaps auf die Schulter. »Vielleicht solltest du mich beim nächsten Mal meine Schlachten selbst schlagen lassen?«

»Nein.«

»Wie bitte?«

Ein Ausdruck von Panik huschte über Travis' Gesicht, als er erst aus dem Fenster und dann wieder zu ihr sah. »Ich sagte nein. Wieso willst du den ganzen Spaß für dich haben? Ich denke, ich habe ebenso viele Gründe, meinem Bruder eins zu verpassen.«

»Als da wären?«

Travis erstarrte. Sollte er es ihr sagen? Sollte er es aussprechen? Einmalige Chancen präsentieren sich nicht so oft. Er öffnete gerade den Mund – als Oma Nadine hereingeschlendert kam.

»Oh, Schätzchen, weißt du das denn nicht?«

O Gott, nein. Nein, nein, nein!

»Unser Travis hier« – Oma kniff ihn in die Wange, und er wäre am liebsten im Erdboden versunken – »war total in dich verknallt, als ihr klein wart! Warum glaubst du, wollte er immer Vater-Mutter-Kind spielen, selbst wenn er dabei der Hund sein musste? Oh, es war so süß. Ich weiß noch, es war die Party zu deinem sechzehnten Geburtstag, und als deine Verabredung nicht auftauchte, hat er …«

»Oma!«, jaulte Travis auf. »Im Ernst, wir müssen meine Kinderschwärmerei nicht übertreiben. Und außerdem denke ich, dass Kacey Bescheid wusste, wegen all dem Steinewerfen und Am-Pferdeschwanz-Ziehen.«

Zumindest hoffte er, dass sie es wenigstens vermutete.

Kacey starrte die beiden mit offenem Mund an. »Du willst sagen …«

O Gott.

Immer noch blinzelnd, trat sie auf die beiden zu. »Er hat mich durch die Hölle gejagt, weil er mich gernhatte?«

Travis schluckte. Irgendwie war das in seiner Vorstellung immer anders abgelaufen. Eher so, dass er ihr seine Liebe gestand und sie beide darüber lachten, wie dumm das gewesen war, und dann heißen Sex auf dem Küchenboden hatten.

Doch nun sah er seine Tagträume einen nach dem anderen zerplatzen, als Kacey auf ihn zukam. »Du hast der gesamten fünften Klasse erzählt, ich hätte mir in der Pause in die Hosen gemacht!«

Stimmt, das hatte er getan.

»Du hast eine Spinne in meiner Pausenbrotbox versteckt, und als ich geweint habe, hast du jedem erzählt, ich würde heulen, weil meine Mom die Rinde am Sandwich nicht weggeschnitten hätte.«

»So schlimm war es doch nicht, komm schon, Kace …«

»Ich war in der Highschool. Und, ja, es war so schlimm. Die Leute dachten bis zum Schulabschluss, ich hätte so eine komische Rindenparanoia. Ich habe ein Jahr lang Brotrinden in meinem Spind gefunden.«

Travis wich zurück bis an den Tresen.

»Oh, wie spät es schon ist.« Oma Nadine kicherte. »Bis nachher, ihr beiden. Und streitet euch jetzt nicht um Dinge, die ihr nicht mehr ändern könnt!«

Travis flehte seine Großmutter innerlich an, zu bleiben. Wirklich, in Gedanken lag er auf den Knien und weinte herzzerreißend. Er fing an zu schwitzen. Und dann, als sie doch verschwand, verlegte er sich darauf, um göttlichen Beistand zu bitten.

Kacey sah aus, als würde sie jeden Moment explodieren.

Nicht gut.

»Du hast mir die Haare abgeschnitten.« Ihr Tonfall klang abgehackt, als sei das der letzte Tropfen, der das Fass zum Überlaufen gebracht hatte.

»Stimmt«, bestätigte er und schob sich dabei ganz langsam am Tresen entlang in Richtung Tür. »Aber zu meiner Verteidigung sei gesagt, dass ich nur versucht habe, den Kaugummi herauszubekommen.«

»Den du zuvor hineingeklebt hast!«

»Das kannst du nicht beweisen!« Wieso brüllte er auf einmal? »Und außerdem! Du hast doch jedem in meinem ersten Jahr am College erzählt, ich würde mein Stottern nur vortäuschen, um extra Hilfe von den Lehrern zu bekommen!«

»So war es ja auch!«

»Nur ein Mal!«

»Das ist nichts im Vergleich zu dem, was du mir angetan hast.« Sie schubste ihn. Travis griff hinter sich. Auf dem Tresen stand eine Schachtel mit Eiern. Seine Mutter musste dabei gewesen sein, das Abendessen vorzubereiten.

Langsam griff er in die Schachtel und nahm zwei Eier heraus. »Tja, ich schätze, ich bin dir einfach gern einen Schritt voraus, Kacey.« Und damit schlug er ihr die Eier auf den Kopf …

… und versuchte, in die andere Richtung zu flüchten.

Kacey stellte ihm ein Bein, und er segelte zu Boden.

Schimpfend fing sie seine Arme ein, und nagelte ihn auf dem Boden fest. »Ich werde dich umbringen!«

»Kacey, das war nur ein Scherz, es tut mir leid, ich …«

Ihre Augen leuchteten, als sei sie besessen. Hektisch schaute sie sich in der Küche um, und dann breitete sich ein Lächeln auf ihrem Gesicht aus. »Also … hier willst du das machen? Jetzt? Die ganze Angst aus der Kindheit loswerden? Na schön, legen wir los.«

»Loslegen?« O du lieber Gott, er konnte spüren, wie das Stottern wiederkam und seine Zunge sich zu dick in seinem Mund anfühlte.

»Jawohl, loslegen.« Sie griff zum Tresen hinauf und schnappte sich zwei Eier, und dann, während er noch immer vor Furcht erstarrt war, zog sie geschickt an seinen Jeans und stopfte die Eier vorn hinein, während sie rittlings auf ihm saß, so dass die Eier zerbrachen und ihm über – na, was wohl – liefen.

Er schloss die Augen. Noch nie war er so wütend – und so erregt gewesen. Also mal ehrlich? Was war das für eine Geschichte mit ihm und Nahrungsmitteln? Erst das Hühnchen beim Abendessen und jetzt die Eier. Wahrscheinlich würde er nie wieder eine normale Mahlzeit zu sich nehmen können, ohne dabei schmerzhafte Erregung zu verspüren.

»Jetzt reicht's.« Er wusste, er war stärker, größer und robuster. Er packte sie bei den Armen und presste sie auf den Rücken, während die Eier Flecken auf seiner Hose hinterließen. Verdammt, war das unangenehm.

Sie kreischte auf und warf den Kopf hin und her. Er drückte ihre Arme links und rechts neben ihrem Kopf auf den Boden. Das Ei in ihrem Gesicht wurde langsam trocken.

»Sag, dass es dir leidtut, und ich lasse dich los.«

»Niemals.« Sie lächelte.

»Na schön.« Er hielt ihre Arme immer noch fest, beugte sich über sie und sammelte etwas Spucke in seinem Mund.

»Nein. O nein, Travis, wage es ja nicht.« Sie zappelte unter ihm. O verdammt, fühlte sie sich gut an.

»Du musst nur sagen, dass es dir leidtut.«

Ihre Augen blitzten.

»Na schön.« Er ließ ein klein wenig Spucke aus seinem Mund tropfen. Sie kreischte auf.

Und plötzlich zog ihn jemand von ihr herunter.

»Was zum Henker ist mit dir los?«, brüllte Jake.

Seine Eltern kamen in die Küche gerannt.

Und er konnte nur ahnen, was sie dachten. Travis mit nassen Flecken vorn auf der Hose, als sei ihm ein Malheur passiert, Kacey mit Eiern im Haar, und Jake mit einem blauen Auge.

Wie aufs Stichwort deuteten Kacey und Jake gleichzeitig auf Travis. Der fluchte.

Seine Mutter ballte die Hände zu Fäusten. »Travis Titus!«

»Oh, oh, sie hat seinen ganzen Namen gesagt«, unkte Jake.

»Jetzt ist er ein toter Mann«, fiel Kacey mit ein.

Travis hätte am liebsten gebrüllt.

Seine Mutter schüttelte den Kopf. »Also wirklich, Travis, solch ein unreifes Verhalten sieht dir gar nicht ähnlich! Du lieber Himmel, Kacey, sind das Eier auf deinem Kopf?«

Kacey nickte ernst.

Travis biss die Zähne zusammen.

Seine Mutter musterte ihn genauer. »Schätzchen, ist dir da ein Malheur passiert?«

Jake kicherte und fing dann heftig zu husten an. Er schaute zu Kacey, die sich auf die Lippe biss und den Blick abwandte.

»O ja, ich bin dreiundzwanzig Jahre alt, und das ist ein kleines Malheur. Ernsthaft, Mom?«

»Na ja, Schätzchen, tut mir leid, es sieht nur so aus wie« – sie deutete auf ihn und errötete – »und ich weiß ja auch noch, wie du als kleiner Junge warst.« O nein.

»Wie war er denn?«, fragte Kacey, plötzlich interessiert.

»Oh, er hatte immer mal kleine Unfälle dieser Art und Alpträume, aber nichts Ernstes.«

Kacey strahlte. »Wirklich? Ich bin sicher, dass der Plüschhase, mit dem er geschlafen hat, ein großer Trost in diesen schwierigen Zeiten für ihn war.«

»Plüschhase?«, fragten Jake und sein Vater gleichzeitig.

Die Einzigen, die von diesem dämlichen Plüschhasen

wussten, waren Kacey und seine Mutter. Es war ein Geschenk seines Großvaters vor dessen Tod gewesen, doch er hatte ihn nach Kacey benannt – nicht, dass er ihr das je erzählt hätte.

Eines Morgens, er war schon in der Junior High, nachdem er das Ding unvorsichtigerweise im Bett liegen lassen hatte, war Kacey in sein Zimmer geschlendert und hatte es dort gefunden.

Es war das einzige Mal gewesen, dass sie sich höflich begegnet waren.

Doch jetzt war alles möglich. »Wirklich, Kacey, ich bezweifle, dass es in irgendeiner Weise schlimmer ist, als dieses doofe Lämmchen, das du immer im Bett hattest. Du weißt schon, das Ding, das niemand waschen durfte?«

»Es war nicht schmutzig!«, behauptete sie.

»Es war grau.«

»Ja und?«

»Seine ursprüngliche Farbe war weiß.«

Kacey presste fest die Lippen aufeinander und hob die Hand.

Bets klatschte in die Hände. »Kinder, also wirklich. Du meine Güte. Jetzt geht alle und säubert euch und seid in einer Stunde wieder hier. Wir werden ein frühes Abendessen zu uns nehmen und die Hochzeitspläne durchgehen, und dann machen wir einen Familienspieleabend. Einen ganz normalen Familienspieleabend.«

»Schön«, antworteten sie mürrisch und gingen in alle Richtungen davon.

# KAPITEL 20

Jake tat so, als sei er unbeeindruckt von Kaceys kleiner Ansprache, doch nachdem er sich in sein Zimmer begeben und dort seinem Selbstmitleid gefrönt hatte, wurde ihm klar, dass er ihr wirklich eine Entschuldigung schuldete.

Er war nachdenklich geworden. Was wäre wenn? Was, wenn er sich ändern könnte? Wenn er der Mann sein könnte, den Kacey brauchte? Wie würde ein Leben mit ihr wirklich aussehen? Würde er sich zu Tode langweilen? Oder war er es ihnen beiden schuldig, wenigstens einen Versuch zu wagen?

Heillos durcheinander war er nach unten gelaufen – nur um zu sehen, wie sein Bruder rittlings über Kacey kniete und ihr ins Gesicht spucken wollte.

Die beiden waren wirklich unreif bis zum Gehtnichtmehr, aber wenigstens wusste er jetzt, dass zwischen den beiden absolut nichts Romantisches lief.

Travis war inzwischen dreiundzwanzig Jahre alt, und wenn er in diesem Alter immer noch Gewalt einsetzte, um Mädchen für sich zu gewinnen, tja, dann war es kein Wunder, dass er immer noch allein war. Und vor einem Kerl, der auf Kinderstreiche zurückgriff, um ihre Gunst zu erringen, würde ein Mädchen wie Kacey nicht auf die Knie sinken.

Hm, wäre Jake ein netterer Kerl, dann würde er seinem

Bruder tatsächlich ein paar Tipps geben. Die hatte er wirklich dringend nötig.

Vielleicht wäre es sicherer für alle, wenn er Kacey und Travis einfach voneinander getrennt hielt. Wie es schien, brachten die beiden im jeweils anderen das Schlimmste zum Vorschein.

Als dann schließlich alle zurück ins Esszimmer kamen, hatte seine Mutter doch tatsächlich Namenskärtchen auf den Tisch gestellt.

Wie stilvoll.

Kacey war zwischen ihm und Oma Nadine plaziert. Gute Wahl.

Travis saß am anderen Ende des Tisches mit – Moment mal! Noch ein Gedeck? Wieso?

»Haben wir Gäste heute Abend?« Im Ernst? Hielt seine Mutter das für sicher, nach der Eskapade in der Küche? Davon, dass sein Bruder ihm grundlos ein blaues Auge geschlagen hatte, gar nicht erst zu reden.

Also gut, Travis hatte ihm das verpasst, weil er aufgebracht darüber war, dass Jake Kacey wie Luft behandelte. Möglich, dass er es irgendwie verdient hatte, aber nur ein ganz klein wenig.

»Oh, Grandma hat Mr Casbon eingeladen.«

Jake blieb das Lachen im Hals stecken. »Unseren Nachbarn, Mr Casbon? Den, der nur für Omas Lächeln lebt? Na, das sollte interessant werden.«

»Und das ist noch untertrieben«, brummte Travis, der gerade in die Küche kam.

»Schön zu sehen, dass du die Hose gewechselt hast, Brüderchen.«

Travis sah ihn finster an. »Wenigstens kann ich meine Kleidung wechseln. Du andererseits kannst deine wundervolle Persönlichkeit nicht ablegen.«

Jake ballte die Hand zur Faust. Sein Bruder grinste.

Kacey kam herein. »Also, ich glaube, mein Haar glänzt so sehr wie noch nie. Danke sehr, Trav. Das habe ich nur dir zu verdanken.« Sie grinste.

Travis verdrehte die Augen. »O ja, und mein Gehänge ist …«

»Travis!« Bets kreischte schon fast. »Unser Gast wird jeden Augenblick eintreffen. Könntet ihr wenigstens versuchen, euch eurem Alter gemäß zu benehmen? Du meine Güte, Jake, du wurdest aufgebaut, um die Firma zu übernehmen, also verhalte dich entsprechend! Travis, du besitzt schon seit Jahren deine eigene Ranch, also, bei allem, was heilig ist, benimm dich wie ein Erwachsener!«

»Du besitzt eine Ranch?«, fragte Kacey. Jake beobachtete den Wortwechsel. Travis scharrte mit den Füßen, als sei ihm das unangenehm, und räusperte sich dann.

»Ja, eine kleine. Keine große Sache.«

»Oh, das ist ja wohl eine Untertreibung.« Bets lachte. »Du besitzt eine der größten Ranches der Westküste, aber wenn du so tun willst, als sei sie klein, dann ist das wohl dein Vorrecht, denke ich.«

Ignoriert zu werden, das war ein ganz neues Gefühl für Jake, aber er war neugierig, zu sehen, wie Kacey darauf reagieren würde. Er verschränkte die Arme und lehnte sich an den Tresen.

»Aber du sagtest, du seist Helfer auf einer Ranch.«

Jake lachte. »Der ein Helfer? Babe, der ist ebenso wenig Hilfsarbeiter, wie ich Hausmeister bin.«

»Aber …« Kacey runzelte die Stirn.

»Ist keine große Sache.« Travis zuckte mit den Schultern und begann, Wasser in die Gläser zu schenken.

Kacey wandte sich an Jake. »Sonst noch irgendwelche Familiengeheimnisse?«

Wahrscheinlich nicht der beste Zeitpunkt, ihr zu erzählen, dass Oma Nadine sie alle manipulierte.

»Ähm …« Jake vergrub die Hände in die Hosentaschen. »Travis war früher in dich verknallt? Zumindest habe ich das immer angenommen, wenn man bedenkt, dass er jedes Mal anfing zu stottern, wenn ein weibliches Wesen zugegen war.«

Travis erstarrte. »O ja, spule mal die Zeit um eine Stunde zurück, dann kannst du sehen, wie sie auf diese spezielle Information reagiert hat.«

Jake kicherte. »Ach, das hat eure Kabbelei ausgelöst. Verstehe …«

Kacey sah wütend aus, also beschloss Jake, es wiedergutzumachen. Langsam ging er auf sie zu. »Kace, ich bin sicher, dass dich das verärgert hat, aber was du nicht weißt, ist, dass er, obwohl er einige üble Sachen angestellt hat … mit Betonung auf übel …«

»Danke sehr, Jake.«

»Gern geschehen.« Er schmunzelte. »Er ist auch der Grund dafür, dass deine Party zum sechzehnten Geburtstag ein solch großer Erfolg war.«

»Was meinst du damit?« Sie entspannte sich.

»Na ja …« Jake legte den Arm um ihre schmalen Schultern. »Dieser Typ dort drüben, der mit dem Stottern, der war so wütend darüber, dass dein damaliger Freund nicht aufgetaucht ist, dass er Dad bekniet hat, einen Gefallen einzufordern.«

»Was für einen Gefallen?«

Travis warf ihnen einen nervösen Blick zu und schüttelte den Kopf. »Lass es gut sein, Jake. Das ist schon lange her.«

»Hey, ich versuche nur zu helfen. Aber, ja, Travis war derjenige, der Dad überredet hat, diese Band für deine Party zu engagieren. Du weißt schon, die, von der alle so besessen waren?«

Kacey nickte. »Alle haben gehört, dass sie exklusiv auf meiner Party spielen, also sind sie gekommen, und das, obwohl Tanner, mein Idiot von Freund, von jedem verlangt hat, mich zu ignorieren, weil ich nicht mit ihm schlafen wollte.«

»Tja, nun …« Jake zuckte mit den Schultern. »Um diesen Burschen hat Travis sich auch gekümmert.« Wieso zum Henker war er eigentlich so nett seinem Bruder gegenüber? Wenn er irgendeinen Verdacht hätte, dass die beiden sich körperlich zueinander hingezogen fühlten, dann würde er ganz sicher nicht helfen, aber es gefiel ihm nicht, wenn sie ständig miteinander stritten. Es stresste ihn. Und er wollte nicht vorzeitig Falten oder graue Haare bekommen.

»Jake!« Travis winkte ab. »Lass es gut sein.«

»Er hat ihn vermöbelt, ihm gedroht und dann allen erzählt, er wäre besessen von Vampiren.«

»Ach, deshalb haben alle dauernd Knoblauch mit in die Schule gebracht?« Kacey lachte. »O Mann! Travis, wieso hast du mir nichts davon erzählt? Dann hätte ich dir vielleicht keine Eier in die Hose gestopft.«

»Puh, danke sehr«, brummte Travis.

Jake nutzte die einmalige Gelegenheit, um Kacey zu umarmen. »Na, kriege ich auch eine Belohnung dafür, dass ich dir Gutes über meinen Bruder erzahlt habe?«

Kacey blickte zwischen den Brüdern hin und her. Dann nickte sie und erwiderte die Umarmung.

Und in diesem Moment wusste Jake wieder genau, warum er sich überhaupt je in sie verliebt hatte.

Sie passte.

Perfekt in seine Arme.

Als sei sie für ihn geschaffen worden. Ihr Duft, die Art, wie ihr Haar in seiner Nase kitzelte, alles an ihr schrie förmlich Behaglichkeit und Häuslichkeit. Er wollte sie gar nicht mehr loslassen.

Travis räusperte sich.

»Tut mir leid.« Jake löste sich wieder von ihr. »Ich muss kurz mit meinen Gedanken woanders gewesen sein.«

»Schon okay.« Kacey errötete und ging zum Tresen.

Oh, zur Hölle nein.

Nicht dieses Mal.

*Nicht* dieses Mal.

Travis war drauf und dran, jeden Trick anzuwenden, den er kannte, um Kacey von Jake fernzuhalten.

Er würde sie entführen und nach Mexiko bringen, bevor er zuließ, dass sein Bruder noch einmal seine Klauen in sie schlug.

»Kace« – Travis drückte ihr die Servietten in die Hand –, »willst du helfen, den Tisch fertig zu decken?«

»Klar.« Sie ging um den Tisch und legte Servietten auf die Teller, während Travis vor sich hin pfiff. Jake fing schließlich an, sich zu langweilen, wie so oft, und verdrückte sich dann mit der Ausrede, er wolle sehen, was gerade im Fernsehen lief.

Endlich.

»Also, Vampire, hm?«

»Das war das Beste, was mir auf die Schnelle einfiel. Du weißt ja, dass ich ein Problem mit Stottern hatte, und meine einzige soziale Interaktion fand mit meiner Familie und dem Drama-Club statt.«

»Ach ja, der reizende Drama-Club. Sag mir, was hast du da noch mal gespielt?«

Travis lächelte. »Nicht den Hund, vielen Dank auch.«

Kacey hob eine Augenbraue und hielt, die Servietten in der Hand, mitten in der Bewegung inne.

Travis brach in Gelächter aus. »Na schön, es war die Katze, aber zu meiner Verteidigung sei gesagt, das war im Musical CATS, also kannst du dich nicht über mich lustig machen.«

»Wohl nicht.« Kacey schob die Unterlippe vor, als wolle sie schmollen. »Erinnerst du dich noch an das Lied?«

»Dazu wird es nicht kommen, Kace, also mach dir keine Hoffnungen. Du wirst mich schon sehr, sehr betrunken machen müssen, um dieses Lied jemals wieder von mir zu hören.«

»Das wäre es absolut wert.«

Er lachte. »Vielleicht für dich.«

»Ach, komm schon, nur eine kleine Zeile. Ich werde es auch keiner Menschenseele erzählen.« Kacey stemmte die Hände in die Hüften und kam auf ihn zu. Verdammt wollte er sein, wenn er sich nicht wie eine Katze fühlte, als er beobachtete, wie diese Hüften schwangen. Um ehrlich zu sein, war er beinahe glücklich genug, um in lauten Gesang auszubrechen.

Er öffnete den Mund, möglicherweise, um zu singen, vielleicht auch, um zu fluchen – was genau, wusste er nicht recht –, als er die Tür zuschlagen hörte.

»Wir sind da!«, verkündete Oma Nadine und schlenderte in die Küche, Mr Casbon im Schlepptau.

Der Mann trug ein albernes Grinsen und ein Hawaiihemd, das in Khaki-Hosen gestopft war. Alles in allem, perfekt für Oma Nadine. Sie liebte Hawaii.

Und Männer.

Mr Casbon, der Glückspilz.

»Und, fangen wir mit Pupu an?«

Kaceys Augen weiteten sich vor Entsetzen.

Travis flüsterte ihr ins Ohr: »Sie meint Aperitifs damit. So nennt man die auf Hawaii.«

»Und sie ist plötzlich Hawaiianerin?«

In diesem Moment fing Oma Nadine an, vor Mr Casbon Hula zu tanzen.

Travis atmete hörbar aus. »Offensichtlich.«

Jake kam herein, warf einen Blick auf seine tanzende Großmutter und machte sogleich wieder kehrt. Gut zu wissen, dass Travis nicht der Einzige war, dem Oma Nadines Verhalten nicht geheuer war.

Mr Casbon grinste und fiel in den Tanz mit ein.

Kacey lachte und klopfte Travis auf die Schulter. »Sollten wir ihnen zeigen, wie es richtig geht?«

Fassungslos sah er zu, wie sie langsam die Hüften wiegte. Sein Gehirn befahl seinem Mund, wieder zuzuklappen. Außerdem erklärte er sich selbst, wenn er weiter so nach ihr gierte, würde das in Gegenwart seiner Großmutter noch verdammt unbehaglich für ihn werden.

»Komm schon, Trav.« Kacey zwinkerte und hob die Arme über den Kopf.

Er zog sie an sich und begann, sich in einem Rhythmus zu bewegen, der alles andere, nur kein Hulatanz war – langsam, fließend, sinnlich. Seine Hände strichen an ihren Seiten nach unten, bis sie auf ihren Hüften lagen und dort verharrten. Travis schloss die Augen.

Es kümmerte ihn nicht.

Darüber war er hinaus.

Also, was machte es schon, wenn er sich blamierte? Darüber war er ebenfalls hinaus. Er wollte sie nur berühren und festhalten.

»Travis?« Er öffnete die Augen, und Kacey war nur Zentimeter von seinem Gesicht entfernt. »Ich glaube, wir haben ein paar Zuschauer.« Die leichte Röte in ihrem Gesicht sagte ihm, dass er nachsehen sollte, aber er war viel zu peinlich berührt. Hastig löste er sich von ihr und schaute sich dann erst um.

Oma Nadine und Mr Casbon standen da, die Köpfe schiefgelegt, und beobachteten sie. »Na, das war aber romantisch.« Oma Nadine zwinkerte.

»Ich war nur …« Travis kratzte sich am Hinterkopf. Ja, was war er denn? Scharf auf Kacey? Voll mit expliziten Tagträumen, wie es sich wohl anfühlen mochte, Kacey nackt in seinen Armen zu halten?

»… aufs Tanzen konzentriert«, warf Kacey ein.

»Damals zu meiner Zeit …« Mr Casbon räusperte sich. »Wenn ein Kerl so tanzte, dann wurde sein Mädel schwanger.«

Travis spürte, wie sein Gesicht vor Röte brannte.

»Du wirst sie nicht schwängern, oder, Junge?«

War dieser Typ wirklich echt?

»Ähm …« *Nein, sag einfach nein.* Wieso wollte sein Mund nicht gehorchen?

»Nein, es sei denn, man kann von zu eng tanzen schwanger werden, Mr Casbon.« Kacey klopfte Travis auf die Schulter und riss ihn damit aus seinem Lähmungszustand.

»Ich bin sicher, dass das geht.« Der alte Mann hob den Finger in die Höhe, drehte sich dann zu Oma Nadine um und zog sie resolut an sich. »Bin nur froh, dass wir alt genug sind, um uns darum nicht mehr kümmern zu müssen.«

»O Grundgütiger«, murmelte Kacey.

Travis stieß sie mit dem Ellbogen an.

Und gemeinsam starrten sie Oma Nadine an, die – in Mr Casbons Armen – lachte.

»Irgendwie ist sie ein Luder«, flüsterte Kacey.

»Irgendwie?« Oma Nadine flirtete nicht nur. Sie … nun ja, das war ein Wort, das Travis nicht in einem Satz mit Oma aussprechen wollte.

»Zeit fürs Essen!«, verkündete Bets und kam in die Küche. »Oh, du lieber Himmel.« Sie legte eine Hand auf ihr Herz, als ihr Blick auf Oma Nadine und Mr Casbon, die in inniger Umarmung tanzten, fiel. »Lasst uns, äh, zu Tisch gehen! Jake! Jake, komm auch zu uns. Zeit, zu essen!«

Endlich saßen alle am Tisch. »Wescott!«, rief Bets laut. »Wescott, es ist Zeit, mein Schatz. Hör auf, an dem Computer herumzubasteln, und komm essen.«

Wescott eilte ins Esszimmer und nahm am Tisch Platz. »Warum haben wir Platzkarten?«

Bets schaute mürrisch drein. »Ich hielt es für das Beste, in Anbetracht …« Sie beäugte erst Travis, dann Kacey und schließlich Jake, der daraufhin das dringende Bedürfnis verspürte, sich unschuldig zu geben. Er zuckte mit den Schultern und zwinkerte dann Travis zu.

Idiot.

»Also«, meinte Mr Casbon und fing an, sich einen Haufen Hackbraten auf seinen Teller zu laden, »habe ich das recht verstanden, dass wir heute Abend eine aufregende Partie Monopoly spielen?«

Oma Nadine kicherte und errötete.

Er hatte aufregend gesagt, nicht erregend. Sie hatten nicht vor, Strip-Monopoly zu spielen. Bilder, die Travis nie hatte sehen wollen, hämmerten durch seinen Kopf, und dann sah er Kacey an. Sofort wurden die Bilder zu Visionen, wie er ihre vollen Lippen kostete, mit den Händen durch ihr Haar fuhr, ihren ganzen Körper mit Küssen bedeckte, bis …

»Travis? Hast du gehört, was Oma gefragt hat?«

Ertappt ließ er den Blick über den Esstisch schweifen. Alle Blicke waren auf ihn gerichtet, was in gewisser Weise ein Segen war, angesichts der Tatsache, dass er sich wahrscheinlich unaussprechlich blamieren würde, sollte irgendwer unter den Tisch schauen und bemerken, in welchem Zustand er sich befand.

»Tut mir leid, was hast du gesagt, Oma?«

»Ich sagte« – sie sah ihn nachdrücklich an –, »dass du beim letzten Mal, als ich mit dir Monopoly gespielt habe, die Dreistigkeit hattest, zu gewinnen.«

»Darum geht es doch dabei.«

»Du solltest aber eine ältere Dame gewinnen lassen.«

»Oma, wenn ich mich recht entsinne, hast du nicht nur versucht, mich betrunken zu machen, indem du heimlich Alkohol in mein Mineralwasser gekippt hast, sondern du hast auch noch eine halbe Benadryl in mein Getränk gegeben, als ich nicht hingesehen habe. Wir hatten Glück, dass ich noch atmen konnte, als das Spiel zu Ende war.«

Oma Nadine schniefte. »An hartem Wettbewerb ist nichts Falsches, oder an ein wenig Manipulation, um die Dinge interessanter zu machen. Außerdem war die Idee mit Benadryl ganz Kacey. Es ist ihre Antwort auf alles. Genau wie der Typ mit dem Fensterreiniger in diesem Film mit der griechischen Hochzeit.«

»Wie bitte?« Travis beugte sich vor.

»Oh, du weißt schon.« Oma Nadine machte eine wegwerfende Bewegung mit ihrer juwelenberingten Hand. »Mückenstich? Nimm eine Benadryl. Schlaflosigkeit? Nimm eine Benadryl. Probleme im Schlafzimmer …«

»Ich bezweifle doch sehr, dass Benadryl in einer solchen Situation helfen würde«, unterbrach Travis sie.

»Och, darüber weiß ich nichts«, fügte Mr Casbon mit

einem verruchten Glitzern in den Augen hinzu, nahm Oma Nadines Hand und küsste sie.

Travis warf seiner Mutter einen hilfesuchenden Blick zu, um sie zu einem Themenwechsel zu bewegen.

Bets stocherte mit hochrotem Gesicht in ihrem Essen, während sein Vater versuchte, ein Lachen zu unterdrücken. War er denn der einzig Normale hier am Tisch?

»Also, du bist mir noch eine Antwort schuldig.« Oma Nadine stach die Gabel in ihren Salat.

»Was war noch mal die Frage? Tut mir leid, das Gespräch über außerplanmäßige Aktivitäten mit Hilfe von Medikamenten hat mich etwas abgelenkt.«

»Willst du mit Kacey zusammen spielen? Sie hat als Kind immer geschummelt, und ich brauche jemanden mit einer festen Hand, um sie zu züchtigen, wenn sie aus dem Rahmen fällt.«

Der Schluck Wasser, der unbedingt den Weg Travis' Kehle hinab hätte nehmen sollen, sprühte aus seinem Mund und landete direkt in Jakes Gesicht.

»Na, danke auch schön, Mann.«

»E-entschuldigung.« Travis hustete und warf seiner Großmutter dabei einen finsteren Blick zu. Sie antwortete mit einem anzüglichen Zwinkern und nippte an ihrem Wein. Sie wusste genau, was sie da gesagt hatte. Wenn sie nicht aufpasste, dann würde er sie wirklich noch mit Medikamenten betäuben. Und das wäre dann um einiges stärkeres Zeug als Benadryl, darauf konnte sie Gift nehmen.

»Aber liebend gern.« Travis tupfte sich den Mund mit seiner Serviette ab und lächelte seiner Großmutter zu. »Immerhin bezweifle ich, dass Kacey aus der Reihe tanzen wird. Sie weiß schon, dass es vergebliche Liebesmüh ist, an mich heranzureichen.«

»Oh, aber Travis«, flötete Kacey, die ihm gegenüber am Tisch saß, »genau da will ich doch hin.«

Sie reizte ihn. Er wusste es, aber er konnte sein Herz nicht davon abhalten, heftig zu schlagen, noch konnte er seine Atmung wieder auf einen normalen Rhythmus regulieren. Da er kein Wort herausbrachte, hob er nur sein Glas in ihre Richtung und betete, dass niemand bemerkte, wie zittrig er war.

Als die Unterhaltung verstummte und alle zu essen begannen, verspürte Travis plötzlich ein überwältigendes Gefühl von Schrecken, als ob gleich irgendetwas ganz furchtbar schiefgehen würde.

Er musterte jeden Einzelnen am Tisch und versuchte herauszufinden, warum er sich plötzlich so verschreckt fühlte. Und gerade, als er das Gefühl als lächerlich abtun wollte, fiel sein Blick auf seine Mutter.

Sie hatte diesen Blick.

Den, der kleinen Kindern Angst macht.

Den Blick, den jede Mutter draufhatte, wenn sie etwas zu sagen hatte, aber einem lieber eine Todesangst einjagte anstatt den Mund aufzumachen. Es war dieser wortlose Blick, der einen erwachsenen Mann in Sekundenschnelle wieder zum kleinen Jungen werden ließ.

Als das Abendessen zu Ende war, gingen alle, um sich etwas Bequemeres für das Spiel anzuziehen. Travis hingegen blieb sitzen.

Seine Mutter räusperte sich und stützte die Ellbogen auf den Tisch, als sie sich vorbeugte. »Was ist los, Travis?«

»Nichts«, log er und wandte den Blick ab.

»Sie gehört nicht dir«, sagte seine Mutter leise.

»Wie bitte?« Ruckartig hob er den Kopf.

»Kacey.« Sie schüttelte den Kopf, stand langsam vom Tisch

auf, kam zu Travis und ließ sich auf dem Stuhl neben ihm nieder. »Schätzchen, sie ist die Verlobte deines Bruders.«

»Das weiß ich.« Und er wusste, dass Jake ein verlogener, intriganter Bastard war, aber er hielt den Mund.

»Es ist nur eine Jugendschwärmerei.«

Sie redete mit ihm, als sei er noch ein Fünfzehnjähriger, und plötzlich war er wütend. War er denn nicht längst erwachsen? Er war ein Mann, und zwar ein Mann, der in der Lage war, seine eigenen Entscheidungen zu treffen.

»Mom, ich bin dreiundzwanzig.«

»Du benimmst dich, als wärst du noch in der Highschool. Ihr beide geht euch ständig gegenseitig an die Kehle, und ich schwöre dir, wenn du sie weiterhin so ansiehst wie heute die ganze Zeit über beim Abendessen, dann wird Jake es herausfinden. Es wird ihm das Herz brechen.«

Travis schnaubte. »Dazu müsste er überhaupt erst mal ein Herz haben.«

»Travis Titus!«

»Tut mir leid«, brummte er und fühlte sich dabei uralt und unreif zugleich. »Es ist keine große Sache; sie bedeutet mir nichts, das weißt du. Wir machen nur Spaß.«

Hinter ihm fiel ein Teller zu Boden. Er wirbelte herum – und sah Kacey in der Küche stehen. »Tut mir leid.« Ihr Lächeln war gezwungen, als sie niederkniete und den zerbrochenen Teller aufsammelte. »Ich weiß gar nicht, wie das passieren konnte. Er ist mir einfach aus der Hand gerutscht. Ich hoffe, ich habe euch nicht bei etwas Wichtigem unterbrochen. Der Teller stand noch im Wohnzimmer, und ich wollte dafür sorgen, dass er mit den anderen gespült wird.« Kacey schwafelte nie herum, außer sie war wirklich wütend oder nervös.

Bets half ihr, die Unordnung zu beseitigen. »Du hast doch vor, später mitzuspielen, oder?«

»Aber natürlich.« Kacey lächelte zuckersüß und warf Travis einen tödlichen Blick zu. »Immerhin habe ich einen Partner, den ich unterstützen muss.«

Wütend. Sie war definitiv wütend.

# KAPITEL 21

Bis sich dann alle im Wohnzimmer versammelt hatten, kochte Kacey vor Wut.

Seufzend nahm sie am großen Spieltisch Platz. Travis war ein Idiot, also weigerte sie sich, ihn anzusehen. Und Jake betrachtete eingehend sein Spiegelbild in einem Löffel. Also wirklich!

Die Dinge zwischen ihr und Travis hatten sich geändert, das hatte sie jedenfalls gedacht.

Aber in nur fünf Minuten war ihre Welt völlig aus den Fugen geraten. Sie hatte im Wohnzimmer aufgeräumt und dabei gehört, wie Travis und seine Mutter sich leise unterhielten.

Ohne sich etwas dabei zu denken, war sie ins Zimmer gekommen und hatte verstanden, worum sich die Unterhaltung der beiden drehte. Es ging um sie.

Und Travis hatte bestritten, dass er irgendwelche Gefühle für sie habe. Im Grunde genommen hatte er seiner Mutter erklärt, dass er Kacey hasste.

*Sie bedeutet mir nichts.* Warum hatte dieser einfache Satz ihr das Herz schwergemacht? Es war ja nicht so, als würde sie Travis mögen.

Sie schluckte.

Es war ein Gefühl der Anziehung, nebensächlich, lediglich ein lästiges kleines Stechen in ihrem Herzen. Vielleicht lag es ja nur daran, dass er ihr Aufmerksamkeit schenkte und dass er umwerfend aussah. So oder so, es würde ein Ende finden. Auf der Stelle.

Und sie wusste genau, wie sie ihre Rache bekommen konnte.

Schmunzelnd rieb sie sich die Hände.

»Ich kenne diesen Blick«, meinte Jake, der Kacey gegenübersaß, »und ich bin Manns genug, um zuzugeben, dass ich jetzt ein wenig Angst habe.«

»Also bitte«, schnaubte Kacey, »wann habe ich dir denn jemals etwas auch nur annähernd Grausames angetan?«

»Du meinst, außer mir in der neunten Klasse das Herz zu brechen, als ich gesehen habe, wie du Tom Williams hinter der Turnhalle geküsst hast?«

Die anderen am Tisch ignorierten das Gespräch, abgesehen von Travis, der unruhig neben ihr hin und her rutschte.

»Den mochte ich nicht einmal. Das war nur ein Experiment«, wandte Kacey ein. »Außerdem wissen wir doch alle, wer der beste Küsser ist, den ich je hatte.«

Travis räusperte sich.

»Ah ja, und das ist wer?« Jake beugte sich vor.

»Sage ich nicht.« Sie biss sich auf die Lippe und studierte eingehend jede einzelne Spielfigur, um zu entscheiden, welche sie nehmen wollte.

»Ich wette, ich weiß es.« Jake verschränkte die Hände hinter dem Kopf. »Ich meine, abgesehen von mir selbst.« Er grinste. »War es John Davis?«

»John Davis?« Kacey rümpfte die Nase. »Nein, nicht John.«

»Kevin Tate?«

Kacey schüttelte den Kopf. Vielleicht sollte sie den Schuh nehmen. Wenn sie dann auf dem Spielbrett an Travis vorbeikam, konnte sie damit seiner Spielfigur einen Tritt verpassen.

»Sean Halverson?«

Kacey verdrehte die Augen. »O bitte, der Typ stand auf der Liste ganz unten, und ich glaube, du weißt auch, wieso.«

»Hat seine Hände immer auf Wanderschaft gehen lassen.«

Jake schüttelte den Kopf. »Ich hab's!« Er schnippte mit den Fingern. »Cooper Reynolds! Der muss es sein. Die Mädels haben immer geheult, wenn er mit ihnen Schluss gemacht hat, als wäre jemand gestorben oder so. Ganz sicher, dass er es ist. Wusstest du eigentlich, dass er gerade solo ist und …«

Travis ließ seine Faust auf den Tisch krachen, und die Unterhaltung verstummte. »Tut mir leid. Ich dachte, ich hätte einen Käfer gesehen.«

Kacey sah ihn mit gerunzelter Stirn an. »Wirklich? Ich habe nichts gesehen.«

»Er war aber da.« Zähneknirschend deutete er auf die Stelle.

»Und du bist sicher, dass du dir das nicht nur einbildest?«, fragte sie angespannt. »Schließlich wissen wir doch beide, wie sehr du imaginäre Dinge magst. Nehmen wir zum Beispiel mal deinen Plüschhasen. Nimmst du den immer noch mit ins Bett?«

Travis lächelte gezwungen. »Ich weiß nicht, Kace, lutschst du immer noch am Daumen?«

Ihre Augen wurden schmal. »Huh, wie erwachsen, Travis. Sag mal, musst du Gespräche im Kopf vorausplanen, damit du nicht stotterst, oder hast du das inzwischen hinter dir?«

Kacey wusste, damit hatte sie einen Nerv getroffen. Er brummelte ein Schimpfwort. »Können wir einfach dieses verdammte Spiel spielen?«

Oma Nadine lachte. »Oh, Kinder, ihr habt euch schon immer gegenseitig gehänselt. Ja, spielen wir. Und, Kacey, denk daran: nicht schummeln.«

»Ich schummle nicht.« Kacey legte drei Finger aufs Herz. »Ich bin nicht der Typ fürs Betrügen.«

Jakes warf ihr einen kurzen Blick zu, bevor er zu Boden sah und sich räusperte.

Kacey war froh, dass niemand ihren stummen Austausch bemerkte, doch dann schaute sie nach rechts. Travis starrte zwischen ihnen beiden hin und her. Sie zwang sich zu einem Lächeln und zuckte mit den Schultern.

»Kace, möchtest du Tee oder so? Du weißt schon, zur Beruhigung.«

»Ich bin ganz ruhig.« Sie war beim besten Willen nicht ruhig. Neben Travis mit seinem scharfen Blick zu sitzen, weckte in ihr den Wunsch, zu schreien. Und obendrein hatte sein Rasierwasser auch noch beschlossen, ihr in die Nase zu steigen, so dass ihr Mund trocken wurde und ihre Zunge sich zu groß im Mund anfühlte.

»Ich bin gleich wieder da. Egal, wie sehr wir uns gegenseitig hassen, ich brauche dich immer noch als gute Partnerin, damit ich Jake schlagen kann.«

»Nur in deinen Träumen.« Jake lachte und warf dann einen Blick auf sein Spielgeld. »Okay, Leute, es wird Zeit. Lasst uns würfeln, um festzulegen, wer anfängt!«

Travis verließ den Raum, kam aber schnell mit einer Tasse Tee zurück, die er Kacey reichte. »Ist der vergiftet?«

»Nein. Du solltest stolz sein. Ich habe nicht einmal Benadryl hineingegeben.«

»Schade«, bedauerte Oma Nadine.

»Lasst uns loslegen.« Wescott reckte die Faust in die Höhe.

Alles in allem war Familie Titus so richtig heiß auf den Familienspieleabend.

Kacey hatte ganz vergessen, wie dabei normalerweise die Emotionen hochkochten.

Aber schon bald fiel es ihr wieder ein, als nämlich Oma Nadine anfing, Zeter und Mordio zu schreien, weil Wescott Geld von der Bank unterschlagen habe.

»Ähm« – Kacey hob die Hand –, »wie unterschlägt man denn Geld bei Monopoly?«

Wescott zuckte unschuldig mit den Schultern.

Oma Nadine blickte finster.

Bets lachte und tätschelte ihrem Ehemann das Knie. Kacey beobachtete den Austausch, und dann fiel ihr auf, dass auf seinem linken Knie tatsächlich Geld lag.

»Betrüger!« Sie stieß ihren Stuhl zurück. »Betrüger, alle beide!«

Ganz plötzlich fühlte sie sich so richtig aufgedreht, als hätte ihr jemand einen doppelten Espresso verpasst. Koffein ließ sie immer übers Ziel hinausschießen. Zu viel davon bekam ihr nicht.

»Ich habe keine Ahnung, wovon du sprichst, Liebes.« Bets schüttelte unschuldig den Kopf.

»Lüge!« Jake deutete auf seine Eltern und wandte sich dann an Mr Casbon, der zum Schiedsrichter bestimmt worden war. »Ich fordere eine Untersuchung, Sir.«

»Mit welcher Begründung?«

»Schummeln und Geld, das unter dem Tisch den Besitzer wechselt. Wenn Sie die Beweise betrachten, sehen Sie das so klar wie ich. Mutter verbirgt etwas, und Vater schwitzt.«

Mr Casbon erhob sich und umrundete den Tisch.

Alle schwiegen.

»Wescott, wie plädieren Sie?«

»Nicht schuldig.«

»Hm.« Mr Casbon blieb hinter Bets stehen und schaute ihr über die Schulter. »Und Sie, was haben Sie zu sagen?«

»N-nicht schuldig.« Bets schluckte.

»Dann macht es Ihnen auch nichts aus, wenn ich unter Ihren Stuhl schaue?«

»Ähm, na ja, ich bin nicht sicher, ob das …«

»Ah-hah!« Mr Casbon wedelte mit einigen Spielgeldscheinen durch die Luft und richtete sich dann zu voller Größe auf. »Mein Spruch lautet« – er räusperte sich – »disqualifiziert!«

Bets und Wescott brachen in Gelächter aus und küssten sich. »Wir haben es versucht, Schätzchen«, flötete Wescott Bets ins Ohr. »Wir hatten einen guten Lauf.«

»Tja, damit ist unser Abend zu Ende.« Bets stand auf. »Kacey, ich erwarte, dass du und Travis bis zum Ende durchhaltet.«

»Und was ist mit mir?« Jake sah gekränkt aus, aber jeder wusste, dass er nur scherzte.

»Ach, mein Lieber, du gewinnst doch jedes Mal. Also drücke ich die Daumen grundsätzlich nicht für dich, sondern für die Außenseiter.«

»Schön.« Er zog einen Schmollmund und fing dann in ärgerlichem Tonfall an, sein Geld zu zählen.

Jetzt waren sie nur noch zu fünft.

Kacey hatte das Gefühl, als würden ihr die Augen aus dem Kopf fallen; irgendwie waren sie viel zu weit aufgerissen, als könnten sich ihre Muskeln nicht entspannen; zu viel Luft drang an ihre Augen und trocknete sie aus.

»Hast du noch Tee?«, flüsterte sie Travis zu.

Er nickte lächelnd. »Klar. Bin gleich wieder da.«

Nur wenige Minuten später kam er mit einer weiteren Tasse dampfenden Tees zurück. »Das sollte helfen.«

Sie trank schnell und in der Erwartung, dass es klappte.

Eine Stunde später war Jake ebenfalls disqualifiziert worden – offenbar lag der Hang zu Unterschlagungen in der Familie, ebenso wie zu Betrügereien. Er rauschte wie eine beleidigte Diva davon und hinterließ dabei eine Spur aus Spielgeld, das er sich in die Tasche gestopft hatte. Der Klassiker.

Mitternacht kam immer näher, und Oma Nadine schien zu gewinnen, trotz Kaceys Versuch, auf jedes Grundstück, das sie besaß, ein Hotel zu stellen.

»Das kann ja noch ewig dauern«, unkte Mr Casbon. »Ich schlage vor, wir machen ein Ende.«

»Einverstanden.« Kacey war zwar nicht müde, aber sie vermutete, die alten Leutchen wollten gern … für sich sein.

»Der Erste, der zwei Sechsen würfelt, hat gewonnen.«

»Kinderspiel.« Travis schnappte sich die Würfel. »Zwei und Vier.«

Dann würfelte Oma Nadine. »Eins und Fünf.«

Mr Casbon fluchte, als sein Wurf zwei Einsen ergab.

»Du bist dran.« Oma Nadine übergab die Würfel an Kacey. »Wieso lässt du nicht Travis darüberpusten, als Glücksbringer?«

Travis erstarrte.

Idiot. Er könnte wenigstens so tun, als würde ihn ihre Anwesenheit nicht beleidigen.

Mit einem genervten Augenrollen drehte sie sich zu ihm um und öffnete die Hand. »Pusten.«

Travis' Augen verdunkelten sich, seine Lippen öffneten sich, und eine Sekunde lang sah er aus, als wolle er sie küssen. Langsam senkte er den Kopf und blies leicht über ihre Hände – und Kacey lief ein Schauer über den Körper bis in die Zehenspitzen.

Die Würfel rollten über das Spielbrett.

»Gewonnen, ihr habt gewonnen!« Oma Nadine klatschte in die Hände. »Gut gemacht, Kinder!«

Aber Kacey achtete nicht auf das Spielbrett. Sie sah auch

nicht Oma Nadine an. Ihre Augen waren immer noch auf Travis' Lippen gerichtet. Verdammt.

Zu seiner Ehrenrettung grinste er nicht und wandte auch den Blick nicht ab. Sie saßen sich einfach gegenüber und starrten einander atemlos an.

»Dann werden wir jetzt mal gehen«, verkündete Oma Nadine.

Kacey erwachte abrupt aus ihrer Trance. »Gehen? Aber Oma, du wohnst doch hier.«

»Das stimmt«, bestätigte Oma Nadine und half Mr Casbon beim Aufstehen. »Aber mein Geliebter ist der Junge von nebenan, also werde ich einfach mit ihm nach drüben gehen.«

»Welche Absichten haben Sie eigentlich in Bezug auf meine Großmutter?« Mit dieser Frage stieg Travis in die Unterhaltung ein.

Mr Casbon schmunzelte. »Ich werde eine ehrbare Frau aus ihr machen.«

Travis lachte. »Mehr verlange ich nicht.« Er hob kapitulierend die Hände.

Damit verschwanden die beiden und ließen Kacey, Travis und das Spiel zurück.

Die Stille war ohrenbetäubend.

# KAPITEL 22

Würden sie denn nie miteinander klarkommen?

Als wolle sie die unausgesprochene Frage beantworten, blies Kacey sich das Haar aus dem Gesicht und sah ihn finster an. »Hilfst du mir jetzt beim Aufräumen, oder was?«

»Hm, lass mich nachdenken.« Er lehnte sich zurück. »Soll ich dir helfen, das Spiel aufzuräumen, oder soll ich zusehen, wie du dich bückst und es selbst tust. Schwere Entscheidung.«

»Du bist ein A…«

»Hey, langsam.« Travis stand gemächlich auf und schlenderte zum Kartentisch. »Was meinst du, schaffen wir auch mal eine Unterhaltung, ohne uns dabei zu beschimpfen?«

»Gut«, antwortete sie angespannt.

Sie war wirklich schlecht darin, ihre Emotionen zu verbergen, und sie war offensichtlich aufgebracht. »Was ist los, Kace? Du bist nicht du selbst.«

Sie schnaubte. »Woher willst du das denn wissen?«

»Ich habe dieses Wochenende mehr Zeit mit dir verbracht als Jake. Ich denke, ich sehe es dir an, wenn du sauer bist, besonders, wenn man bedenkt, dass du diesen Stapel Spielgeld schon seit geschlagenen fünf Minuten zusammenschiebst.«

Kaceys Hand erstarrte, und sie ließ sich auf den Stuhl plumpsen. Er wusste nicht recht, ob er sie in die Arme nehmen und ihren Zorn wegküssen oder es hier und jetzt mit ihr ausfechten sollte.

»Ich würde dir gern eins verpassen«, sagte sie leichthin, so, als würde sie über die Farbe des Teppichs reden.

»Okay …«, meinte er gedehnt, »jetzt gleich?«

»Ja, jetzt ist gut.«

Kacey machte einen Satz auf ihn zu und boxte ihn gegen die Schulter. Er verlor das Gleichgewicht und ging mit einem Ächzen zu Boden. Kacey war immer noch über ihm, offensichtlich ohne zu bemerken, wie sehr er ihr die Kleider vom Leib reißen und hier auf dem Spieltisch über sie herfallen wollte.

»Als ich klein war, warst du ein hässlicher Raufbold.« Sie boxte ihn wieder gegen den Arm. »Und dann besitzt du die Dreistigkeit, zu einem gutaussehenden Kerl heranzuwachsen?«

Oje, jetzt verlor sie endgültig den Verstand. Er hatte es geschafft, sie über die Grenze zu treiben.

»Wie kannst du es wagen, alles andere als unattraktiv zu sein!«

Sie zwickte ihn in den Arm, und er jaulte vor Schmerz auf. »Was soll ich denn machen?«

»Dich entschuldigen«, stieß sie hervor.

»Wofür denn?«

»Für …« Sie starrte auf ihre Hände und flüsterte: »Dafür, dass du gesagt hast, dass ich dir nichts bedeute.«

Travis stöhnte auf. »Das hast du gehört?«

Kacey nickte, immer noch rittlings auf ihm. Dann sah sie ihn an und ließ ein Lächeln aufblitzen. »Ist keine große Sache. Ich wollte dich nur ein wenig leiden lassen.«

»Kace, sieh mal« – er packte sie an den Armen –, »du bist mir wichtig, du weißt, dass es so ist. Wenn es nicht so wäre …«

Er konnte es nicht sagen. Aber was hinderte ihn daran?

»Wenn es nicht so wäre«, wiederholte er, »wieso würde ich dann so viel Zeit damit verschwenden, dich zu ärgern?«

Kaceys Augen wurden schmal. »Ich schätze, das ist das Äußerste an Entschuldigung, was ich erwarten kann, oder?«

»Absolut.« Er grinste.

»Wenigstens konnte ich ein paar Treffer landen«, brummelte sie und löste sich von ihm – während sein Körper sie flehentlich bat, zu bleiben.

»O ja, das konntest du.« Er rappelte sich wieder hoch. »Und wer weiß? Vielleicht wache ich ja morgen früh mit ein paar blauen Flecken auf, auf die du dann boxen kannst.«

»Das bleibt zu hoffen.« Sie hielt ihm die Hand hin. »Friede?«

Hölle, nein. *Kein Friede,* verlangte sein Körper lautstark. Doch stattdessen schüttelte er wie ein Idiot ihre Hand. Freunde sein, das kriegte er hin. Immerhin war er erwachsen.

Kacey lächelte und bückte sich, um das Papiergeld vom Boden aufzuheben.

Sein Blick konzentrierte sich auf ihre Kehrseite.

Dann war er wohl ein Fünfzehnjähriger, der im Körper eines Erwachsenen steckte. Es war schon beunruhigend, wie schnell es ihn scharf machte, sie nur anzusehen.

»Ähm, Kace, wieso gehst du nicht zu Bett? Ich kann hier aufräumen. Geschieht mir wahrscheinlich recht, nachdem ich behauptet habe, du wärst mir nicht wichtig.«

»Stimmt.« Sie ließ das Spielgeld wieder zu Boden fallen, so dass es überall herumlag und er es wieder aufsammeln musste.

»Wie erwachsen.« Er nickte.

»Na, immer doch.« Damit machte sie sich aus dem Staub.

Puh, sie hatte aber eine Menge Energie für …

Oh, Kacke, das hatte er ganz vergessen.

Als sie mit Jake geflirtet und ihn überhaupt nicht beachtet hatte, war er so wütend gewesen, dass er ihr koffeinhaltigen

Tee gemacht hatte. Und dann hatte sie ihn so irre gemacht, dass er denselben auch beim zweiten Mal gekocht hatte.

So ganz langsam beschlich ihn der Verdacht, dass der Friede schon wieder so gut wie vorbei war.

»Tja, das hat ja nicht lange gehalten«, brummte er, während er die Teile des Spiels einsammelte und in die Schachtel warf.

Bis er mit Aufräumen fertig war, war es fast ein Uhr nachts. Müde schlurfte er in den neuen Flügel des Hauses und betrat das große Schlafzimmer.

Alles wirkte ungewohnt auf ihn. Kacey bewohnte sein Zimmer, welches technisch als Gästezimmer fungierte, und er befand sich in dieser riesigen Suite, mit lediglich den Grillen als Gesellschaft, die draußen zirpten.

Wie hatte er in nur zwei Tagen ein solches Chaos anrichten können?

Sein Verstand war ein einziges Durcheinander. Zuerst Kacey, dann seine Großmutter, die sich verhielt, als hätte sie in den letzten Monaten keinen Schwächeanfall erlitten, und jetzt auch noch Jake, der plötzlich den Netten spielte. Mit einem Jake, der sich wie ein Mistkerl benahm, konnte er umgehen, aber wenn er mal freundlich war, wirkte das immer so gezwungen und unecht. Er wollte nicht, dass Kacey darauf hereinfiel.

Aber wie sollte sie nicht?

Jake war einfach viel zu gut darin, Charisma auszustrahlen.

Travis setzte sich aufs Bett und stöhnte. Kacey war eine fixe Idee, die er anscheinend nicht überwinden konnte, egal, wie viele Jahre zwischen ihren jeweiligen Begegnungen lagen.

In einem Augenblick schien sie ärgerlich auf ihn zu sein, und im nächsten Moment könnte er beinahe schwören, sie wollte, dass er sie küsste. Was wahrscheinlich bedeutete, dass sein Verstand ihm Streiche spielte. Als sie sich geküsst hatten, hatte sie zugegeben, dass sie leicht angetrunken gewesen war, und das verhieß nichts Gutes für seine Aussichten, dass sie das vielleicht noch einmal wiederholen wollte.

Fluchend marschierte er ins Badezimmer, putzte sich die Zähne, schälte sich aus seinen Klamotten und ging ins Bett.

# KAPITEL 23

»Elende Ratte!« Kacey schlug mit der Faust auf ihr Kissen. »Natürlich war der Tee nicht koffeinfrei, du Idiot.« Sie verfluchte sich selbst und schwang die Beine aus dem Bett.

Mit einem Schnauben öffnete sie die Zimmertür und tappte über den Flur zum neuen Flügel des Hauses.

*Ich lasse mich nicht von diesen merkwürdigen Skulpturen einschüchtern,* wiederholte sie immer wieder, während sie weiter in den neuen Flügel vordrang. Derzeit war Travis der Einzige, der in diesem Teil des Hauses wohnte. Einerseits war das gut, denn dann musste sie ihn nicht so oft sehen, da es hier separate Eingänge in das riesige Haus gab. Nicht, dass es eine Rolle spielen würde, denn bisher hatte sie fast jede wache Minute mit dem Mann verbracht.

Andererseits hieß das, wenn sie sich schon um zwei Uhr morgens auf die Suche nach ihm machen musste, dann musste sie auch an einer regelrechten Galerie an Masken vorbei, die jederzeit zum Leben erwachen konnten.

Endlich erreichte sie das Ende des Flurs, wo sich eine Doppeltür befand. Das große Schlafzimmer.

*Ich werde ihn kastrieren.* »Travis!« Sie hämmerte gegen die Tür. »Ich weiß, dass du da drin bist! Komm raus und kämpfe wie ein Mann!«

Keine Antwort.

»Du Sohn eines …«

»Kacey, was ist los, zum Teufel? Weißt du eigentlich, wie spät es ist?« Travis öffnete die Tür, gerade als sie ihn in das Loch zurückwünschen wollte, aus dem er gekrochen war.

Doch, ach, der Mann war nackt – gut, nicht ganz. Er trug einen kurzen Boxerslip, der nichts dafür tat, seine kräftigen Muskeln zu verbergen, und die führten direkt bis in seine …

Wahrlich die personifizierte Sünde.

»Du!« Sie versetzte ihm einen Stoß gegen den muskelbepackten Oberkörper, der ihn ins Zimmer zurücktrieb, und schlug die Tür hinter sich zu. »Du und deine Gaunereien sind unerwünscht, Travis Thomas Titus!«

»Hey, mal langsam, komm nicht gleich so mit meinem vollen Namen. So schlimm kann es gar nicht sein.« Er schob sich die goldbraunen Locken aus dem Gesicht und gähnte. »Also, kannst du mir bitte erklären, was ich angestellt habe, damit ich weiterschlafen kann? Manche Leute bleiben nämlich nicht die ganze Nacht auf und denken sich Möglichkeiten aus, andere zu quälen.«

»Der Tee« – Kacey schubste ihn erneut – »war nicht koffeinfrei!«

Ein breites Grinsen erschien auf Travis' Gesicht. »Ach?«

Kacey wollte ihn an den Schultern packen, doch er reagierte zu schnell für sie, indem er sie rücklings auf sein überaus bequemes Bett warf und dann über ihr schwebte. Nicht gut. O Gott im Himmel, er war warm, und – *nicht hinsehen, Kacey. Einfach nicht hinsehen.*

»Kacey, wieso hast du die Augen geschlossen? Na komm schon, mach sie auf und kämpfe wie ein Mann.« Er beugte sich vor, weit genug, um einen Kuss auf ihre Lippen zu hauchen.

Zu ihrer absoluten Schande hob sie sich ihm auch noch erwartungsvoll entgegen.

»Das mit dem Tee tut mir leid, aber ich habe schließlich einen Ruf zu verteidigen. Und du hattest versprochen, niemals jemandem von dem Plüschhasen zu erzählen, den ich immer mit ins Bett nahm, genauso wenig wie alles andere, was du heute so ausgeplaudert hast.«

»Das ist mir rausgerutscht!«

»Wir haben einen Blutschwur geleistet!«, entgegnete er, und sein warmer Atem jagte ihr Schauer über den Rücken. »Und ich wollte Rache.«

»Schön!« Verärgert biss Kacey die Zähne zusammen. »Aber jetzt musst du die Konsequenzen dafür tragen.«

»Ich zittere schon vor Angst.« Travis löste sich von ihr und kroch unter die Decke. »Hey, kannst du das Licht ausmachen, wenn du gehst?«

Kacey brach in manisches Gelächter aus. O ja, sie litt eindeutig unter Schlafmangel. »Ich gehe nicht.«

»Also, wenn das eine leicht bekleidete Frau sagt, die meinem Bett so nahe ist, bedeutet das normalerweise, dass ich Sex mit ihr haben werde. Aber deinem Gesichtsausdruck nach zu urteilen vermute ich mal, dass das nicht dein Angebot ist.«

»Ich werde neben dir schlafen.«

Travis fielen förmlich die Augen aus dem Kopf. Er schaute nach links und rechts, zog dann vorsichtig die Decke zurück und beugte sich nahe zu ihr hin, beide Hände erhoben, als sei sie ein gefährliches Tier, das jeden Moment nach ihm schnappen konnte.

»Und du wirst keinen Sex mit mir haben. Du wirst schlafen. Also rutsch rüber, Kumpel. Du hast soeben einen Zimmergenossen bekommen!«

Travis sah sie erst finster an und schaute sich dann nervös im Zimmer um. »Du, ich bin ein Bettdeckenräuber. Glaube mir, du bist besser beraten, wenn du auf dem Boden schläfst.«

»Nein, ich denke, ich nehme das Bett.« Kacey grinste. »Ach ja, ich schnarche übrigens, und manchmal habe ich auch Alpträume. Also, sollte ich anfangen zu schreien, dann schüttle mich einfach – aber sanft bitte. Wenn man jemanden aus einem Alptraum aufweckt und ausflippen lässt … na ja, sagen wir einfach, das ist der Punkt, an dem so jemand gemeingefährlich wird.«

Es sah aus, als wollte Travis etwas sagen, doch dann marschierte er zum Lichtschalter und machte das Licht aus. Danach kroch er zurück ins Bett.

»Und solltest du mich bitten, mit dir Löffelchen zu machen, dann werde ich dich mit meinem Kissen ersticken«, grummelte er.

»Also bitte, als wollte ich dein Lieblingskörperteil irgendwo in meiner Nähe haben.«

»Rede dir das nur immer wieder ein, Kacey.«

»Nacht, Satan.«

»Nacht, Süße.«

O Gott, was für ein himmlisches Gefühl. Verdammt noch mal. Das einzige Mädchen, auf das er praktisch schon sein Leben lang scharf war, schlief in seinem Bett – was, in aller Welt, hatte er in der Vergangenheit getan, um eine solche Strafe zu verdienen?

Er kämpfte darum, sein Verlangen unter Kontrolle zu halten, doch er wusste, dass er damit zum Scheitern verurteilt war. Aber was würde sie denken, wenn er plötzlich über sie herfiel? Sie würde ihn umbringen, zweifellos.

Und so sank Travis nach zwei ruhelosen Stunden endlich doch in einen Schlaf voller Träume, in denen Kacey im Nachthemd in seinem Kopf herumtanzte.

Was, zum …? Er erwachte mit einem Ruck, als Kacey ihn

in den Bauch boxte. Er zuckte zurück und zog die Knie hoch, um seine edlen Teile zu schützen. »Was machst du da!«

»Oh, tut mir leid«, erwiderte Kacey verschlafen. »Meine Hand ist verrutscht.«

»Deine Hand ist verrutscht, meine Fresse …«, brummte er, schaffte es noch, sich von ihr wegzudrehen, und schlief wieder ein.

Doch nur wenige Minuten später wurde er wieder geweckt. Diesmal von einer Kacey, die im Schlaf über Käse dozierte und alle verschiedenen Arten alphabetisch aufzählte. »G steht für Gouda, und …«

Er legte ihr die Hand auf den Mund, in der Hoffnung, sie zum Schweigen zu bringen, doch stattdessen murmelte sie unter seiner Hand weiter, während sich ihr Körper ständig unter der Decke räkelte.

Konnten seine Augen da denn anders, als unwillkürlich zu den Rundungen ihrer Brüste zu wandern? Oder konnte er etwas dafür, dass sein Blut bei dem Anblick ihrer cremigen Haut, nur bedeckt von einem Tanktop und kurzen Shorts, in Wallung geriet?

Er befahl seinen Augen, woandershin zu schauen.

Er flehte seinen Verstand an, ihm nicht mehr ständig Bilder vorzuführen, wie sie wohl ohne dieses Tanktop aussehen würde.

Wirklich, er versuchte, ein Gentleman zu sein, und dann geschah das Unvermeidliche. Nicht, weil er es geplant hatte, sondern eher, weil sie sich in einem Bett befanden, und er war erschöpft, und sie war … einfach da.

Ganz ehrlich, es hatte überhaupt nichts mit seinen Gefühlen für Kacey oder mit Liebe zu tun.

Fluchend löste er seine Hand von ihrem Mund und drückte stattdessen seine Lippen auf die ihren. Seine Hände packten sie an den Schultern, und dann war er rittlings auf ihr. Aggressivität ging von ihm aus, als er ihr die Arme an die Seite drückte und sie weiter küsste.

Kacey wimmerte auf, und dann plötzlich wurde sie lebendig und schob ihre Zunge in seinen Mund, in so flammend heißem Begehren, dass er kurz davor war, vor Ekstase auf die Knie zu fallen. Andererseits war er ja schon auf den Knien, rittlings über dieser Göttin, die nun den Arm um seinen Nacken legte und ihn näher an sich zog. Er lag auf ihr und wusste, dass es jetzt passieren würde, wohl deshalb, weil das der nächste logische Schritt war.

Logik, Logik, was bedeutete dieses Wort noch mal? Und dann ... dann klopfte plötzlich jemand an die Tür.

»Was, zum ...?« Er löste sich abrupt von Kacey und landete unsanft in einem Gewirr aus Bettlaken auf dem Fußboden. »Ja?« Seine erregte Stimme klang abgehackt.

»Tut mir leid, Schätzchen, ich bin's, Mom ...«

»O nein!«, zischte Kacey, verhedderte sich in dem Laken und landete direkt auf ihm. Sie riss Augen und Mund auf, und Travis legte ihr rasch die Hand über den Mund und sah sie finster an.

»Ich bin gerade erst aufgewacht, Mom. Brauchst du etwas?« Wie spät war es, zum Teufel?

»Ach nein. Ich dachte nur, ich hätte irgendwelchen Tumult gehört, als würde jemand schreien oder schnarchen, oder ... ach, ich weiß nicht. Ist wohl nur meine Einbildung, aber ich wollte sicherstellen, dass es dir gutgeht.«

»Mir geht es gut, Mom«, antwortete er und flehte im Stillen, dass sie endlich wieder gehen würde.

Kacey bewegte sich auf ihm und drückte ihm dann einen nassen Kuss auf die Lippen.

Er würde sie erwürgen.

Und dann plazierte sie sich rittlings auf ihm.

»Und ich weiß ja auch, dass du deinen Plüschhasen nicht mehr hast«, drang Moms gedämpfte Stimme durch die Tür. »Schon komisch, ich hatte nicht mehr daran gedacht, bis Kacey heute Abend davon angefangen hat.«

»Ich brauche« – stieß er zwischen zwei Küssen hervor – »keinen …« O Gott, ihr Mund war so heiß. »… verdammten Plüschhasen mehr!« Das war schon fast gebrüllt.

»Ich weiß ja, Schätzchen, aber du hast so an ihm gehangen, als du aufs College gingst, und ich weiß noch, dass du ihn Kacey genannt hattest. Hm. Wieso eigentlich? Hatte ich ganz vergessen. Sie hat ihn dir doch gar nicht geschenkt. Seltsam.«

Kacey erstarrte über ihm, das Küssen hörte auf, und er betete zu Gott, dass sie doch bitte kein allzu gutes Gehör haben möge. Kacey sah ihn mit einem panischen, beinahe entsetzten Blick an.

Na großartig. Er hatte seine Bettgefährtin in Angst und Schrecken versetzt.

»Tja dann«, meinte seine Mutter, als er nicht antwortete, »bis zum Frühstück. Das ist in zwei Stunden, du hast also noch etwas Zeit. Bis später!«

# KAPITEL 24

Kacey zwang sich, ihre Hände bei sich zu halten, obgleich sie in Wahrheit eigentlich nur den Mann erwürgen wollte, über dem sie immer noch kniete.

»Du hast deinen Plüschhasen nach mir benannt? Du hast mich in der Highschool doch gehasst. Also, wieso das?« Sie verschränkte die Arme.

Travis wandte den Blick ab. »Fühle dich nur nicht zu geschmeichelt, Kace. Ich habe den Hasen nach dir benannt, weil ich mir dachte, es sei der einzige Name, der nach meiner Überzeugung auch noch dem schrecklichsten Monster Angst einjagen würde.«

»Dann hatte es also gar nichts mit mir zu tun?« Kacey fragte sich, wieso sie plötzlich so aufgebracht war.

»Oh, es hatte alles mit dir zu tun.« Travis legte die Arme um sie und zog sie an sich, beugte sich vor und küsste sie wieder. »Immerhin …« Seine Lippen waren eine süße Qual an ihrem Hals. Er stöhnte in ihr Haar, und Kacey hasste sich selbst dafür, dass sie sich so leicht von dem Mann verführen ließ, in den sie sich die ganze Zeit nicht verlieben wollte. »Immerhin war es mir nicht gestattet, dich körperlich zu quälen. Ich wurde ja zum Gentleman erzogen. Also, immer, wenn du … mich frustriert hast« – er knabberte an ihrem Ohr und eroberte erneut ihre Lippen –, »habe ich, wenn ich nach Hause kam, auf meinen Plüschhasen eingedroschen.«

»Du hast deinen sexuellen Frust an einem Plüschhasen ausgelassen?« Kaceys Stimme klang atemlos.

»Wer hat denn was von sexuellem Frust gesagt?«

Oh, Kacke. Was sollte sie jetzt nur machen? Lügen? Ihn noch einmal küssen? Ihm das Knie zwischen die Beine rammen? »Ich, ähm«, stotterte sie, »ich bin davon ausgegangen, dass du so gelebt hast, eben fast wie ein Eunuch. Du weißt schon, weil du nie viele Verabredungen hattest, und zum Abschlussball diese Schlange von Mädchen mitgebracht hast.«

Travis verdrehte die Augen. »Ich werde meiner Cousine Grüße von dir ausrichten.«

»Sie war ja so ein Herzchen.« Kacey und Travis' Cousine Lucy hatten in jener Nacht einen heftigen Streit, als sie beide im selben Kleid auftauchten. Lucy, mit allem, womit Gott und die Natur sie ausgestattet hatten, hatte ins Dekolleté kaum hineingepasst, während Kacey ihres mit Tüchern hatte ausstopfen müssen. Es war ja nicht ihre Schuld, dass sie in dieser Hinsicht eine Spätentwicklerin war! Der ganze Abend war im Eimer gewesen, als Lucy in einer Anwandlung von Begierde – und höchstwahrscheinlich unter Einfluss von Alkohol – sich an Jake rangeschmissen hatte. Schließlich waren sie nur Cousins dritten Grades. Doch das machte es in keiner Weise weniger gruselig oder weniger falsch oder weniger traurig, zuzusehen, wie sie ihn auf der Tanzfläche bedrängte. Ach ja, Highschool. Die guten alten Zeiten.

Kacey schüttelte den Kopf und schenkte Travis ein zuckersüßes Lächeln, als sie sich von seinem Oberkörper hochstemmte, um aufzustehen.

»Wo willst du hin?« Travis packte sie am Handgelenk. Sie musste hier raus, sie musste weg von ihm, bevor sie alle Beherrschung verlor und über ihn herfiel.

»In mein Zimmer.«

»Du kannst nicht in dein Zimmer gehen. Was, wenn dich jemand sieht?«

»Wer soll mich denn sehen?« Die Vögel vielleicht? Oder die kleinen Eichhörnchen vor seinem Schlafzimmerfenster?

Travis blinzelte ein paarmal, bevor er antwortete: »Jeder könnte dich sehen, und wenn du in dem Aufzug aus meinem Zimmer kommst, wird jeder Verdacht schöpfen.«

»Deine Familie weiß, dass wir uns hassen«, schnaubte Kacey.

Daraufhin schenkte Travis, dieser Teufel, ihr ein derart verführerisches Lächeln, dass sie sich fragte, ob ihr Herz jemals wieder zu hämmern aufhören würde. »Ja, aber meine Familie weiß auch um meinen gewissen Ruf, nämlich den eines Playboys und nicht eines Eunuchen, wie du so liebreizend beschrieben hast.«

»Tja dann, wenn du so paranoid bist, dann werde ich einfach hier duschen, und dann können wir hinten hinausschlüpfen. Klingt das gut?«

Travis stöhnte. »Zu gut, Kace, zu gut.«

Kacey, die nicht länger hier herumhängen und auf gar keinen Fall seine zweideutige Aussage in ihr Gedankenchaos dringen lassen wollte, eilte in Richtung Badezimmer.

»Also dann.« *Was wollte ich gerade sagen? Irgendwas Bissiges. Irgendwas Lustiges. Verdammt sei sein Sixpack! Musste er denn unbedingt einen Waschbrettbauch haben?*

Sie stürmte ins Badezimmer und schlug die Tür hinter sich zu. Türschloss – Türschloss, wo war das Türschloss?

»Es gibt kein Türschloss, Kace«, erklärte Travis mit tiefer Stimme. »Sie haben es noch nicht geschafft, das Badezimmer komplett fertigzustellen, also ist es immer noch ein wenig provisorisch, aber es gibt heißes Wasser und saubere Handtücher. Sieh nur zu, dass es da drin nicht total nach Mädchen riecht.«

Wie zum Teufel sollte sie denn das verhindern? Mal eben ihren weiblichen Duft abgeben, bevor sie in seinem Badezimmer duschte? Idiot.

»Na schön!« Sie marschierte zur Dusche und drehte sie auf. Dampfendes Wasser kam heraus. Perfekt. In nur zwei Sekunden war sie nackt und stand unter der Dusche, wo sie von Speck und kochend heißem Kaffee träumte.

Deshalb hörte sie auch nicht, wie die Tür aufging. Oder wie Travis sie fragte, ob alles in Ordnung sei.

Oder den Aufschrei, den er ausstieß, als er auf ihrem Tangaslip ausrutschte und beim Fallen den Duschvorhang mitriss. Nackt. Splitterfasernackt.

Travis fluchte noch eine ganze Weile und richtete dann schließlich den Blick auf sie. In all ihrer prachtvollen Blöße.

Daraufhin folgte sie seinem Beispiel und fluchte ebenfalls wie ein Bierkutscher. Er musterte sie ungeniert und ohne jede Scham, und es schien, als wolle keiner von ihnen sich als Erster rühren oder auch nur atmen.

»Was, zur Hölle!«, hörten sie plötzlich eine männliche Stimme brüllen.

Entsetzt blickte Kacey in mörderische grüne Augen und schluckte. »Hi, Jake.«

# KAPITEL 25

»Es ist nicht so, wie du denkst!« Kacey schaffte es gerade noch, sich ein Handtuch zu schnappen und damit ihre Blöße zu bedecken – auch wenn das eigentlich gar keinen Sinn machte, da beide Männer sie anstarrten. Es musste doch ethisch – oder wenigstens in religiöser Hinsicht – verwerflich sein, wenn zwei Brüder in einem Badezimmer eine einzelne Frau und ihre Leckerlis anglotzten.

»Ach?« Jake verschränkte die Arme. »Du willst nicht wirklich wissen, was ich gerade denke. Wie konntest du nur!« Er schubste Travis gegen die Wand.

»Wie konnte ich?«, brüllte Travis. »Was ist denn das für eine verdammte Frage? Du hast doch das ganze Wochenende alles gebumst, was einen Rock anhatte!«

»Nur ein Mal!«, rief Jake.

»Du solltest so tun, als wärst du verlobt!«

»Spielt doch keine Rolle mehr!« Jake schubste Travis noch einmal gegen die Wand und drückte ihm seinen Arm von unten gegen das Kinn. Angesichts der Tatsache, dass Jake jünger und eindeutig weniger stark war als Travis, war es offensichtlich, dass der nicht vorhatte, sich zu wehren.

»Und wieso nicht?« Travis' Stimme klang angestrengt.

»Oma fehlt doch gar nichts! Sie wollte nur Kacey zurückhaben! Und außerdem weiß sie, dass wir nicht verlobt sind, in Ordnung? Ich habe es für meinen Ruf getan. Offenbar schadet es der Firma, mit Stripperinnen ins Bett zu gehen. Und überhaupt war es die Idee des Vorstands. Es ist etwas, wobei jeder gewinnt! Ich musste meinen Ruf retten, also haben wir uns als verlobt ausgegeben. Glaubst du denn, ich will heiraten?«

Kacey stand wie benommen da. Sie wusste, dass das mit der Heirat nicht real war, aber aus irgendeinem Grund versetzten ihr seine Worte trotzdem einen Stich, so, als würde er noch einmal mit ihr Schluss machen. Und dass sie auch noch fast nackt war, machte es noch schlimmer.

»Worin lag überhaupt der Sinn, sie herzubringen, wenn es doch nicht echt war? Und wieso hat Oma einen Schlaganfall vorgetäuscht!« Travis schubste Jake, so dass er zu Boden fiel.

»Woher soll ich das wissen? Ich war ganz pflichtbewusster Enkel!« Jake deutete mit einem spöttischen Grinsen auf sich selbst.

»Ähem, Jungs?« Kacey hob die Hand.

»Nicht jetzt!«, blafften die beiden einstimmig.

»Jungs.«

Sie ignorierten sie und stritten sich weiter darüber, ob Oma Nadine nun krank war oder nicht, ob Jake log, und wieso es so wichtig war, Kacey per Bestechung dazu zu bringen, nach Portland zu kommen. Alles in allem waren es die schlimmsten fünf Minuten ihres Lebens.

Und dann …

… platzten Bets, Wescott und Oma Nadine herein.

Wie reizend.

Kacey betete darum, vom Blitz getroffen zu werden.

Aber so viel Glück war ihr nicht vergönnt.

»Was hat das hier zu bedeuten?«, donnerte Wescott und wurde dann leuchtend rot, als er Kacey im Handtuch erblickte.

»Sie war nackt!« Jake zeigte auf Kacey.

Travis verdrehte genervt die Augen. »Leute unter der Dusche sind für gewöhnlich nackt.«

Jake grinste hämisch. »Und du hast sie angestarrt, weil du die menschliche Anatomie so faszinierend findest?«

Travis wollte Jake an die Kehle gehen, doch da schob sich Wescott zwischen die beiden. »Aufhören! Also, ich weiß ja nicht, was euch Jungs so auf die Palme gebracht hat, aber ihr seid erwachsen. Setzt euch hin und diskutiert das aus. Hört auf, euch zu prügeln, vor allem, wenn Kacey hier steht, mit nichts an als einem Handtuch.«

Daraufhin richteten sowohl Travis als auch Jake den Blick auf sie, und Kacey wollte am liebsten vor Scham sterben.

»Ich, ähm … ich bin dann mal in meinem, oder, besser gesagt, seinem …« Sie zeigte auf Travis und schüttelte den Kopf. »… im Gästezimmer.«

Travis zitterte vor Wut. Und jedes Mal, wenn er die Augen schloss, um sich zu beruhigen, geisterten Bilder einer vollkommen unbekleideten Kacey in seinem Badezimmer durch seinen Kopf. Nicht sehr hilfreich.

Jake brummelte neben ihm vor sich hin.

»Ihr beide«, befahl Wescott mit einem Fingerzeig, »redet. Sofort.«

»Gleichzeitig?«, fragte Jake spöttisch zurück.

»Klugscheißer«, murmelte Travis.

Oma Nadine stand hinter Wescott, die Arme verschränkt und ein winziges Lächeln im Gesicht.

»Von hier an übernehme ich, Wescott«, befahl sie.

Dieser hob daraufhin resigniert die Hände und verließ, Bets im Schlepptau, das Badezimmer.

»So, jetzt stellt mal die Lauscher auf!«, kommandierte Oma

Nadine barsch, so dass die Brüder zusammenzuckten. »Ich wollte, dass Kacey hierherkommt, und das ist meine Angelegenheit, und zwar ausschließlich meine. Ich habe Jake gesagt, dass er sie bestechen soll, falls nötig. Offensichtlich hat er nicht nur Geld, sondern auch noch meinen Schlaganfall als Köder benutzt, was mich allerdings nicht stört, da ich ohnehin vorhabe, dem Mädchen eine Erbschaft zu vermachen. Jedoch bin ich aufrichtig enttäuscht, dass Jake eine Verlobung vorgetäuscht hat, um sein Gesicht im Vorstand zu wahren. Zeig mal etwas Rückgrat, mein Junge!«

Travis öffnete den Mund, um etwas zu sagen.

»Klappe!«, fuhr sie ihn an. »Zu dir komme ich noch, Travis, aber im Moment gilt meine Verachtung noch deinem kleinen Bruder.« Travis versuchte, nicht zufrieden dreinzuschauen, als Oma Nadine ihren finsteren Blick auf Jake richtete.

»Wie konntest du nur! Ich hatte dich um eine einfache Aufgabe gebeten, und du rennst jedem Weiberrock hinterher!«

Travis räusperte sich. »Zu seiner Verteidigung sei gesagt, dass ein paar der Mädchen auch Hosen anhatten.«

Jake funkelte ihn an.

Und Oma Nadine fuhr fort mit ihrer Standpauke. »Nun, Jake, ich denke, man kann wohl sagen, dass du einen schönen Schlamassel angerichtet hast, ganz besonders, was Kacey angeht. Ich will, dass du deine Sachen packst und die Nacht in der Wohnung in der Innenstadt verbringst. Du fliegst nicht vor Montag, und das wird mir genug Zeit für Schadensbegrenzung bei deinen Eltern verschaffen. Und so, wie es aussieht, haben die Zeitungen genug Fotos von euch beiden, um hinreichend überzeugt zu sein, dass du vorhast, sesshaft zu werden.«

Travis hörte nur mit halbem Ohr zu. Er verstand immer

noch nicht, wieso eine vorgetäuschte Verlobung überhaupt nötig war. Wenn Oma Nadine nicht im Sterben lag, dann waren die Einzigen, die hier eingeseift wurden, seine Eltern und Kacey. Na gut, sie und der Rest des Twitterversums, das Jakes Updates mit beinahe religiöser Hingabe verfolgte.

Oma Nadine bedachte Jake noch mit einigen unfreundlichen Ausdrücken und schickte ihn dann weg.

Und er ging, ungefähr so wie ein Hund mit eingezogenem Schwanz.

»Und dann du!« Oma Nadine bohrte Travis den Finger in die Brust. »Ich hatte auf dich gezählt!«

»Auf mich?«

»Ja, du Dummkopf! Ich habe dir jede nur mögliche Gelegenheit verschafft, und neulich abends lief es doch schon recht gut!« Sie ließ sich auf das Bett neben ihm plumpsen. »Weißt du eigentlich, wie schwierig es ist, einen Schlaganfall vorzutäuschen, wenn man in den besten Jahren ist? Wenn ich noch einmal die Bettlägerige spielen muss …«

»Wie bitte?« Hatte sie den Verstand verloren?

»Du liebst sie schon sehr lange, mein Junge.« Seine Hände fingen an zu zittern, und Oma Nadine tätschelte ihm den Rücken. »Ich weiß, dass das Erwachsenwerden nicht leicht für dich war, und kein Mädchen hat seitdem dein Interesse geweckt. Ich dachte einfach, nun ja … ich dachte, wenn sie mit deinem Bruder hier ist, dann würde dich das eifersüchtig genug machen, um endlich etwas dagegen zu unternehmen.«

»Tja, den Teil mit eifersüchtig hast du ganz gut hinbekommen. Du hast Glück, dass ich ihm neulich abends nur das blaue Auge verpasst und ihn nicht gleich gekillt habe.«

Oma Nadine schüttelte den Kopf, und plötzlich kam sie Travis sehr zerbrechlich vor. »Was verschweigst du mir, Oma?«

Eine kleine Träne rann ihr über die Wange, aber sie wischte sie mit ihrer runzligen Hand weg. »Ich habe Jake noch nicht aufgegeben, das darfst du keinen Augenblick lang glauben, aber du, du bist anders.« Sie sah mit feuchten Augen zu ihm auf. »Du erinnerst mich so sehr an deinen Großvater, Travis. Du brauchst eine gute und starke Frau an deiner Seite. Ich denke, Kacey ist diese Frau. Das dachte ich immer, und jetzt weiß ich, dass es so ist. Tu dir selbst einen Gefallen und rede mit ihr.«

Travis lachte bitter. »Und was genau soll ich ihr sagen? Dass ich sie liebe, und das schon, solange ich denken kann? Soll ich sie anflehen, dass sie nicht meinen Bruder lieben soll, sondern mich, und dass sie bei mir bleiben soll?«

»Das wäre ein Anfang«, erwiderte seine Großmutter. »Außerdem gibt es da etwas, das keiner von euch Jungs weiß.«

»Ach?«

»Kacey war wie eine Enkeltochter für mich. Ich habe über die Jahre so eng wie möglich Kontakt mit ihr gehalten, auch wenn ich zugeben muss, dass ich etwas nachlässig mit Schreiben war. Diese alten Hände können nicht mehr so gut wie früher.« Oma Nadine lehnte den Kopf an seine Schulter. »Als ihre Eltern starben … oh, Travis, das war die schlimmste aller Tragödien. Sie war nur noch ein Schatten des Mädchens, das ich einmal gekannt hatte. Ich dachte, wenn ich ihr die Gelegenheit gebe, von allein damit fertigzuwerden, dann würde sie schon den Weg zurückfinden. Ich kannte sie gut genug, um zu wissen, dass ich das genaue Gegenteil erreichen würde, wenn ich sie in Watte packe. Und dass Jake alle angelogen hat, was seinen Kontakt mit ihr während der letzten vier Jahre angeht, war auch nicht hilfreich.«

Travis gefror das Blut in den Adern. »Habe ich mir's doch gedacht. Ich meine, sie hat so etwas angedeutet.«

»Oh, Schätzchen, Jake und Kacey haben seit Jahren nicht mehr miteinander geredet. Er hat sie im Auge behalten, aber sie waren nie zusammen. Seit dem Todestag ihrer Eltern war sie nichts als eine Freundin aus Kindertagen, eine Bekannte. Ich habe ihr immer Zeitungsausschnitte vom Restaurant ihrer Eltern geschickt, aber ich weiß nicht, ob sie die jemals wirklich gelesen oder auch nur angesehen hat. Es war, als sei sie mit ihren Eltern gestorben.«

»Das erklärt eine Menge.« Plötzlich fühlte er sich krank vor Sorge. Was zum Henker war wirklich zwischen den beiden passiert? Es konnte nicht nur am Tod ihrer Eltern liegen. Nein, da war noch etwas anderes, eine unterschwellige Spannung.

»In ihrem Testament haben sie mich zu ihrem Vormund bestimmt.«

»Entschuldigung, wie bitte?« Travis war sicher, dass er seine Großmutter gerade missverstanden hatte.

Oma Nadine kicherte. »Ich bin ihr gesetzlicher Vormund. Natürlich ist sie jetzt erwachsen, so dass das kaum mehr eine Rolle spielt. Sie haben die Dokumente aufgesetzt, als Kacey noch ziemlich klein war. Aber Kacey gehört ebenso sehr zu mir, wie sie zu ihnen gehörte. Ich habe immer auf sie geachtet, wollte immer das Beste für sie, und meiner Meinung nach war das Beste für sie, ein Teil unserer Familie zu werden.«

»Nur nicht mittels Jake?« Travis stupste seine Großmutter leicht an.

»Du lieber Himmel, nein.« Sie kicherte. »Kacey wusste, dass da was im Busch war und dass ich nicht wirklich krank bin. Ich habe ihr gesagt, sie solle die Zeit nutzen, um zu sich selbst zu finden, und ich glaube, sie war auf einem guten Weg.«

»Bis ich es dann versaut habe?«, fragte Travis.

»Nun, so würde ich das nicht sagen, aber du hast schon ein ziemliches Chaos verursacht, so wie du bei ihr herumeierst. Aber ich sage dir was: Ich gebe dir exakt vierundzwanzig Stunden allein mit ihr, um die Dinge ins Reine zu bringen.«

Travis lachte und rieb sich über eine wunde Stelle im Nacken. »Ja klar, und wie willst du das anstellen?«

Daraufhin erhob sich Oma Nadine zu voller Größe und zog ihr knappes Jackett glatt. »Ich bin Grandma. Ich kann alles tun, was ich will.«

Damit hatte die alte Dame durchaus recht.

»Sei glücklich, Travis.« Sie drückte ihm einen Kuss auf die Nase und ging zur Tür. »Deine Eltern und ich werden innerhalb einer Stunde verschwunden sein. Ich habe gehört, das Ferienhaus in Seaside soll um diese Jahreszeit ganz reizend sein. Vielleicht habe ich sogar Erbarmen mit deinem Bruder und erlaube ihm mitzukommen, anstatt ihn in diesem verflixten Apartment in der Stadt verrotten zu lassen.«

Travis ließ sich rücklings aufs Bett fallen und starrte an die Decke.

Intrigantes kleines Wesen, seine Oma. Nicht zu glauben, dass sie zu solch extremen Mitteln griff, nur weil sie ihn glücklich sehen wollte. Nun ja, ihn und Kacey.

Er wusste nicht, wie lange er den Deckenventilator anstarrte, aber es verging eine ganze Weile, bevor er es schaffte, unter die Dusche zu steigen und sich für den Tag fertig zu machen.

Travis rannte über den Flur. Das Haus war unheimlich still, und er hoffte, dass Kacey nicht irgendwie abgehauen war und ihn allein im Haus zurückgelassen hatte.

Er klopfte an ihre Tür.

Keine Antwort.

Er klopfte noch einmal und stieß dann die Tür auf.

Ihre Taschen waren noch da, aber von ihr keine Spur. Doch der Duft nach ihr und ihrem Parfüm hing im Raum und stieg ihm in die Nase. Na toll, jetzt würde die Suche nach ihr körperlich recht unbequem für ihn werden.

»Kacey?«, rief er auf dem Weg die Treppe hinab. Er ging ins Wohnzimmer, in die Küche … Wo war sie nur?

Die Tür zur Veranda stand offen. Er ging nach draußen und rief erneut nach ihr.

»Ich bin hier drin!«, antwortete sie und winkte ihm vom Baumhaus aus zu.

Natürlich war sie dort. Hätte er nur ein Mal nachgedacht, wäre ihm klargeworden, dass das Baumhaus der erste Ort war, an dem er hätte suchen müssen.

Nach einem schlechten Tag in der Schule war sie immer zu ihnen herübergelaufen, hatte ihren Rucksack auf den Küchentresen fallen lassen, sich einen Keks aus der Dose geschnappt und war ins Baumhaus geklettert.

Manchmal hatte es Stunden gedauert, bis sie wieder aufgetaucht war.

Doch danach war sie immer fröhlicher gewesen, so, als würde der Tag in der Schule keine Rolle mehr spielen.

Travis seufzte, kletterte langsam die Leiter hinauf und ins Baumhaus hinein.

Kacey saß in einer Ecke, die Arme um ihre Knie geschlungen.

»Tut mir leid.« Sie biss sich auf die Unterlippe und seufzte. »Ich musste nachdenken, also bin ich hierhergekommen.«

»Tja, damit sind wir schon zwei. Ich vermute, du hast nicht noch Kekse aus der Küche dabei?«

Sie griff neben sich und holte eine Plastiktüte mit drei Schokoladenkeksen darin hervor. »Na klar.«

Er nahm einen Keks aus der Tüte und lächelte sie aufmunternd an. »Kace.«

Sie hob den Kopf.

»Ich hatte mir eine wirklich gute Ansprache überlegt. Ich meine, sie war fantastisch – etwas, das dich zu Tränen rühren würde …«

»Zweifellos«, meinte sie zustimmend und biss ein Stück von ihrem Keks ab.

»Aber jetzt, wo ich hier sitze und dich ansehe, will ich dich eigentlich nur noch küssen und die Traurigkeit vertreiben. Ich weiß, das vorhin war peinlich, aber ich hoffe, dass deine Gefühle nicht verletzt sind. Was Jake gesagt hat, war …«

Kacey lachte. »Was Jake gesagt hat, war genau das, was zu erwarten war. Ich weiß, dass er nicht heiraten will, und wir beide wissen, dass ich nicht irrsinnig genug bin, um ihn heiraten zu wollen.«

Travis atmete erleichtert auf.

»Aber …« Kacey schüttelte den Kopf.

Der Klang ihrer Stimme gefiel ihm nicht.

»Aber, ich weiß nicht, aus irgendeinem Grund tut es jetzt wieder genauso weh wie damals. Ist das nicht albern?«

Travis wusste, dass er wahrscheinlich keine zweite Gelegenheit erhalten würde, also fragte er: »Was ist zwischen euch beiden passiert?«

Ihre Miene versteinerte, und ihr stockte der Atem. »Er, ähm …« Nervös strich sie sich das Haar aus dem Gesicht und kaute auf ihrer Unterlippe. »Wir … hatten …« Eine Träne lief ihr über die Wange.

Beunruhigt nahm Travis sie bei der Hand, zog sie auf seinen Schoß und wiegte sie in seinen Armen. »Was? Sag es mir.« Er streichelte über ihre Arme.

»Wir haben miteinander geschlafen.«

Ihm blieb das Herz stehen. Wut, Frustration und Eifersucht jagten durch seinen Körper, mit einer solchen Gewalt, dass er nicht wusste, ob er seinen Bruder suchen und erschießen oder sich selbst die Schuld geben wollte, auch wenn es gar nicht seine Schuld war. Doch er fühlte sich verantwortlich für Kacey. Er hatte sich immer verantwortlich für sie gefühlt.

»Im College?« Er war schon dankbar dafür, dass er in der Lage war, sie zu fragen, ohne dabei zu schreien.

Sie nickte in seinen Armen. »Es war schrecklich.«

Gott sei Dank.

»Wir waren noch so jung, und es war ein Fehler. Wir beide fühlten uns danach schlecht und dumm. Es war so verwirrend! Am nächsten Morgen wollte ich meinen besten Freund anrufen, doch er war nicht mehr mein bester Freund. Ich wusste nicht, was er war, und dann, am folgenden Tag, riefen deine Eltern an, um mir zu sagen, dass Mom und Dad einen Unfall hatten. Ich konnte es niemandem erzählen. Ich habe mich so geschämt.« Sie fing leise an zu weinen, und er küsste ihr Haar und wiegte sie.

Kacey wusste nicht recht, wieso sie Travis ihre tiefsten Geheimnisse anvertraute, aber es schien an der Zeit, die Dinge auszusprechen. Sie hatte es satt, alles für sich zu behalten, zu versuchen, stark zu sein, obwohl sie sich die meiste Zeit nur ängstlich und schwach fühlte.

»Ich habe versucht, ihn anzurufen, aber er ging nie ans Telefon. Irgendwann hat endlich doch jemand abgehoben. Ein Mädchen.«

Travis stieß einen leisen Fluch aus.

»Nichts war mehr so, wie es mal gewesen war. Er hat mich umarmt und mir gesagt, das mit meinen Eltern tue ihm leid, und das war's auch schon. Wir haben nie darüber gesprochen. Wir haben nie in Ordnung gebracht, was wir damals kaputt gemacht haben, also haben wir uns einfach langsam auseinandergelebt, so, als wäre diese riesige Kluft in unserer lebenslangen Freundschaft nicht unsere Schuld. Er war meine einzige Verbindung zu deiner Familie, und als er mich von sich stieß, fühlte ich mich … ich fühlte mich wie ein Waisenkind.«

Ihr Schluchzen wurde heftiger, und er flüsterte ihr beruhigend ins Ohr.

»Ohne Grandma hätte ich das Jahr nicht überstanden.«

»Was meinst du damit, ohne Oma?«

Kacey lächelte trotz ihrer Tränen. »Weißt du noch, wie sie in jenem Sommer erzählt hat, sie wolle eine Reise durch die USA machen?«

Er kicherte. »O ja. Ich habe alle zwei Wochen eine Postkarte bekommen.«

»Na ja, die Postkarten waren aus einem Buchladen, und Oma hat den ganzen Sommer bei mir verbracht.«

»Was?«

»Ja.« Kacey wischte die Tränen weg und lächelte. »Sie hat mich gerettet. Sie sagte, sie würde immer für mich da sein und sich um mich kümmern. Deshalb war es auch so eigenartig, dass sie letzten Monat einfach aufgehört hat zu schreiben, und dann kam Jake an mit dieser Riesengeschichte, dass sie so todkrank sei und … na ja, ich musste einfach herkommen, selbst wenn das bedeutete, dass ich jeden anschwindeln musste.«

»Verstehe.« Travis wischte mit dem Daumen eine verirrte

Träne von ihrer Wange. Kacey hielt den Atem an. Ihr Blick glitt an seine Lippen und dann wieder zu seinen Augen.

»Kace …« Langsam senkte er den Kopf. »Ich werde dich jetzt küssen.«

»Okay.«

# KAPITEL 26

Kacey war sich dessen bewusst, dass sie eigentlich nicht nervös sein sollte; immerhin hatten sie sich bereits geküsst, doch jetzt, da alles ausgesprochen war, fühlte sie sich verletzlicher.

Was, wenn er sie auch zurückwies?

Verdammt, sie hatte nicht erkannt, wie unsicher sie war, bis genau zu diesem Moment in seinen Armen.

Seine Lippen berührten die ihren.

Es war nicht einmal ein richtiger Kuss.

Er löste sich wieder von ihr; sein Blick war verhangen vor Sehnsucht.

»Ich kann nicht.«

»Was?« Ihr Herz wurde zu einem Klumpen Eis. »Du kannst mich nicht küssen?«

»Nein.« Er schüttelte den Kopf und lachte. »Es wäre nicht richtig, dich im Baumhaus zu küssen.«

Kacey erstarrte. »Wieso nicht?«

»Ich habe gesehen, wie Jake und du euch in diesem Baumhaus zum ersten Mal geküsst habt.«

»Wir waren zehn Jahre alt.«

»Das zählt trotzdem.«

»Ich habe danach geheult!« Kacey stemmte sich gegen seinen Brustkorb, aber er hielt sie an sich gedrückt.

»Ich will nicht, dass du dieses Mal weinst«, flüsterte er in ihr Haar und küsste sie dann auf den Nacken. Seine Lippen fühlten sich warm und weich an, als er sachte an ihrer Haut zupfte. »Lass uns gehen.«

Damit löste er sich von ihr und ließ Kacey völlig aufgewühlt zurück.

Travis erwartete, dass sie in dem Zustand laufen sollte? Sie hatte dem Mann gerade ihre tiefsten Geheimnisse enthüllt, er hatte sie geküsst, und jetzt sollte sie eine Leiter hinunterklettern, ohne dabei kopfüber abzustürzen?

Langsam kroch sie zu dem Loch im Boden, wo die Leiter hing, und fiel beinahe aus dem Baumhaus, als sie den Halt verlor.

»Du bist aber nicht betrunken?« Travis lachte.

Kacey warf ihm einen finsteren Blick zu und kletterte nach unten. Auf der letzten Sprosse rutschte ihr Fuß durch das Loch in der Strickleiter, verhedderte sich, und sie plumpste zu Boden.

Sie hieß den Augenblick willkommen, indem sie den Kopf ins Gras legte, die Augen schloss und die Hände im Nacken verschränkte.

»Bequem?« Travis schwebte über ihr.

»Ungemein. Das war übrigens Absicht.«

»So anmutig, wie das war, muss es Absicht gewesen sein.« Er grinste und streckte die Hand aus. Sie ergriff sie und zog ihn nach unten, so dass er halb auf ihr landete – nicht, dass es dazu großer Anstrengung bedurft hätte.

Travis beugte sich über sie. »Wir sind nicht mehr im Baumhaus.«

»Ja, stimmt.« Kaceys Stimme zitterte.

»Also vermute ich, dass ich dich jetzt küssen kann.«

»Du vermutest?«

»Ich will dich jetzt küssen.«

»Schon besser«, murmelte sie, als seine Lippen sich auf ihre senkten.

Ein seltsames Gefühl, dass ein einfacher Kuss ihren ganzen Körper vor Verlangen erzittern ließ. Aber so war das mit seinen Küssen. Sein Mund öffnete sich für sie, und seine Zunge teilte ihre Lippen. Muskulöse Arme schlangen sich um ihren Körper und hoben sie vom Boden hoch, so dass sie sich in seine Umarmung schmiegen konnte. Kacey schlang die Arme um seinen Nacken und wollte ihn zu Boden ziehen. Verdammt, sie wollte sich auf den Kerl rollen, wenn er sie nur ließe. Mit einem Aufstöhnen drückte er sie zu Boden und zog ihr das Shirt aus der Jeans.

»Verdammt«, brummte er.

»Hm?«, machte Kacey atemlos.

»Gras, verdammtes Gras!«

»Was?« Kacey war nicht sicher, ob sie ihm folgen konnte. Wieso schimpfte er auf das Gras? Und wieso hörte er auf, sie zu küssen?

Travis löste sich mit einem Lächeln von ihr. »Ich bin allergisch gegen Gras.«

Kacey hob sich auf die Ellbogen und grinste. »Ja klar, gegen Gras ist doch so ziemlich jeder allergisch.«

Travis schüttelte den Kopf und wandte den Blick ab, während leichte Röte seine Wangen überzog. »Nein, nicht so. Wir brauchen Benadryl.«

»Du machst Witze.«

»Schön wär's.« Er zeigte ihr seine Unterarme, auf denen sich bereits Pusteln bildeten.

»Du lässt es zu, dass ich dir Benadryl verabreiche?«

»Kacey, ich schwöre dir, wenn du irgendwem erzählst, dass ich dir das erlaubt habe …«

»Dein Geheimnis ist bei mir sicher.« Kacey legte drei Finger aufs Herz. Und wusste dabei die ganze Zeit, dass das gelogen war.

»Du bist ja so eine Lügnerin.« Travis fluchte und fing an, seine Arme zu kratzen. »Ich fasse es nicht, da habe ich dich einmal für mich allein, und dann kriege ich eine allergische Reaktion.«

»Wenigstens hast du nicht gestottert«, meinte Kacey.

»Wow, das war ja unglaublich hilfreich. Jetzt fühle ich mich echt wie ein Mann.« Er kratzte sich weiter, bis er irgendwann aufjaulte und sein Shirt auszog.

Kacey drückte sich die Hand auf den Mund, um nicht laut loszulachen. Sein Oberkörper war von Pusteln bedeckt. Armer Kerl. »Komm, besorgen wir dir Medizin.«

Travis verdrehte die Augen und streckte die Hand aus, um ihr beim Aufstehen zu helfen. »So viel zur Romantik.«

»Wer sagt denn, dass Benadryl nicht romantisch ist?«, fragte Kacey, während sie zum Haus zurückgingen.

»Und wer sagt das Gegenteil?«, gab Travis zurück.

»Du wirst schon sehen.«

»Bin mir nicht sicher, ob ich es sehen will, aber in Ordnung.«

Das Jucken wurde schlimmer, und Travis war drauf und dran, sich wie ein Kleinkind in Kieselzinkerz-Lotion zu wälzen. Hauptsache, das Jucken und die roten Pusteln verschwanden wieder.

Er war sich nie unattraktiver vorgekommen.

Kacey brachte ihn dazu, eine kurze Dusche zu nehmen, was er zunächst mehr als aufregend fand – bis er begriff, dass sie »allein« meinte.

Nun ja, so allein, wie man sein konnte mit einer Haut, die beschlossen hatte, zu einem roten, geschwollenen Monster zu mutieren. Es war, als würde er sich in zwei aufgeblähte Menschen verwandeln.

Danach saß er niedergeschlagen auf der Couch und wartete. Kacey eilte herbei mit irgendeiner Paste, die zweifellos dazu geschaffen war, um Männer zu quälen.

»Was ist das für ein Geruch?« Er wollte ausweichen, aber sie versetzte ihm einen Klaps auf die Schulter.

»Sitzen bleiben.«

Kacey gab ihm ein Glas Wasser mit einer pinkfarbenen Tablette darin und begann dann sorgfältig, die übelriechende Paste auf seinem Körper zu verteilen.

»Du versuchst gerade, mit mir abzurechnen, oder?« Die stinkende Pampe auf seinen Armen fing an zu brennen. Grundgütiger, sie würde noch sein Tod sein.

»Das Zeug betäubt alles«, erklärte sie und massierte weiter seine Arme. Das fühlte sich recht angenehm an – bis das Wort »betäuben« in seinen Verstand vordrang.

»Nein!« Travis stemmte sich gegen Kacey. »Ich will nicht, dass alles betäubt wird, denn dann kann ich ja nicht …«

Kacey hob die Augenbrauen. »Dann kannst du nicht …?«

O Kacke, da kam er jetzt nicht mehr raus. »Ähm, fühlen. Dann fühle ich ja … nichts mehr.«

»Was gibt es denn Wichtiges, das du fühlen willst?«

Er schlug ihre Hand weg und strich mit seiner Hand über ihren Nacken. »Wenn du das erst fragen musst, dann verdienst du auch nicht, es zu wissen.«

Daraufhin lachte sie und küsste ihn auf die Nase.

Wie eine Mutter ein kleines Kind.

Vergessen war die betäubende Creme. Jetzt verlor er auch noch seine Manneskraft.

»Kopf hoch.« Kacey ließ ihre Zunge über seine Unterlippe wandern und seufzte an seinem Mund. »Ich habe ja nicht vor, irgendwas von dem Zeug hier auf deine männlichen Teile zu verreiben.«

»Männliche Teile?«, stotterte er.

Sie nickte und lachte. »Also, sitz still, während ich dich weiter unten verwöhne.«

Schon besser.

Und dann tauchte sie die Hand in den Tiegel und holte noch mehr Paste heraus.

Och, weiter mit der Quälerei.

»Wie lange muss das Zeug draufbleiben?«

»Eine Stunde.«

»Eine Stunde?« Travis brummelte einen Fluch vor sich hin. »Und was soll ich eine ganze Stunde lang machen? Ich kann ja weder meine Arme noch irgendetwas anderes bewegen. Sonst verteile ich diesen Mist überall.«

»Du …« Sie stellte den Tiegel weg und wischte sich die Hände am Handtuch ab. »Du musst gar nichts tun.«

Daraufhin lehnte Travis sich mit einem Lächeln zurück und fühlte sich ziemlich zufrieden, dass er für sein gutes Betragen belohnt werden sollte. Er gähnte und schüttelte den Kopf. O Mann, war er müde.

Kacey biss sich auf die Unterlippe und fing an, Küsse auf seinem Bauch zu verteilen.

Er gähnte wieder und schloss die Augen.

Ihre Zunge malte winzige Kreise auf seine Haut und zog dann eine glühend heiße Spur bis zu seinem Brustkorb hinauf. Er wollte sich zu ihr vorbeugen, um ihre Zunge in seinem Mund zu spüren und sie seinerseits zu verwöhnen.

Sie entzog sich ihm und schüttelte den Kopf. Ihre Nägel gruben sich in seinen Rücken, als sie ihn an sich zog und dabei sorgfältig darauf achtete, dass sie nichts von der Paste abbekam.

Ihre Hände glitten seinen Nacken hinauf und schoben sich in sein Haar. Sie zupfte an seiner Unterlippe und flüsterte: »Ich wollte dich immer mal für mich allein haben.«

»Um mich zu foltern?«, fragte er heiser.

»Absolut. Immerhin hast du mich ständig gequält, als ich klein war, also ist es nur fair, wenn ich jetzt ein wenig Vergeltung übe.« Sie leckte an seinem Ohr, und er fiel fast von der Couch. Verdammt schwierig für ihn, seine Hände von ihrem Körper fernzuhalten. Er fühlte sich, als würde er explodieren. Das einzig Gute war, dass er wusste, dass seine unteren Körperregionen nichts von der betäubenden Creme abbekommen hatten.

Das wusste er mit absoluter Sicherheit.

Obwohl, wenn sie ihn weiter so küsste, würde er sich flehentlich etwas wünschen, das ihn davon abhielt, sich selbst in Verlegenheit zu bringen.

»Kace.« Sein Mund fand ihren. Er öffnete ihre Lippen und ließ seine Zunge in ihrem Mund spielen, erforschte ihn, ließ sich Zeit dabei und genoss das Gefühl ihrer Lippen auf den seinen.

Nun etwas entspannter, lehnte er sich zurück und ließ zu, dass sie sich rittlings auf ihn setzte. Seine Arme hielt er dabei strikt am Körper.

Irgendwie entspannten ihn ihre Küsse, er fühlte sich ruhiger und …

»Mist.«

»Wie bitte?« Kacey hob ruckartig den Kopf und bescherte ihm damit einen herrlichen Einblick in ihr Shirt.

»Das Benadryl.« O Gott, lallte er etwa? Nein, o nein, das durfte nicht passieren, nicht, wenn alles gerade so wundervoll lief.

»Was ist damit?« Kacey widmete sich wieder seinem Bauch.

»Esch macht mich schläfrig.« Travis sah doppelt. Kacey hatte plötzlich zwei Köpfe, und seine Arme fühlten sich so schwer an, dass er ganz sicher war, dass sie nicht mehr zu seinem Körper gehörten.

»Kasschy?« Vielleicht, wenn er kurz die Augen zumachte, nur eine Minute lang, dann wäre er wieder munter und …

»Travis?« Kacey schüttelte ihn, und er stöhnte und stieß einen leichten Schnarchlaut aus.

Zu viel Benadryl.

»Und das kommt davon, wenn man keine Resistenz aufbaut«, brummte sie vor sich hin. Dann zuckte sie mit den Schultern und nahm Tiegel und Handtuch. Als sie in die Küche ging, hörte sie ihn schnarchen und musste kichern. Armer Kerl.

Dann kam sie wieder ins Wohnzimmer, stellte eine Tasse Kaffee auf den Tisch und setzte sich neben ihn auf die Couch. Er sah so friedlich aus.

Er sah perfekt aus.

Kacey seufzte.

War es zu schön, um wahr zu sein? Warum jagte ihr die Tatsache, dass es keine Hindernisse zu geben schien, mehr Angst ein als die Zeit, als er unerreichbar für sie schien?

Zumindest hatte sie sich um ihr Herz keine Sorgen machen müssen, als sie sich gehasst hatten. Doch jetzt kam es ihr so vor, als habe er sie für sich gewonnen, ohne es überhaupt zu versuchen. Es lag an der Art, wie er sie aufheiterte und ihr Zeit widmete. Er war sogar so weit gegangen, sie von dem Klassentreffen zu retten. Genau genommen – sie biss sich auf die Lippe – war Travis immer da gewesen. Im Hintergrund.

Sie seufzte und schaute zum Fernseher. Er war ausgeschaltet, und ihre Augen wurden schmal, als sie die DVDs daneben bemerkte.

*Familienerinnerungen.*

Leise schlich sie auf Zehenspitzen zum DVD-Player und schob die DVD ein. Sie hatte gerade nichts anderes zu tun, also konnte sie ebenso gut ein wenig auf dem Pfad der Erinnerung wandeln. Alles auf DVD – das passte zu Bets. Diese armen Jungs hatten nicht den Hauch einer Chance.

Vorsichtig setzte sie sich wieder und drückte auf *Play.*

Im Hintergrund erklang Musik von N-Sync, und dann erschienen Jake und Travis auf dem Bildschirm. Und sie tanzten.

Nicht einfach irgendeinen Tanz. O nein, denn das wäre nicht annähernd so lustig gewesen wie das, was sie gerade sah.

Travis trug eine blonde Lockenperücke und spielte den Leadsänger.

Jake war im Hintergrund und wackelte mit dem Hintern.

Aber das Beste daran? Sie waren beide alt genug, um es besser zu wissen, und nahmen ihr kleines Musikvideo immer noch todernst.

Als das Lied fast zu Ende war, tauchte Oma Nadine in einem Trikot mit Leopardenmuster auf und fing an, Luftgitarre zu spielen.

Kacey prustete los und presste sich die Hand auf den Mund.

Alles, woran sie denken konnte, war, wie sie an eine Kopie davon kommen könnte, um es der Presse zuzuspielen. Jake würde sie umbringen.

Und das wäre es absolut wert.

Dann kam Weihnachten 2007.

Sie erinnerte sich noch an dieses Weihnachtsfest. Es war zwei Jahre vor dem Tod ihrer Eltern. Sie zog auf der Couch die Füße unter ihren Körper und schaute sich an, wie ein perfekter Weihnachtsabend seinen Lauf nahm.

Sie saß mit Jake unter dem Baum. Ihre Zahnspange leuchtete im Kerzenlicht. Jake war schon im reifen Alter von sechzehn Jahren ein Ladykiller gewesen, mit seinem lockigen braunen Haar und dem strahlenden Lächeln. Bei dem Gedanken daran musste sie kichern, gebannt von dem, was sie sah.

Travis hockte im Hintergrund und schmollte oder sah zumindest so aus. Er hatte den Blick gesenkt und spielte mit einem bunt verpackten Päckchen. Die Kamera zoomte auf ihn. Er zitterte und murmelte etwas vor sich hin.

»Gib es ihr einfach«, sagte Oma Nadine neben ihm aufmunternd.

Kacey schaute entsetzt auf den Bildschirm und las das rote Schildchen. *Für Kacey.*

Sie schluckte vor Rührung und sah zu, wie Travis sich die Hände an der Hose abwischte, langsam aufstand und zu ihr ging.

Sie wollte am liebsten in der Zeit zurückreisen und ihrem Ebenbild zuschreien: »Sieh ihn an! Schau hin!«

Doch die sechzehnjährige Kacey warf ihm nur einen kurzen genervten Blick zu, stand auf und erklärte, dass sie noch Apfelsaft bräuchte.

Travis erstarrte.

Und Jake grinste höhnisch. »Was denn? Hast du allen Ernstes gedacht, sie würde ein Geschenk von dir annehmen? Nach allem, was du getan hast?«

Travis schüttelte den Kopf und fuhr sich mit der Zunge über die Lippen. Das Päckchen rutschte langsam aus seinen Händen und fiel zu Boden. Dann schob er die Hände in die Hosentaschen und ging davon.

Jake verdrehte genervt die Augen, während Oma Nadine Travis nachlief.

Und dann machte Jake das absolut Bescheuertste, das sie je in ihrem Leben gesehen hatte. Er riss das Namensschild von dem Päckchen ab, und als Kacey ins Zimmer zurückkam, hielt er es ihr hin, als sei es sein Geschenk für sie.

»Für mich?«, quietschte Kacey aufgeregt. »O Jakey!«

Oh, bitte bringe jemand mich zum Schweigen, dachte Kacey, aber sie konnte den Blick nicht abwenden.

Sie sah zu, wie sie das Päckchen auswickelte, vor Aufregung keuchte und dann die Arme um Jakes Nacken warf.

»Es ist einfach perfekt!«

Und in diesem Augenblick wusste Kacey ganz genau, was das Geschenk gewesen war.

Tränen liefen ihr übers Gesicht, während der Film weiterging.

Es war ein eingerahmtes Bild von ihr und ihren Eltern bei einem Familienurlaub, und darunter stand das Wort *Love.*

Sie schaltete den Fernseher aus und schluchzte.

Es war dasselbe Bild, das immer noch neben ihrem Bett stand. Dasselbe Bild, auf das ihre Tränen tropften, als ihre Eltern gestorben waren, dasselbe Bild, mit dem sie sprach, wann immer sie einen schlechten Tag hatte. Und es war nie ein Geschenk von Jake gewesen.

Sondern von Travis.

Sie sah zu ihm hinüber. Er hatte die Augen wieder geöffnet, aber sie konnte nicht erkennen, ob er aufgebracht war oder einfach nicht wusste, was er tun solle.

»Du …« Sie schluckte ihre Tränen hinunter. »Du hast mir das beste Geschenk gemacht, das ich je bekommen habe. Als meine Eltern starben …« Sie brachte den Satz nicht zu Ende, und ihr ganzer Körper bebte vor Schluchzen.

Travis stieß einen Fluch aus und zog sie sofort zu sich; er drückte sie an sich und küsste ihr Haar. »Schsch, Baby, ist schon okay. Es wird alles gut.«

Es war immer Travis gewesen. Immer. Sie drehte sich zu ihm um, und er wischte ihr die Tränen vom Gesicht.

Und dann lag sein Mund auf ihren Lippen, wild und besitzergreifend. Sie schmolz dahin, und ihre Knie wurden weich, obwohl sie auf der Couch lag. Er küsste ihre Tränen weg, und seine Küsse waren wie eine Feuerspur auf ihrer Wange, bis er wieder ihren Mund fand.

Travis hatte sich zutiefst verlegen gefühlt, als er die Augen öffnete. Es schien, als würde er jenen Augenblick noch einmal durchleben. Erst der Schmerz der Zurückweisung, und dann auch noch so hintergangen zu werden – die Erinnerung daran hinterließ einen bitteren Nachgeschmack.

Alles, was er damals gewollt hatte, war, Kacey zu sagen, dass es ihm leidtat, und ihr etwas zu geben, das sie in Ehren halten konnte, bevor sie ins College ging.

Jake hatte alles verdorben, aber letztendlich war es Travis egal gewesen, dass Jake sich mit fremden Federn schmückte. Es hatte ihn geärgert, aber als er den Ausdruck in Kaceys Gesicht gesehen hatte, war ihm klar gewesen, dass es das wert war. Ganz gleich, wer ihr das Bild gegeben hatte, sie hatte es bekommen, und dafür war er dankbar.

Er hatte sie einfach nur glücklich wissen wollen.

Sein einziger sehnlicher Wunsch war es gewesen, sie lächeln zu sehen.

Mission erfüllt. Dabei hatte er es belassen. Er war gegangen und hatte sie seit jenem Schicksalstag nicht mehr angesprochen. Wann immer Kacey sich in den Ferien hatte sehen lassen, hatte er sie aus der Ferne beobachtet, und er hatte auf der Beerdigung mit ihr gesprochen. Es war also nicht ganz so, dass sie nicht miteinander geredet hätten. Aber die Bedeutung hinter den Worten war eine völlig andere. Das war der Tag, an dem er aufgegeben hatte.

»Travis.« Kacey drückte ihm einen Kuss auf die Lippen. Dass er noch diese widerliche Betäubungscreme auf den Armen hatte, hätte ihn eigentlich kümmern müssen, aber es spielte keine Rolle. Alles, was zählte, war, das sie in seinen Armen lag, genau dort, wo sie hingehörte.

»Travis«, sagte sie wieder, und diesmal löste sie sich von ihm.

»Was ist?«

»Ich kann meine Lippen nicht spüren.«

»Hm?« Er sah sie an. Tatsächlich, etwas von der Creme war auf ihre Lippen geraten, und sie schwollen beunruhigend schnell an. »Ähm, Kacey, vielleicht solltest du etwas Benadryl nehmen.«

»Wieso?« Ihre Augen weiteten sich.

»Ähm. Vertrau mir einfach, okay?«

Er schob sie leicht von sich, griff nach der Pillendose und warf ihr eine pinkfarbene Tablette zu. Genauso eine, die ihn mindestens eine halbe Stunde lang ins Land der Träume geschickt hatte.

Sie nahm die Tablette und verzog das Gesicht, als das Wasser ihre Lippen berührte.

»Duschen«, meinte er und schaute erst auf seine Arme, dann auf ihre Lippen.

Kacey errötete.

»Was denn? Wirst du plötzlich mir gegenüber schamhaft?«

»Nein.« Kacey biss sich auf die Lippe und schob eine Haarsträhne hinters Ohr. »Es ist nur, na ja, das Zeug, das ich benutzt habe, da sind Nelken und ein paar andere Sachen drin, und Wasser macht es nur schlimmer. Man muss Öl nehmen, um es wieder von der Haut abzukriegen.«

»Öl?«, wiederholte er, »welche Art von Öl?«

»Kokosöl.«

»Ah ja.« Er schluckte, drehte sich weg und hob den Arm über den Kopf, um sich am Nacken zu kratzen. »Also müssen wir das Zeug mit Öl abreiben.«

Sie nickte.

»Aber ich kann doch gar nicht …« Er nickte ihr zu, und sie sah ihn ausdruckslos an. Er schaute zur Decke hinauf. »Ich kann dich nicht anfassen, denn dann bekommst du das Öl und die Betäubungscreme ab.«

Daraufhin biss sie sich wieder auf die Lippe und grinste.

»Das heißt also, ich kann zusehen, darf aber nicht anfassen?« Wieso musste er sich eigentlich weiter selbst quälen? Egal, wie er es auch ausdrückte: *Nein* hieß immer noch *nein.* Er würde zusehen müssen, wie sie sich selbst mit Öl einrieb, und dabei wie ein Dummkopf dastehen und versuchen, seine Hände bei sich zu behalten.

»Vielleicht wäre es das Beste, wenn wir das getrennt machen. Du weißt schon … du gehst in das eine Badezimmer, und ich nehme das andere.« Er zuckte ablehnend zurück.

»Aber, Travis.« Kacey stemmte die Hände in die Hüften. »Wo ist denn dein Sinn für Abenteuer?«

»Den habe ich, zusammen mit meiner Männlichkeit, in dem Moment verloren, als ich eingeschlafen bin und zu sabbern angefangen habe.«

»Komm schon, du kannst das tun.«

»Oh, ich weiß sehr genau, dass ich es tun kann, vielen Dank auch. Ich bin nur zum gegenwärtigen Zeitpunkt nicht dazu in der Lage. Glaub mir, mein Körper hat kein Problem damit, zu unterscheiden, was ich tun kann und was nicht.«

Kacey musterte ihn von Kopf bis Fuß und ließ den Blick exakt da ruhen, wo die Augen einer Dame niemals verweilen sollten. »Ich sehe schon.«

Ja klar, jeder konnte es sehen. Anderenfalls hätte sie schon blind sein müssen.

Blut pulsierte durch seinen Körper, und das an all den falschen Stellen. Konnte ein Mann eigentlich vor Verlangen sterben?

»Wir machen es schnell.« Sie legte ihre Hand in seine.

»O ja, schließlich träumt jeder Mann davon, schnell zu machen, wenn er sich in Gegenwart einer schönen Frau befindet, die sich Öl über ihre nackten Brüste reibt und dabei stöhnt und …«

»Travis?«

»Ja?«, fragte er heiser.

»Wir drehen hier keinen Porno, also wird es kein Stöhnen geben.«

»Hey, es ist meine Folterfantasie, und ich stelle sie mir mit Stöhnen vor. Also lass mich träumen.«

Daraufhin hob sie die Hände, als würde sie aufgeben, und marschierte vor ihm die Treppe hinauf.

Er zählte jede Stufe, die seine Füße hinaufstiegen, und hoffte dabei inständig, dass er das irgendwie durchstehen würde, ohne dabei zu explodieren oder irgendwas annähernd Peinliches zu tun. Seine bisherige Bilanz war ein Beweis dafür, dass seine Chancen schlechtstanden. Er brummelte einen Fluch und marschierte die letzten beiden Treppenabsätze zum Badezimmer der Schlafzimmersuite hinauf. Es hatte die größte Dusche im Haus, mit zwei Duschköpfen und einem Regeneffekt, der sich anfühlte, als würde man – nun ja, im Regen stehen.

Er ging ins Badezimmer und sah zu, wie Kacey einen Tiegel Kokoscreme nahm und die Creme zwischen den Händen verrieb.

Sein Tagtraum löste sich augenblicklich in Luft auf. »Das ist ja ganz hart.«

»So ist Kokosöl nun mal«, antwortete sie. »Wenn man es zwischen den Händen reibt, wird es warm und verflüssigt sich.« Sie machte es ihm rasch vor und gab ihm dann einen Klumpen davon. »Ich habe die Betäubungscreme nur teilweise im Gesicht, dank dir, und an den Armen – noch einmal dank dir.«

»Gern geschehen«, erwiderte er zwischen zusammengebissenen Zähnen.

»Zieh dich aus«, befahl sie, als er unbeweglich dastand und sie anglotzte wie ein Teenager.

»Entschuldige, wie bitte?«

»Ausziehen.« Sie deutete mit einem Kopfnicken auf sein Shirt. »Mach schon.«

»Aber das Zeug ist doch nur auf meinen Armen und …«

»Travis, sei kein Baby. Zieh einfach deine Sachen aus wie ein Mann, damit diese Frau hier dich einreiben kann.«

Schweißausbruch! Der Gedanke an Kaceys Hände irgendwo an seinem Körper brachte ihn doch tatsächlich ins Schwitzen. Es konnte nichts Beschämenderes geben, als schmerzhaft erregt und dabei außerstande zu sein, etwas dagegen tun zu können, und das auch noch, während einen die Frau aller Träume mit Öl einrieb. Und ganz besonders dann, wenn sie auch noch wusste, dass sie der Grund für seine Erregung war.

Fluchend zog er sich das Shirt über den Kopf und warf es zu Boden. Seine Hose folgte rasch, und dann griff er nach seinen Boxershorts …

»I-I…« Kacey blieb der Mund offen stehen, und sie bedeckte die Augen. »Ich meinte nur dein Shirt.«

O verdammt.

Was sollte er darauf sagen? Tut mir leid, ich war zu sehr abgelenkt von deinen vollen Lippen, um zu verstehen, was du sagst? Oder, tut mir leid, aber ein paar Teile meiner Anatomie beeinträchtigen mein Denkvermögen?

Also sagte er gar nichts. Stattdessen grinste er und streckte die Arme aus, wobei ihm völlig klar war, dass sie ihm extrem nahe kommen musste, um das Öl zu verteilen.

Ihr Gesicht war flammend rot, als sie zu ihm trat und anfing, sehr langsam das Öl auf seinen Armen zu verteilen. Er schloss die Augen, und ihre Hände bewegten sich in einem verführerischen Rhythmus. Er musste sich mit aller Kraft beherrschen, um sich nicht einfach vorzubeugen und sie auf dem Fußboden im Badezimmer seiner Eltern zu nehmen.

»Ähm« – Kaceys Stimme bebte etwas –, »deine Unterarme sind in Ordnung. Du kannst jetzt Hände und Arme abspülen.«

Er öffnete die Augen, und sie war nur einen Hauch von seinen Lippen entfernt. »Okay.« Er stieg unter die Dusche und spülte Unterarme und Hände ab. Die Pusteln waren weg, und seine Arme waren nicht mehr taub. Er schlang ein Handtuch um seinen Körper und kam wieder heraus.

»Und jetzt?«

»Hier hast du noch was.« Sie trug das Öl auf seine Schultern auf und fing an, es zu verreiben. Es fühlte sich so verdammt gut an, dass er nicht sicher war, ob er noch lange stehen konnte. Und dann fiel ihm ein, dass sie zuvor auf seine Schultern gar keine Betäubungscreme gerieben hatte.

So weit hinauf war sie nicht gekommen, weil er ein Shirt getragen hatte.

Er riss die Augen auf.

Sie grinste.

»Du veralberst mich.«

»Absolut.« Sie küsste ihn fest auf den Mund. Er lachte und zog sie direkt unter die Dusche, samt den Kleidern und allem.

»Oh, tut mir leid, aber die musst du jetzt wohl ausziehen.« Er zuckte mit den Schultern, als sie ihm einen Klaps auf den Arm versetzte. Dann hob sie die Hände über den Kopf. Langsam zog er ihr das Shirt aus. Sein Herz hämmerte, als er ihren schwarzen Spitzen-BH musterte.

»Die auch.« Er zog an ihren Jeans, so dass sie gegen ihn taumelte. Sie kicherte und zupfte an seinem Handtuch, das zu Boden fiel. Grinsend machte er Knopf und Reißverschluss ihrer Hose auf. Sie schälte sich heraus, und schon stand sie vor ihm wie eine wunderschöne, sinnliche Göttin. O verdammt! Er verdiente sie nicht. Aber er wollte sie so sehr, dass ihm das im Augenblick ziemlich egal war.

Er zog sie unter die Dusche. Das Wasser umfloss neckend ihren Körper, kleine Tröpfchen fielen von ihren Lippen und liefen ihr über das Dekolleté, um in ihrem Spitzen-BH zu verschwinden und über ihren flachen Bauch zu gleiten.

Er neigte sich zu ihr, fing ein Tröpfchen mit den Lippen ein und küsste ihr Kinn. Er schloss die Augen.

Sie schmeckte nach Zuhause. Nach immer und ewig.

# KAPITEL 27

Sie hatte eindeutig den Verstand verloren. Noch nie zuvor war sie in Anwesenheit eines Mannes nackt gewesen. Nie. Jake zählte dabei nicht, denn nach diesem ganz speziellen Augenblick war sie nicht einmal sicher, ob er überhaupt ein richtiger Mann gewesen war. Nicht, nachdem sie Travis und seinen nackten Körper gesehen hatte.

Über einen solchen Körper könnte man Liebesromane verfassen.

Sein Brustkorb bestand ganz aus Muskeln, und sie seufzte wonnig, als er einige Wassertröpfchen von ihrem Hals leckte.

Gar nicht zu reden von … nun ja, den unaussprechlichen Körperteilen, die eine Dame so absolut nicht in den Mund nehmen sollte. Kacey kicherte nervös. Jake konnte ihm nicht das Wasser reichen, da er eben nicht Travis war. Travis legte den Arm um sie und zog sie noch einmal unter die Dusche. Er griff nach der Seife und fing an, ihren Oberkörper einzuschäumen.

Dann trat er ein wenig zurück. »Verdammt, ich wünschte, ich hätte das Herz, das auch noch auszuziehen.« Schmunzelnd deutete er auf ihren BH. »Aber du siehst zu hübsch darin aus.« Eine fließende Bewegung, und er kniete vor ihr. Kacey war so nervös, dass ihr beinahe die Knie schlotterten, als er eine Spur von Küssen über ihren Bauch zog.

Er knabberte an ihrer Hüfte, beugte sich vor, um ihre Kniekehle zu küssen, und hob dann langsam den Blick, um sie anzusehen. Er ließ seine Hände an ihre Hüften gleiten. »Perfekt.«

Seine Hände ruhten bewegungslos an ihren Hüften. Er versuchte gar nicht, ihr die restlichen Sachen auszuziehen, sondern kniete einfach vor ihr, schloss die Augen und drückte seine Stirn an ihren Bauch.

Sie streichelte einige Zeit seinen Kopf, während das Wasser über seinen Rücken lief. Dann sah er wieder zu ihr auf, und seine Augen lächelten.

Er ließ seine großen Hände über ihre Oberschenkel gleiten und schäumte dann weiter ihren Körper ein. Sie wollte ihn so sehr, doch er machte keinerlei Anstalten, mehr zu tun, als sie zu küssen.

Dann griff Travis nach dem Shampoo, wusch ihr die Haare, und massierte ihre Kopfhaut mit besonderer Sorgfalt. Sie lehnte sich an ihn und schloss die Augen. Nackte Arme umfingen ihren Körper, und sie wollte am liebsten für immer so bleiben.

»Ausspülen«, flüsterte er ihr ins Ohr und zog sie noch einmal unter die Dusche. Seine Finger vollbrachten wahre Magie, als er das Shampoo aus ihrem Haar spülte, und dann legten sich dieselben warmen Hände an ihre Taille und drückten sie noch enger an sich. »Wir sollten hier raus.«

Nicht die Worte, die sie erwartet hatte.

»Was?« Eigentlich wollte sie nicht barsch oder ärgerlich klingen.

»Ich denke« – er knabberte an ihrem Ohr, und sie spürte seinen warmen Atem –, »dass wir hier raus sollten, bevor wir noch das Badezimmer meiner Eltern hier einweihen.«

Ein Gefühl der Abwehr durchlief sie. Zitternd wich sie

langsam zurück. Er griff nach ihr und schob sie sachte gegen die kühle Fliesenwand.

»Nicht so«, flüsterte er ihr ins Ohr und knabberte an ihrem Nacken. »Außerdem, es ist unser erstes Mal zusammen … Willst du es wirklich so im Gedächtnis behalten, dass es unter der Dusche meiner Eltern stattgefunden hat?«

Nun ja, bei näherem Nachdenken …

Sie kicherte und küsste ihn auf den Mund. Sein hungriger Blick glitt über ihren Körper, dann schob er sie von sich, gab ihr einen festen Kuss und sagte, er würde in einer Minute nachkommen.

Sie hüpfte aus der Dusche, wickelte sich in ein Handtuch und hörte, wie die Dusche abgedreht wurde. Travis kam heraus, ein übermütiges Grinsen auf dem hübschen Gesicht.

»Irgendwas Lustiges?«

»Nein.« Immer noch lächelnd, rieb er sich übers Kinn.

»Wieso glaube ich dir dann nicht?«

»Weil ich lüge.« Er stützte den Arm gegen die Wand und verlagerte sein Gewicht zur Seite.

»Also?«

Er schüttelte den Kopf. »O nein, sage ich nicht. Du musst schon selbst sehen, aber sind Überraschungen nicht das Beste?«

»Nein. Nein, sind sie nicht«, antwortete sie trocken.

Er warf ihr eine Kusshand zu und gab ihr noch einen Klaps auf den Po, als er aus dem Badezimmer marschierte. Travis Titus, du Mistkerl. Wer hätte je gedacht, dass der kleine stotternde Junge so gut bei Frauen ankam? Oder küsste wie ein Filmstar? Nicht, dass Kacey je einen Filmstar geküsst hätte, aber sie vermutete, ein Kuss mit Johnny Depp war nicht viel anders als ein Kuss mit Travis.

Er konnte gar nicht anders sein.

Dafür war er zu gut.

Kacey musterte ihr Abbild im Spiegel. Leichte Röte überzog jeden sichtbaren Zentimeter ihrer Haut. Ihre Finger umklammerten den Rand des Waschbeckens, und sie hörte ein klirrendes Geräusch. Der Ring. Jakes Ring, um genau zu sein, und er schien sie anzustarren und zu verspotten. Doch anstelle von Schuld verspürte sie nur leichte Verärgerung. Kacey zog den Ring ab.

Nach dieser Entscheidung tappte sie hinüber in Jakes altes Zimmer. Dort war alles so, wie er es hinterlassen hatte. Pokale standen auf seiner Kommode. Ein paar Bilder von den Pussycat Dolls hingen an der Wand, und seine Tagesdecke hatte noch immer dasselbe verblasste Rot. So viele Erinnerungen waren Teil dieses Zimmers. Aber es war vorbei. Erledigt. Morgen musste sie abreisen, aber sie hoffte, Travis würde sie bitten zu bleiben. Eigentlich hoffte sie, er würde die große Geste machen. Eines war jedenfalls sicher: Sie war dabei, Lebewohl zu sagen.

Ein Lebewohl an Jake, an den Schmerz und die Erinnerungen, und ein Willkommen an eine strahlende Zukunft mit dem Jungen von nebenan. Sie biss sich auf die Lippe, um nicht vor Aufregung zu quietschen, als sie an die letzten Tage mit Travis dachte. Sie legte den Ring auf die Kommode und rannte dann in ihr Zimmer, um frische Sachen anzuziehen. Was auch immer Travis da für eine Überraschung für sie parat hatte, sie wollte es wissen, und zwar so bald wie möglich. Ganz besonders dann, wenn er gab und sie empfing.

Kacey lief die Treppen in Richtung Küche hinunter, wo sie Travis vermutete. Immerhin hatten sie den ganzen Tag noch nichts anderes als ein paar Kekse gegessen, und es war beinahe Mittagszeit.

Das Geräusch eines klappernden Topfes bestätigte ihre Vermutung. Sie ging in die Küche und brach in Gelächter aus.

Travis kroch auf allen vieren herum und sammelte Stückchen harter Makkaroni ein.

»Probleme beim Kochen?« Sie legte den Kopf schief und grinste.

Er sah auf und machte ein finsteres Gesicht. »Niemand hat mir je gesagt, dass Multitasking so schwierig ist.« Er warf ein letztes Stück Makkaroni in den Topf und stand auf. »Zum Glück haben wir mehr als eine Schachtel von dem Zeug.«

»Du weißt schon, dass zuerst das Wasser kochen muss.« Kacey deutete auf die trockenen Makkaroni.

»Ich weiß.« Travis lachte wenig überzeugend, warf die Nudeln in den Mülleimer und stellte den Topf unter den Wasserhahn.

Kacey nutzte die Gelegenheit, seine engen Jeans anzustarren, und sie merkte, wie sie lächelte, als er die Hand ausstreckte und ein Tuch nahm, um den Tisch abzuwischen. Es war schon fast so, als sei sie in Trance. Und das sogar so sehr, dass ihr Kopf ruckartig hochfuhr, als Travis sich wieder umdrehte.

Sie spürte, wie ihr Gesicht flammend rot wurde, als ein wissendes Lächeln um seine Mundwinkel spielte. »Was gefunden, das dir gefällt?«

»Och, nein.« Sie schaute weg und inspizierte gründlich ihre Fingernägel. »Also, wieso Makkaroni?«

»Wieso nicht?«

Männer.

Travis zuckte mit den Schultern. »Aus zuverlässiger Quelle weiß ich, dass die bis zu deinem achten Lebensjahr das Einzige waren, was du gegessen hast.«

»O bitte.« Kacey verdrehte die Augen. »Ich habe auch noch andere Sachen gegessen.«

»Dann zähl mal auf.«

Kacey durchforstete ihr Gedächtnis, aber das Einzige, was ihr dazu einfiel, war sogar noch dürftiger als Makkaroni. »Ich könnte eventuell eine Vorliebe für Ravioli gehabt haben.«

»Mit oder ohne Fleischbällchen?«, fragte Travis, machte einen Satz auf sie zu und schlang die Arme um sie, so dass sie gefangen war.

»Mit.« Sie streckte sich und küsste ihn aufs Kinn. »Wieso? Willst du mir die auch machen?«

Er zuckte mit den Schultern. »Falls mir die Makkaroni verkochen, müssen wir uns auf die Mikrowelle verlassen, um ein paar Ravioli warm zu machen.« Er drückte ihr einen Kuss auf die Stirn und arbeitete sich dann zu ihrer Wange vor. »Ich muss dir etwas gestehen.«

»Was denn?« Kacey erbebte unter seiner Berührung.

»Ich kann nicht kochen.«

*Nein, aber du kannst küssen.* »Tja, ich schätze, das heißt, ich kann nicht mit dir schlafen.«

»Dachte ich mir, dass du das sagen würdest.« Seine Lippen glitten an ihren Nacken. »Aber es lief gut zwischen uns, nicht wahr?«

Kacey fragte sich, ob das eine rhetorische Frage war, als seine Lippen an ihre Halsbeuge wanderten.

Travis löste sich wieder von ihr. »Tut mir leid, aber ich lasse mich leicht hinreißen, wenn ich hungrig bin.«

Kacey zog die Augenbrauen hoch.

»Nach Nahrung«, präzisierte er und räusperte sich dann. »Ähm, auf jeden Fall, lass uns, ähm, lass uns das einfach zu Ende bringen, und dann können wir weitermachen.«

»Weitermachen?« Kacey schnappte sich die nächste Schachtel und schüttete ihren Inhalt in das inzwischen kochende Wasser.

»Yep, ich habe einen Plan.«

»Oh.« Kacey lachte und warf die Schachtel nach Travis. »Dann war das Essen also gar nicht die Überraschung.«

»Du liebe Zeit, nein.« Travis schauderte. »Ich weiß nicht recht, ob ich gekränkt oder dankbar sein soll, dass du mir so wenig Fantasie zutraust.« Er schien einen Moment darüber nachzudenken, bevor er nickte. »Dankbar. Ich entscheide mich für dankbar. Jetzt gieße das orangefarbene Zeug dazu, damit wir zur Überraschung kommen können.«

»Nährstoffe bunkern für irgendwas oder so?«, fragte Kacey neckend.

Travis knurrte und schob sie gegen den Tresen. »Du hast ja keine Ahnung.« Seine Lippen fanden ihren Mund in einem besitzergreifenden Kuss. Gerade, als Kacey die Arme um seinen Nacken schlang, hörte sie ein Zischen auf dem Herd.

Travis fluchte und drehte sich zu dem Topf mit den Makkaroni um, die ziemlich jämmerlich aussahen. »Ich habe vergessen, das Wasser abzugießen.«

»Jawohl.« Kacey nickte.

»Pizza?«

»Chinesisch?«

»Thailändisch?«

»Italienisch«, riefen sie einstimmig. Kacey trat zum Telefon, während Travis mit seinem Handy ins Internet ging, um einen italicnischen Lieferdienst zu finden.

Dreißig Minuten später saßen sie bei Chicken Alfredo und köpften eine Flasche Rotwein.

»So … lecker«, murmelte Kacey zwischen zwei Bissen.

»Ich kann zwar nicht kochen, aber bestellen kann ich …«, prahlte Travis, und hielt ihr ein Stück Bruschetta mit Ziegenkäse an die Lippen.

Es war eine Mahlzeit, wie man sie niemals bei einer ersten Verabredung zu sich nehmen sollte.

Womöglich auch nicht bei einer zweiten.

Viel zu viel Knoblauch.

Es war Trostfutter vom Feinsten, und sie konnte sich kein besseres Mahl mit Travis vorstellen. Sie hatten genug bestellt, um damit eine ganze Kompanie satt zu bekommen, aber es war aufregend, so viel Auswahl zu haben.

»Ich kann nicht mehr«, sagte Kacey schließlich und trank einen Schluck Wein. »Ich bin satt. Ich schaffe echt keinen Bissen mehr.«

Travis verschränkte die Hände hinter dem Kopf und lehnte sich auf seinem Stuhl zurück. »Das ist aber schade.«

»Wieso?«

Er zuckte mit den Schultern. »Zu deiner Überraschung gehört ein Dessert.«

Ob seine Version von Dessert auch viel nackte Haut, Schlagsahne und Schokolade beinhaltete? Denn an diesem Punkt kam Kacey der Gedanke, dass sie doch sehr gern noch etwas zu sich nehmen würde. Ihr lief das Wasser im Mund zusammen, und sie beugte sich vor: »Also, worauf warten wir?«

»Dann bist du dabei?«

Er sprach davon, nach oben zu gehen, richtig?

»Bereit, wenn du es bist.« Ihr Herz setzte einen Moment lang aus, als Travis um den Tisch herumkam und sie in seine Arme nahm.

»Das ist Musik für meine Ohren. Also, hol dir einen Pulli.«

»Was?« Was für eine Art Vorspiel war denn das?

»Für den Nachtisch«, präzisierte er, spöttisch grinsend.

Kacey biss sich auf die Lippe und löste sich aus seiner Umarmung. »Na gut, aber das ist hoffentlich kein Streich.«

»Aber nicht doch.« Travis hob die Hände. »Als hätte ich dir jemals Streiche gespielt.«

»Sagt gerade der, der mir Frösche ins Bett gesteckt hat, als ich zehn Jahre alt war.«

»Zu meiner Verteidigung: Die waren tot.«

»O ja, Travis«, erwiderte Kacey und verdrehte die Augen, »das macht es ja auch viel besser. Tote Frösche. Ernsthaft?«

»Hol einfach deinen Pulli.« Plötzlich wirkte er nervös und unsicher, wie er seine Hände in die Hosentaschen steckte und zu Boden sah.

»Okay.« Kacey rannte los und schnappte sich das erste Sweatshirt, das sie in ihrer Tasche finden konnte. Als sie die Treppe wieder herunterkam, hatte Travis schon die Schlüssel in der Hand und führte sie nach draußen. »Okay, wohin gehen wir?«

»Gehört alles zur Überraschung.«

»Richtig.« Kacey stieg in den Truck.

»Und zu meinem Charme.«

Kacey verdrehte die Augen, holte einen Kaugummi aus ihrer Handtasche und wartete, während Travis aus der langen Auffahrt fuhr.

Insgesamt dauerte es zehn Minuten, bis sie am Ziel ankamen.

Und Kacey wäre ganz ehrlich nie darauf gekommen.

Nicht mal, wenn ihr jemand einen Tipp gegeben hätte.

Denn es war der Ort, an dem ihr Abschlussball an der Highschool stattgefunden hatte. Und es war früher das Restaurant ihrer Eltern gewesen, vor deren Tod. Viele Erinnerungen drohten in diesem Augenblick aus ihr herauszubrechen. Sie musste die Luft anhalten, um sie zu unterdrücken. Kacey schluckte schwer und zwang sich, langsam auszuatmen, als die Lichter vor ihr flackerten. Es sah noch genauso aus, wie sie es in Erinnerung hatte.

Wunderschön an den Columbia River geschmiegt, war es einer der heißen Tipps für die Einheimischen gewesen. Die Auswahl an Biersorten war legendär, und es hatte so viele verschiedene Weinsorten von der Gegend um den Columbia River und das Yakima Valley gegeben, dass die Leute oft scherzhaft gemeint hatten, der beste Ort für eine ganztägige Weinprobe sei ein Tisch im River's Edge.

»River's Edge«, flüsterte sie und betrachtete ihre Hände. Sie waren ineinander verkrampft. All die Erinnerungen … der Tod ihrer Eltern, die vielen Male, als sie und Jake hierhergekommen waren und versucht hatten, ihren Vater zu überreden, ihnen zu erlauben, ein Glas Wein zu trinken, nur eines, auch wenn es illegal war …

Er hatte nie nachgegeben, aber trotzdem.

Die vielen heimlichen Küsse beim Personaleingang hinten.

Es war auch der einzige Ort, an dem Travis und Kacey zuletzt miteinander gesprochen hatten.

Sie erinnerte sich daran, als sei es gestern gewesen. Ihre Eltern hatten ihr das Lokal hinterlassen, natürlich. Aber sie hatte nichts mit Portland oder ihrem alten Leben zu tun haben wollen, also hatte sie es an einen Freund der Familie verkauft und von dem Geld die Schulden ihrer Eltern bezahlt und sich ein Auto geleistet. Es war eine Flucht gewesen, und genau das hatte Travis ihr auf den Kopf zugesagt, an dem Tag, als sie die Papiere unterschrieben hatte.

*»Was zum Teufel machst du da, Kacey?«*

Sie erinnerte sich an seinen wütenden Blick, als sei er drauf und dran, etwas in Stücke zu reißen, könne aber nichts Passendes finden. Er hatte damals wirklich gut ausgesehen, aber sie war seinetwegen so enttäuscht gewesen, wütend darüber, dass er ihren Schmerz geringachtete, so dass er ihr nur hässlich und unerträglich frustrierend vorgekommen war.

*»Es ist mein Leben!«, hatte sie ihn angeschrien.*

*»Es ist ihr Vermächtnis!«*

*»Ich will es nicht!« Unablässig hatte sie gegen seine Brust getrommelt. Aber er hatte sich nicht von der Stelle gerührt. Stattdessen hatte er sie festgehalten, als wolle er sie nie wieder loslassen. Und er hatte in ihr Haar geflüstert, dass alles wieder gut werden würde.*

*»Lass es raus, Baby Girl.«*

*»Ich bin nicht dein Baby«, hatte sie an seiner Brust geschluchzt.*

*»Als ob ich das nicht wüsste«, hatte er daraufhin traurig gesagt und ihr die großen Tränen von den verquollenen Wangen abgewischt.*

*»Alles in Ordnung bei euch?«, hatte Oma Nadine gerufen, bevor sie um die Ecke gekommen war.*

*»Schon gut, alles in Ordnung.« Kacey hatte hektisch über ihre Wangen gewischt und ein Lächeln aufgesetzt. »Keine große Sache. Du weißt ja, wie Travis und ich sein können.« Damit hatte sie ihn lahm gegen die Schulter geboxt und war gegangen. Aber bis zu diesem Augenblick hatte sie sich nicht mehr daran erinnert, was Oma Nadine zu Travis gesagt hatte, als sie dachte, Kacey sei außer Hörweite.*

*»Eines Tages wird sie es sehen, Travis. Gib nicht auf.«*

*»Verdammt, Oma«, hatte Travis daraufhin gemurmelt, »um sie aufzugeben, hätte sie überhaupt mal mein Mädchen sein müssen.«*

# KAPITEL 28

Travis beobachtete die Emotionen, die sich auf Kaceys Gesicht abzeichneten. O ja, solange er lebte, würde er nicht müde werden, ihr zuzusehen, wie sie die Augen zusammenkniff, wenn sie nachdachte, oder wie sie ihre Lippe zwischen die Zähne klemmte, wenn sie versuchte, sich davon abzuhalten, etwas zu sagen, was sie bereuen könnte.

Und schließlich, das Schlimmste von allem, ihre Gesten. Die Art, wie sie die Hände in ihrem Schoß verschränkte, als würde diese einfache Geste alle Schutzwälle an Ort und Stelle halten.

»Kace, sag doch was.« Er streckte die Hand aus und legte sie ihr sachte auf die Schulter.

»Das letzte Mal war ich mit dir hier.«

»Ja.« Klar, dass ihr das als Erstes einfallen würde.

»Du warst wütend auf mich.«

»Kace« – Travis schaltete den Motor des Trucks aus –, »du warst wütend auf dich selbst. Ich war wütend auf dich, weil du etwas aufgegeben hattest, von dem ich dachte, dass du es wolltest. Aber vor allem, Kace, war ich wütend darüber, dass du, als es schwierig wurde, davongelaufen bist.«

»Was hattest du denn erwartet, was ich tun sollte?«, schrie Kacey, so dass Travis zusammenzuckte.

»Kämpfen. Ich hatte erwartet, dass du kämpfst.«

»Gegen was, Travis? Gegen mich selbst? Da gab es nichts

mehr, wofür ich kämpfen konnte! Ich hatte meine Eltern verloren, und meinen besten Freund. Ich hatte alles verloren!«

Travis machte ein finsteres Gesicht und zog seine Hand zurück. Er konnte sie nicht anfassen, nicht bei dem, was er ihr zu sagen hatte. »Du hast nicht alles verloren. Du hattest immer noch meine Familie, und du hattest Grandma. Meine Güte, Kacey, du hattest mich. Du warst am Leben! Aber an jenem Tag sah ich, wie ein Teil von dir aufgab und wie du einen Teil von dir hast sterben lassen. Vielleicht war das vor allem der Grund, wieso Oma dich hierherholen wollte. Du musst dich wirklich selbst finden, Kace. Und wenn das bedeutet, dass ich dich verliere … noch einmal, damit es dazu kommt, dann soll es so sein.«

»Was?« Ihr Kopf ruckte zu ihm herum. »Was meinst du damit, mich noch einmal verlieren?«

Mist. »An dem Tag, als du mich, uns, alles, hinter dir gelassen hast, da bin ich … ähm … ich bin dir gefolgt.«

»Nach?«

Travis schluckte. »Seattle.«

»Warum?«

Travis schloss die Augen und ließ den Kopf nach hinten gegen die Kopfstütze sinken. »Um dich nach Hause zu holen, Kace. Um dich nach Hause zu holen.«

»Ich verstehe nicht.«

Natürlich nicht. Travis stöhnte auf und kämpfte gegen den dringenden Wunsch an, auf das Lenkrad zu boxen oder wenigstens irgendetwas zu würgen. »Dein Platz war nie woanders als bei uns …« Er schluckte. »Bei mir. Du gehörtest nie woandershin als zu mir.«

»Was sagst du da?«

»Ich will damit sagen …« Konnte er es tun? Konnte er ihr sagen, dass er sie liebte? Travis schaute ihr ins Gesicht – und machte einen Rückzieher. »Ich will damit nur sagen, dass ich ein Idiot war und dir nachgefahren bin, um dich wieder nach Hause zu holen. Es war dumm, dass du nach dem Tod deiner Eltern einfach in eine andere Stadt gezogen bist. Ich weiß, du brauchtest einen Neustart, aber wieso konntest du dich nicht auf uns stützen? Wieso konntest du nicht zulassen, dass wir dir helfen?«

»Darüber kann ich nicht reden.« Kacey wandte den Blick wieder ab.

Verdammt sei sein dämlicher Bruder. Travis würde alles tun, um zu erfahren, was in jener Nacht sonst noch vorgefallen war – außer dass sie und Jake Sex gehabt hatten. Denn Sex zerstörte eine Freundschaft auf keinen Fall so sehr wie die von Jake und Kacey. Hatte sie ihm wirklich alles erzählt? Sein Herz krampfte sich bei dem Gedanken zusammen.

»Ich habe es gekauft«, platzte er plötzlich heraus, ganz so, als sei er noch ein Achtklässler, der weder Ahnung vom weiblichen Geschlecht, noch irgendwelche Kommunikationsfähigkeiten hatte.

»Wie bitte?«

»Das Restaurant. Ich habe es gekauft.«

»Heute?« Kacey sah ihn entsetzt an.

»Nein.« Urplötzlich fühlte er sich verlegen. »An dem Tag, als du die Papiere unterschrieben hast, hast du es meinem Geschäftspartner überschrieben. Vor drei Jahren habe ich ihn ausbezahlt. Jetzt gehört es komplett mir.«

»Warum?« Kaceys Unterlippe zitterte.

»Weil ich ein guter Geschäftsmann bin?« Und außerdem hatte er mit achtzehn Jahren einen enormen Treuhandfonds erhalten.

Kacey verdrehte die Augen.

Im Truck wurde es still, nur Travis' schwerer Atem war zu

hören. Nicht mehr lange, und die Fenster würden beschlagen. Er fragte sich, ob sie sein Herz hämmern hörte. »Wegen dir, Kace. Alles, was ich tue, alles, was ich in meinem ganzen Leben getan habe, habe ich wegen dir getan.«

Da, jetzt hatte er es gesagt. Und jetzt konnte sie ihm das Herz herausreißen und darauf herumtrampeln.

Mit einem Aufschluchzen rutschte sie über die Konsole auf seinen Schoß und eroberte seine Lippen in einem so leidenschaftlichen Kuss, dass ihm die Luft wegblieb.

»Du hast es gewusst«, sagte sie und küsste sein Kinn. »Du hast gewusst, wie viel mir dies alles hier bedeutet hat, Travis.«

Adrenalin und Lust jagten durch seinen Körper, als sie sich immer enger an ihn schmiegte. Es fiel ihm schwer, vernünftig zu denken, geschweige denn, irgendwas anderes zu tun, als sich einen strategischen Plan zurechtzulegen, wie er sie möglichst schnell aus ihren Klamotten herausschälen könnte.

»Ja, ich wusste es.« Ein Zittern durchlief ihn, als sie ihn übers Ohr leckte.

»Ich glaube, ich l…«

»Was zum Teufel ist denn das hier?«, rief laut ein Mann vor dem Fenster.

Erschrocken drehte Travis sich um, doch dann entspannte er sich wieder und grinste. Der alte Mr Casbon stand da, grinste von einem Ohr zum anderen und zog die Trucktür auf. So viel zur Privatsphäre.

»Mr Casbon«, stammelte Kacey, »ich wusste gar nicht, dass Sie, ähm, hier sind.«

»Tja, nun, mein Mädchen schickt mich immer los, um Nachtisch zu holen. Hat mich vorhin angerufen und gesagt, ich müsste ihr was mit Schokolade raus in ihr Landhaus bringen. Hat einen herzhaften Appetit, die Lady. Na, und außerdem kenne ich ja den Besitzer.« Er boxte Travis und fuhr fort:

»Sie ist ganz wild auf so ein Schokoladensoufflé, also bin ich hier raus, um zu holen, was ihr Herz begehrt.«

»Das klingt nach Liebe.« Traurigerweise glitt Kacey von Travis' Schoß und lehnte sich gegen den Truck.

»Oh, meine Kleine, das ist es. Obwohl ich mich ja manchmal frage, ob sie mich lieber mag oder doch diese Schokolade, die sie so gernhat. Sagen Sie mal, Travis« – Mr Casbon drehte sich zu ihm um –, »ist noch was da von dem Zeug?«

»Na klar, kommen Sie.« Travis stieg aus dem Truck und führte ihn ins Restaurant. Es war kurz vor Geschäftsschluss, was bedeutete, dass nur noch ein paar wenige Gäste im Lokal saßen.

Er hoffte, Kacey wäre nicht zu beunruhigt über die Veränderungen, die er vorgenommen hatte. Als das Lokal ihren Eltern gehört hatte, war es wie ein italienisches Café eingerichtet. Jetzt sah es mehr wie ein Café aus der alten Welt aus: unbearbeitete Holzböden, dicke Teppiche, modernes Mobiliar, alte Uhren und Bilder und ein paar Hängelaternen.

Kaceys Griff um seinen Arm wurde stärker. »Es gefällt mir wirklich gut.«

Ihre Augen leuchteten, sie löste sich von ihm und ging im Raum herum. Sein Lieblingsplatz im Restaurant war natürlich draußen. Der Balkon mit Blick auf das Wasser war wunderschön. Er war wie eine Terrasse im Plantagenstil dekoriert, komplett mit Deckenventilatoren. Sein persönlicher Favorit.

Kacey ging nach draußen, also wandte Travis sich Mr Casbon zu. »Soufflé? Richtig. Ich bin dran.« Er lief nach hinten und nickte dem Manager grüßend zu, während er eine Schachtel zum Mitnehmen nahm und ein paar Leckereien für Oma Nadine hineinlegte.

Mr Casbon zog einen Fünfziger heraus.

Travis schüttelte den Kopf. »Nein, nein, den werden Sie für

nächstes Mal brauchen. Das hier geht aufs Haus. Ich kenne nämlich den Eigentümer.«

Mit einem Augenzwinkern und einem Schulterklopfen schlurfte Mr Casbon hinaus, und Travis machte sich auf die Suche nach Kacey.

Als er auf die Terrasse kam, sah er sie nahe am Wasser auf einem Stuhl sitzen.

»Das war der Lieblingsplatz meines Vaters. Er sagte, von hier aus könne er direkt bis nach China gucken.«

»Hm.« Travis kniete neben ihr nieder. »Bis China nun nicht gerade, aber vielleicht, nur vielleicht, bis Vancouver.«

Kacey seufzte schwer. »Ich weiß nicht einmal, wo ich anfangen soll. Soll ich mich bei dir bedanken, weil du etwas getan hast, wozu ich nicht den Mut hatte? Soll ich mich bei dir entschuldigen, weil ich dich so schrecklich behandelt habe? Soll ich mich bei meinen Eltern entschuldigen, weil ich weniger war als das, wozu sie mich erzogen haben …«

»Hey, jetzt aber mal halblang.« Travis zog sie auf die Füße. »Sag so etwas nie wieder, sonst werfe ich dich über die Schulter und springe in den Fluss, wenn du das nächste Mal so etwas Dummes von dir gibst.«

Kacey stiegen Tränen in die Augen.

»O Baby, weinen darfst du. Weine, so viel du willst, aber du musst dir das hier anhören, und du musst es von mir hören, okay? Das hier war nicht dein Traum, das weiß ich. Und wahrscheinlich musstest du eine Zeitlang von hier fortgehen, um zu heilen. Ich habe das für dich getan, und für mich und deine Eltern. Auch ich habe sie geliebt, weißt du. Und am Ende ist doch alles gut, oder nicht? Deine Eltern …« Er schluckte den Kloß in seiner Kehle hinunter. Als er seine Gefühle wieder unter Kontrolle hatte, fuhr er fort: »Ich schätze mich jeden Tag glücklich, an dem ich dich auch nur sehe, obwohl jeder dieser Tage ein weiterer Tag ist, den deine Eltern nicht mehr genießen konnten. Für mich bedeutet dies, zu leben. Du lebst, und das ist es, was deine Eltern wollen würden, Kace. Sie wollten, dass du lebst, liebst, Schmerz empfindest, lachst und weinst. Sie wollten das alles, weil sie es alles erlebt haben. Hier, sieh dir das an ...«

Travis hob den Stuhl hoch, auf dem Kacey gesessen hatte, drehte ihn um und las vor: »X markiert die Stelle. Hier ist mein Schatz.«

Er sah sie an. »Mein Schatz ist direkt neben mir.« Ein roter Pfeil zeigte direkt auf den anderen Stuhl, und dann, als gäbe es noch irgendeinen Zweifel, von wem die Rede war, war unten noch ein kleines Foto von Kacey als Baby aufgeklebt.

»Hast du das hier angebracht?« Kaceys Stimme klang erstickt.

»Nein.« Travis grinste. »Das waren deine Eltern. Zumindest nehme ich das an, da wir es gefunden haben, nachdem wir das Lokal gekauft hatten. Ich habe das so gelassen, wie es war, was einfacher gewesen wäre, wenn sie das Bild eingeschweißt hätten. Aber kein Problem, ich besitze ja Stalkergene und habe einfach das Foto gegen ein anderes aus deinem Babyalbum ausgetauscht.«

»Und das hast du von ...«

»Mom ...«

»Wo hat sie die überhaupt her?«

Travis zuckte mit den Schultern. Sie musste nicht wissen, dass seine Familie einen ganzen Schuppen voll mit den Sachen hatte, die Kacey nach dem Tod ihrer Eltern nicht durchsehen wollte. »Wir hatten es gerade zur Hand.«

»Das ist ...« Kacey hob die Hände in die Höhe und schniefte.

»Eine Menge zu verdauen, ich weiß. So bin ich nun einmal. Also werde ich dich jetzt füttern.«

»Ah, das ist also dein böser Plan. Mich erst in rührselige Stimmung versetzen und dann füttern.«

»Na klar.« Er küsste sie auf die Nase. »Ich habe gehört, Schokolade wirkt Wunder. Und außerdem ist es ein Aphrodisiakum – habe ich zumindest gehört.«

»Du Glückspilz.« Kacey kniff ihn in den Arm.

»Nein, Kace«, hauchte er ihr ins Ohr und strich mit der Zunge seitlich über ihren Hals. Er liebte den Geschmack ihrer Haut, salzig und süß zugleich. »Du bist der Glückspilz.«

»Arroganter Bastard«, gab Kacey zurück und schob ihn spielerisch von sich.

»Na, immer doch. Und jetzt, setz dich. Ich bin gleich wieder da.«

Der Wind frischte auf, und plötzlich war Kacey dankbar für das Sweatshirt. Aber sie wollte nicht hineingehen, um sich aufzuwärmen. Sie wollte genau da bleiben, wo sie war, und nie wieder fortgehen.

Niemals.

Plötzlich erschien ihr der Gedanke, zurück nach Seattle zu fahren, deprimierend, doch ihr Flug ging morgen in aller Früh. Sie lehnte sich im Stuhl zurück und spielte mit einem Tütchen Zucker. Furcht machte sich in ihrem Bauch breit, als sie an den Abschied dachte.

Was, wenn sie blieb?

Was, wenn sie hier blieb?

Kacey lachte, als sie sich an dem Ort umsah, vor dem sie weggelaufen war. Die Erinnerungen schmerzten, aber sie gaben ihr auch Hoffnung. Und je mehr sie sich umsah, umso leichter schien es zu werden, wieder tief durchzuatmen.

Als sei ihr stressiges Leben bedingt durch die Lüge, die sie lebte.

Sie hatte tatsächlich Betriebswirtschaft mit Schwerpunkt auf Geschäftsführung studiert, bis ihre Eltern starben. Im Jahr darauf hatte sie zu Kinesiologie gewechselt und zusätzlich Kurse besucht, um rechtzeitig mit ihrem Diplom und ihrer Trainerlizenz fertig zu werden.

Tja, sie hatte eine Menge nachzudenken, und das alles wegen Travis.

Der doofe kleine Junge, der ihr immer zum Baumhaus nachgeschlichen war.

Derselbe, der mit Steinen nach ihr geworfen und sie an den Zöpfen gezogen hatte.

Und sie war absolut verliebt in ihn.

Offenbar war sie auch gut darin, den Mann selbst herbeizubeschwören, denn nur Sekunden später kam er mit einem großen Tablett auf ihren Tisch zu.

Und in seiner weißen Schürze sah er auch verdammt sexy aus.

»Hast du zufällig auch eine Chefkochmütze?«

»Meine Leute würden mich umbringen, wenn ich so tun würde, als wäre ich weniger als ein Kellner, glaube mir. Ich darf die Schürze nur an Feiertagen umbinden, und sogar dann ist es noch eine große Sache. Ich werde mich nie daran gewöhnen. Aber für gewöhnlich gibt es eine Menge Applaus und Champagner.«

»Soll ich jetzt auch klatschen?«, fragte sie keck.

»Na ja, gibt mein gegenwärtiger Anblick dir denn Grund, zu klatschen?«

»Ich weiß nicht.« Kacey legte den Kopf schief. »Dreh dich mal um.«

Er drehte sich im Kreis.

»Bleib so stehen!« Sie kicherte, als sie einen schönen Ausblick auf seinen knackigen Hintern hatte. »Yep, dafür klatsche ich.« Und dazu noch ein paar Pfiffe.

»Ich bin doch kein Stück Fleisch, Kacey. O Mann, ich habe auch Gefühle.«

»Schade.«

Travis verdrehte die Augen. »Okay, ich habe diverse Angebote für die Dame mitgebracht, und zu allem einen passenden Wein. Was hätten Sie denn gern?«

»Alles davon.«

»Und was bekomme ich dafür?«

Kacey schluckte und begegnete unsicher seinem Blick. »Alles.«

Travis starrte auf ihren Mund, und ein hungriges Glitzern trat in seine Augen, während seine Lippen sich zu einem verführerischen Lächeln verzogen. »Ich bin sicher, das lässt sich einrichten. Aber zuerst essen wir.«

»Du willst essen, bevor du über mich herfällst, ist es das?«

»Kacey, in meinen Gedanken bin ich schon den ganzen Morgen und Nachmittag über dich hergefallen. Glaube mir, du hast ja keine Ahnung. Aber zuerst gibt es etwas zu essen.«

»Danke.« Kacey merkte, wie sie vor Wonne errötete, als er ihr ein Glas Rotwein einschenkte und ihr einen Teller mit verschiedenen Sorten Schokolade herüberschob.

# KAPITEL 29

Travis präsentierte ihr acht verschiedene Sorten Schokolade aus aller Welt. »Der Trick ist, einen kleinen Bissen zu nehmen und den mit einem Schluck Wein zu kombinieren – oder auch Espresso, wenn dir das lieber ist. Aber ich glaube, wir wissen beide, was beim letzten Mal passiert ist, als du Koffein intus hattest.«

»Ich bin in deinem Bett gelandet.«

»Also dann, Espresso.« Travis grinste.

Kacey lachte und nahm sich ein Stück dunkle Schokolade. »Es ist schön hier.«

Travis befahl seinem Herzen, sich nicht jedes Mal zusammenzukrampfen, wenn sie eine Andeutung machte, dass sie vielleicht bleiben würde. »In Portland?«

»Das Restaurant.« Sie zuckte mit den Schultern. »Es ist, als sei ich nie weg gewesen.«

»Sie wären stolz auf dich, Kacey.« Er griff über den Tisch und nahm ihre Hand. »Ich weiß, dass ich es bin.«

Kacey schüttelte den Kopf. »Worauf sollten sie stolz sein? Auf das Mädchen, das das College nicht abgeschlossen hat? Das allein lebt und einen traurigen Goldfisch als Haustier hat?«

»Nein.« Travis kniete neben ihr nieder. »Sie wären stolz auf dein Temperament, auf die Frau, die du geworden bist. Du bist stark, du bist großartig, ganz zu schweigen davon, dass du schön bist.«

Kacey hob ruckartig den Kopf. »Findest du wirklich, dass ich schön bin?«

»Nein. Ich finde, du bist atemberaubend.«

Kacey errötete.

»Ich finde, du bist lebensverändernd.«

Sie wollte sich ihm entziehen.

»Ich finde, du bist, auf eine einzigartige, wundervolle Weise ... du selbst.«

Ihre Unterlippe zitterte.

»Ich denke, dass ich dich küssen will.«

»Und ich denke, ich will, dass du das tust«, flüsterte Kacey, als seine Lippen sich auf ihre senkten. Sie schmeckte wie bittersüße Schokolade und Wein. Seine Hände wollten ihre Haut berühren; sie glitten über ihre Wangen und tauchten in ihr Haar ein.

»Danke« – ihre Stimme klang leicht rauh – »dafür, dass du das gesagt hast.« Sie löste sich von ihm und schniefte, und ihre Augen wurden feucht. »Der letzte Mensch, der mir gesagt hat, ich sei schön, war meine Mutter.«

»Das«, erwiderte er und gab ihr einen Kuss auf die Nase, »ist eine Schande. Du solltest jeden Tag gesagt bekommen, dass du schön bist. Denn es ist jeden Tag wahr, und jedes Mal, wenn ich dich sehe, bist du noch schöner. Nur weil die Menschen die Worte nicht aussprechen, heißt das nicht, dass es weniger wahr ist, Kace.«

Sie biss ich auf die Lippe und senkte den Blick. Er küsste sie auf die Stirn und nahm ein Stück Schokolade. »Schokolade macht alles besser.«

»Wo warst du nur mein Leben lang?«, fragte sie, Tränen in den Augen.

»Zu Hause«, antwortete Travis ernst. »Ich war zu Hause und habe auf dich gewartet.«

Schweigend fuhren sie zurück. Leichter Regen fiel auf die Windschutzscheibe. Travis wusste nicht, was sich zwischen ihnen verändert hatte, aber etwas war passiert. Vielleicht hatte er sich ihr gegenüber zu verwundbar gezeigt. Er fühlte sich, als seien seine Gefühle bloßgelegt, doch andererseits ging es Kacey wahrscheinlich genauso.

Als der Truck wieder in die Einfahrt bog, war es dunkel. Sie hatten mindestens drei Stunden damit verbracht, zu reden und Kindheitserinnerungen auszutauschen. Mehr als ein Mal hatte Travis dabei den Wunsch gehabt, sich selbst im Fluss zu ertränken. Immerhin bestanden die meisten ihrer Erinnerungen daraus, dass er sie verfolgte oder gehässig war und dass Kacey weinte.

Trotzdem hatten sie Spaß gehabt.

Er konnte sich nicht erinnern, dass er jemals so viel Zeit mit einem Mädchen verbracht und dabei gewünscht hatte, der Tag möge nie enden.

Von der Nacht gar nicht zu reden.

Er schaltete den Motor ab und lief auf die andere Seite hinüber, um Kaceys Tür zu öffnen.

»Müde?« Ihm versagte die Stimme.

»Sollte man meinen, nach so viel Wein und Schokolade.« Kacey sprang aus dem Truck und zuckte mit den Schultern. »Lust auf einen Film?«

*Ich habe Lust auf alles.* »Was auch immer du möchtest.«

»Prima.« Sie lief zur Tür und drehte sich dann um. »Aber ich suche ihn aus.«

»Keine Glücksbärchis.«

»Und keine Alice im Wunderland.«

Sie bekräftigten es mit Handschlag, als wären sie fünf Jahre alt, und brachen dann in Gelächter aus, während Travis das Haus für sie aufsperrte.

Alles war in Dunkelheit getaucht. In seiner Eile, seinen romantischen Abend mit ihr zu beginnen, hatte er kein Licht angelassen. Die Tür fiel hinter ihnen zu. Plötzlich fühlten sie sich in dem riesigen Wohnzimmer sehr klein, als würde alle Luft zum Fenster hinausgesaugt werden. Travis ermahnte sich, ruhiger zu werden. Aber er war sich schmerzvoll der Frau neben ihm bewusst. Der einen Frau, die wirklich davongekommen war. Der Frau von nebenan.

Er seufzte; aber er hatte nicht gewollt, dass es so laut klang.

Und bevor er es sich versah, küsste Kacey ihn.

»Was ist mit dem Film?«, fragte er schwach, während sein Körper sich anspannte.

»Vergiss den Film.« Sie schlang die Arme um seinen Nacken und seufzte in sein Ohr.

»Schon vergessen.«

Er hob sie mühelos in seine Arme und trug sie die Treppe hinauf, und er blieb nicht eher stehen, bis sie in seinem Zimmer waren.

Zeitlupe. Alles lief in Zeitlupe ab. Die Musik im Hintergrund konnte das Tosen, mit dem ihm das Blut in den Ohren rauschte, nicht übertönen. Er musste am Morgen den iPod angelassen haben, als sein Wecker losgegangen war.

Er schluckte und streckte die Hand nach Kaceys Arm aus.

Diese einfache Geste, das Gefühl ihrer Haut, war schon genug, um ihn schwindlig zu machen. »Kace …« Wie konnte er sie nur begehren? Wie sollte er sie lieben, wie sie es verdiente, wenn sein einziger Gedanke darin bestand, seinen Bruder komplett aus ihrem Gedächtnis zu streichen?

Kacey sah auf, und ihre Augen waren klar und strahlend. Langsam fuhr sie mit der Hand über seine Brust. Er schloss die Augen und gestattete sich, zu fühlen – alles.

Er wusste, dass seine Atmung rauh war. Er wusste, dass

seine Selbstbeherrschung langsam dahinschmolz, aber es war ihm gleichgültig.

Nichts machte ihn mehr nervös als der Blick, mit dem sie ihn gerade angesehen hatte, als könnte er im Alleingang die Welt retten, ein Heilmittel für Krebs finden und dann immer noch rechtzeitig zum Abendessen zu Hause sein, und das alles innerhalb von vierundzwanzig Stunden. Er wusste nicht recht, ob er für eine derartige Verantwortung bereit war, aber es gab für sie beide kein Zurück mehr.

Sie konnten nicht einfach wieder nur Freunde sein.

Und das wollte er auch nicht.

Aber unwillkürlich machte er sich Sorgen darum, dass irgendwann der Punkt kommen würde, an dem er es vermasseln würde. Er wusste nicht, wie, aber er hatte das Gefühl, dass alles furchtbar schiefgehen würde, wenn er es mit ihr überstürzte. Ihre Freundschaft war so zerbrechlich, wie sie nur sein konnte.

Travis öffnete die Augen. Sie waren allein in seinem Schlafzimmer, und plötzlich fühlte er sich, als sei er wieder in der Highschool und würde die lebhafteste seiner Fantasien durchleben.

Er musste nein sagen. Er musste es langsam angehen.

Kacey zog seinen Kopf zu sich herab und küsste ihn so leidenschaftlich, dass er beinahe das Gleichgewicht verlor, ganz zu schweigen von seinem Herzen.

Die Worte *Ich kann nicht* und *lass es uns langsam angehen* spielten keine Rolle mehr, als er ihre Arme nahm und sie über ihrem Kopf gegen die Wand drückte. Mit einem Aufstöhnen lehnte sie den Kopf zurück und bot ihm ihre Kehle und ihre Brüste dar.

Und er ergriff seine Chance.

Er küsste ihren Hals, fuhr mit der Zunge über ihre Wange, ließ sie in ihren Mund gleiten und stöhnte auf, als sie ihn leicht in die Lippe biss und versuchte, gegen ihn anzukämpfen.

»Mach, dass ich ihn vergesse«, hauchte sie.

»Mit Vergnügen.« Er knabberte an ihrer Lippe, zog sie an sich und ließ sie dann hastig auf das Bett fallen.

Kacey brach in Lachen aus.

Was natürlich ein schlechtes Zeichen für ihn war, wenn man bedenkt, dass Frauen beim Vorspiel normalerweise nicht lachten, zumindest nicht seiner Erfahrung nach.

Eine Lachträne lief ihr übers Gesicht. »Tut mir leid, es ist nur …« Immer noch lachend, griff sie hinter sich und zog seinen kleinen Plüschhasen hervor. »Anscheinend bin ich gerade auf deinen Hasen geplumpst, du weißt schon, der, an dem du deinen sexuellen Frust ausgelassen hast, der mit meinem Namen? Interessante Wendung der Ereignisse, findest du nicht?« Mist. Er hatte gedacht, er hätte diesen Plüschhasen schon vor sehr langer Zeit verschwinden lassen. Wie zum Teufel kam der auf einmal unter seinem Bett hervor?

»Gib ihn her.« Er streckte die Hand aus.

»Nein.« Sie versteckte ihn hinter ihrem Rücken. »Erst ziehst du dein Shirt aus.«

»Ach, so ist das also?«

Sie nickte.

Verdammt, wie sollte er ihr etwas abschlagen? »Na schön, aber das ist noch einer dieser Blutschwurmomente. Niemals, egal, unter welchen Umständen, darfst du irgendeinem Menschen erzählen, dass ich mein Shirt ausgezogen habe, um meinen Plüschhasen von dir zurückzubekommen. Ganz zu schweigen davon, dass das alles passiert, bevor ich mein Vorhaben, dich vor Lust aufschreien zu lassen, in die Tat umsetze.« Ruckartig zog er sich das Shirt über den Kopf.

Kaceys Grinsen wurde breiter. »Die Hose auch.« Sie wies in Richtung seiner Jeans und legte den Kopf schief.

»Wir werden aber nicht eine dieser Beziehungen haben, oder?«

»Was für eine denn?«

»So eine, wo wir uns gegenseitig verrückt machen.«

»Natürlich.« Kacey stützte sich auf die Ellbogen und öffnete dann langsam die Knöpfe ihrer Bluse, alle bis auf einen.

Sein Mund wurde trocken, und seine Hände hielten wie gelähmt am Knopf seiner Jeans inne.

»Außerdem«, meinte sie, während sie mit den Händen langsam über ihren Bauch fuhr und den Rücken durchdrückte, »denk nur daran, wie viel Spaß es machen wird, sich dann zu küssen und zu versöhnen.«

Noch niemals in seinem ganzen Leben hatte er so schnell seine Jeans ausgezogen.

»Den Hasen.« Er streckte die Hand aus.

»Die Boxershorts.« Sie streckte ihrerseits die Hand aus.

»Du machst Witze.«

»Sehe ich aus, als würde ich Witze machen?« Sie drückte den Plüschhasen fest an ihre Brust und machte ihn irrsinnig eifersüchtig. Auf ein verdammtes Plüschtier!

»Schön.« Hastig zog er die Boxershorts aus und warf sie ihr zu. Der Plüschhase kam gegen seinen Kopf geflogen. Travis duckte sich und stürzte sich mit einem Fluch zu Kacey aufs Bett.

»Jetzt bin ich an der Reihe.«

»Womit?«, fragte Kacey atemlos.

»Damit, dich zu quälen, so wie du mich schon die ganze Zeit quälst, nicht nur seit Tagen, sondern bereits mein ganzes Leben lang.«

Kacey sah mit einem strahlenden Lächeln zu ihm auf und küsste ihn dann leicht auf den Mund. »Ich ergebe mich.«

Travis versuchte, seine Freude im Zaum zu halten, angesichts der Tatsache, dass es wahrscheinlich unangebracht war, nackt im Bett das Halleluja zu singen.

Verdammt.

Seine Finger glitten an den letzten Knopf von Kaceys Bluse. Er ermahnte sich selbst, sich wie ein Erwachsener zu benehmen, auch wenn er sich wie ein kleiner Junge fühlte, der zum ersten Mal im Leben die Brüste eines Mädchens zu sehen bekommt.

Aber das hier war Kacey.

Seine Kacey.

Und er wollte sie lieben, sie achten, sie sehen lassen, was er sah, jedes Mal, wenn er sie anschaute.

Vollkommenheit.

Er streichelte ihren Mund mit seinen Lippen. Ihre Zunge streckte sich seiner entgegen, nur ganz leicht, aber die Berührung traf seinen Körper wie ein Blitzschlag.

Er brauchte nicht viel Hilfe oder Ermutigung, als er ihr die restlichen Sachen auszog und dann wieder krampfhaft versuchte, nicht vor Wonne aufzuschreien, als er ihre Haut spürte. Er fühlte sich wie im Traum. Seine Hände bewegten sich langsam und sachte ihre Oberschenkel hinauf, und er seufzte an ihren Lippen. Er wollte sie mehr als alles andere. Schon sein ganzes Leben lang. Wie viele Menschen konnten das von sich behaupten? Dass der eine Mensch, mit dem sie die Ewigkeit teilen wollten, sich ihr ganzes Leben lang nicht geändert hatte, immer derselbe geblieben war. Sie. Sie war es immer gewesen, und er würde ihr beweisen, wie sehr er sie liebte.

Nicht in einer Million Jahren hätte Kacey sich vorgestellt, dass sie je in Travis' Bett landen würde – und in seinen Armen. Seine Augen funkelten, als er ihren nackten Körper betrachtete, und dann erbebte sie, als er sie auf den Bauch küsste. »Ist dir überhaupt klar, wie verdammt wunderschön du bist?«

Kacey stöhnte vor Wonne auf, als er ihre Hüften den seinen entgegenhob und dann die Hand um ihren Nacken legte, um sie für einen leidenschaftlichen Kuss an sich zu ziehen. Sein Kuss war so anders als der von Jake, anders als bei jedem anderen, mit dem sie je zusammen gewesen war. Er war ein Versprechen auf mehr als nur einen One-Night-Stand, ein Versprechen auf immer und ewig, und bis zu ebendiesem Moment war ihr gar nicht klar gewesen, wie sehr sie das gebraucht hatte. Er war so vorsichtig mit ihr, als sei sie ein lange verlorener Schatz, den er gerade entdeckte. Jeder Kuss, jede Berührung war langsam und zärtlich. Folter war nicht einmal annähernd eine Beschreibung für das Gefühl seiner warmen Hände, die über ihren Körper wanderten.

Sein Mund war heiß, und er küsste sie wie ein Verhungernder. Als sei jeder Moment seines Lebens, jeder seiner Atemzüge für diesen Augenblick aufgespart worden.

Kacey war das gar nicht klar gewesen. Sie hatte gar nicht gewusst, dass Travis das war, was ihr gefehlt hatte. Bei jeder anderen Beziehung hatte immer etwas gefehlt. Sogar mit Jake. Doch mit Travis fühlte sie sich endlich vollständig, geliebt und schön. Sie seufzte.

»Das fühlt sich gut an.« Sie leckte über seine Unterlippe und kicherte an seinem Mund.

»O Mädchen, du bringst mich noch um.« Ein Schauer überlief ihn; er stöhnte auf und schloss die Augen, während er sich von ihr löste.

»Was für eine Art zu sterben, hm?« Ihre Fingernägel

schrammten über seinen Rücken bis hinunter an den knackigen Hintern, und dann überzog sie sein Kinn mit Küssen. Sein Körper war so fest und angespannt. Der Mann war einfach umwerfend, und er gehörte ihr, ihr ganz allein.

»Absolut«, knurrte Travis, nahm ihren Mund erneut in Besitz und drückte ihre Arme aufs Bett. Seine Berührung war dominant und besitzergreifend. Normalerweise hätte ihr das Angst gemacht, doch jetzt weckte es in ihr unglaubliches Verlangen. Sie wollte nichts mehr, als dass er sie in Besitz nahm und sie zu der Seinen machte, ganz allein die Seine.

Jede Berührung, jede Liebkosung war wie ein Geschenk. Kacey wollte für immer bleiben. Sie hatte sich entschieden. Selbst wenn das bedeutete, alles in Seattle hinter sich zu lassen. Selbst wenn es bedeutete, alte Dämonen zu besiegen. Denn dieses eine Mal in ihrem Leben gab es einen Mann, der ihr wichtig war, den sie wirklich liebte, mit dem sie alles haben konnte. Er wollte für sie kämpfen, sie retten, und dieses eine Mal im Leben konnte sie wirklich glauben, dass ein Happy End im Bereich des Möglichen lag.

Travis schloss die Augen und gestattete seinem Körper, sich den Augenblick einzuprägen. Haut an Haut mit ihr, seine Hände, die ihre Arme streichelten, als er sich über sie beugte. Sie brannte sich in seine Seele, und sie wusste gar nicht, wie endgültig das war. Er würde alles tun, um sie nie wieder gehen lassen zu müssen.

»Travis«, flüsterte sie an seinen Lippen und schlang die Arme um seinen Nacken. Er wollte behutsam sein und zog eine Spur von Küssen von ihrem Mundwinkel bis zum Ohr. Seine Zähne knabberten an der weichen Haut an ihrem Nacken.

Sie keuchte auf.

»Du bist so verdammt sexy.« Er löste sich von ihr und sah ihr in die Augen. Er war gerade dabei, alles zu verändern. Dieser Augenblick veränderte alles, und er wollte nie mehr zurück.

Sie bewegte sich unter ihm, so dass sie sich ihm vollkommen verletzbar darbot. Ihre Augen sagten: »Nimm mich«, und er wusste es. Er konnte nicht aufhören. Wollte er auch nicht. Denn in diesem Augenblick brauchte sie die Gewissheit, zu wem sie gehörte. Zu ihm. Er biss die Zähne zusammen.

Mit einem leisen Seufzen zog sie seinen Kopf zu sich herab und küsste ihn, und er war besiegt. Verloren in einem Meer aus Leidenschaft und Begehren. Ein Drang, so stark, dass er sich nicht davon abhalten konnte, in sie einzudringen – sie in Besitz zu nehmen.

Kacey stöhnte seinen Namen, als er begierig in sie eindrang. Sie nahm ihn auf und erbebte, während ihnen beiden Schweißperlen über den Körper liefen.

Er hielt inne und verfluchte seinen eigenen Überschwang. Verdammt, aber diese Frau war noch sein Tod. Er hätte sanfter sein sollen. Aber er konnte sich nicht mehr zurückhalten, jetzt da er sie um sich fühlte, da er wusste, wie perfekt sie zusammenpassten.

»Alles gut, mir geht's gut.« Sie lächelte verführerisch und zog seinen Kopf zu sich herab.

Stirn an Stirn, zog er sie noch enger an sich, und ihre Beine schlangen sich ganz selbstverständlich um seinen Körper. Und so blieben sie, in intimer Umarmung, und sahen sich einfach nur an. Und wieder hämmerte sein Herz bei dem Gedanken, dass er endlich zu Hause war, endlich genau da, wo er sein wollte. In ihren Armen.

Er schloss die Augen und fing an, sie mit langsamen Bewegungen zu lieben. Sie lächelte leise, als er sie eng an sich drückte und sie in Besitz nahm. Und der einzige Gedanke dabei in seinem Kopf war der, dass er für immer in ihr sein wollte.

Viel zu schnell war der Augenblick vorüber. Sein Körper verlangte schon wieder, sie noch einmal zu nehmen, und das so lange, bis sie beide erschöpft waren. Mit einem Seufzen sank er gegen sie, und sein Körper summte noch immer von dem Gefühl ihres alles verändernden Zusammenseins.

»Ich liebe dich«, flüsterte Kacey an seiner Wange und küsste ihn. Das war zu erwarten gewesen. Hatte er nicht die ganze Zeit über dasselbe gedacht? Aber aus irgendeinem Grund erstarrte er. Akute Dehydrierung nach dem Sex bewirkte so etwas bei einem Mann. Und so starrte er sie mit leerem Blick an, und dann löste er sich von ihr und setzte sich auf. Plötzlich fühlte er sich wie ein nervöser Dummkopf.

»Travis?« Sie strich mit der Hand über seinen Rücken.

»O Gott, ich bin so ein Idiot.« Er musste ihr diese Worte sagen, aber irgendwie war es so verkehrt, ihr nur seine wahren Gefühle zu gestehen, nachdem sie sich ihm gerade hingegeben hatte. Sie war doch so viel mehr als nur Sex, so viel mehr als nur ein Moment.

Sie zog ruckartig die Hand zurück. »Was?«

»Ich bin ein Idiot. Es tut mir so leid, Kace.« Wie konnte er ihr nur die Tiefe seiner Gefühle begreiflich machen? Sie musste erfahren, dass es nicht nur um Sex ging. Es ging um etwas, das so viel mehr war. Etwas, das zu beschreiben er gar nicht fähig war.

Er drehte sich um und sah sie an, unfähig, ihren Blick zu erwidern. Er hätte derjenige sein sollen, der es zuerst sagte. Er war doch besser als das, und sie verdiente auch Besseres als das. Nervös wandte er den Blick ab.

Plötzlich unsicher, ging er ins Badezimmer und schloss leise die Tür hinter sich. Er brauchte einfach nur Zeit zum

Nachdenken, Zeit, um die richtigen Worte zu finden, damit er nicht das Beste versaute, was ihm je passiert war.

Kacey war wie betäubt. Zum zweiten Mal in ihrem Leben erfuhr sie absoluten Verlust. Einen Verlust, der so unermesslich groß war, dass sie nicht einmal weinen konnte.

War sie denn mit einem Fluch belegt, dass all ihre sexuellen Erfahrungen schlecht sein mussten? Nicht, dass die Erfahrung an sich schlimm gewesen wäre. Es war das genaue Gegenteil gewesen, perfekt und wundervoll. Lebensverändernd, und dann – nichts.

Er hatte ins Leere gestarrt.

Er hatte den Kopf in den Händen vergraben.

Und er war gegangen.

*Genau wie Jake.*

Der Kloß in ihrer Kehle machte ihr das Atmen schwer. Sie griff sich ihre Klamotten und rannte aus dem Zimmer.

Im Gästezimmer verschloss sie die Tür und ließ sich zu Boden gleiten, während schließlich doch die Tränen kamen, und mit ihnen ein Schmerz, den sie nie für möglich gehalten hätte.

Der Schmerz eines brechenden Herzens; ein Mädchen, das von einem weiteren Mann der Familie Titus zurückgewiesen wurde.

Und plötzlich fühlte sie sich wie eine Stripperin, wie eines von diesen Mädchen, die Jake immer zum Sabbern brachten. Eilig packte sie ihre Sachen, zog sich um und spähte auf den Flur hinaus.

Travis war nirgendwo zu sehen. Es war beinahe Mitternacht. Sie konnte nachschauen, ob irgendwelche Flüge gingen, und einfach auf dem Flughafen bleiben. Alles war besser, als sich Travis zu stellen und die Abscheu in seinem Gesicht zu sehen.

Sie hastete die Treppe hinunter, zur Haustür hinaus – und direkt Oma Nadine in die Arme.

»Grandma«, platzte sie heraus, und plötzlich fühlte sie sich beschämt und schuldbewusst.

»Schätzchen, wo willst du denn hin? Wo ist Travis?«

Kacey kämpfte schwer darum, die Tränen zurückzuhalten, aber als Oma Nadine die Hand nach ihr ausstreckte, zerbrach sie in unzählige Stücke.

»Er liebt mich nicht«, heulte sie an Oma Nadines Schulter.

»Doch, tut er«, antwortete Oma Nadine schlicht.

Kacey schüttelte den Kopf und versuchte, die Kehle freizubekommen. »Nein, tut er nicht. Es war genauso wie bei Jake, und dann …«

»Was?« Oma Nadine schob Kacey von ihrer Schulter zurück und nahm ihren Kopf zwischen ihre beiden Hände. »Was war bei Jake, Schätzchen?«

»Wir haben miteinander geschlafen, im College, es war mein erstes Mal.« Sie schluchzte. »In der Nacht, in der meine Eltern starben. Und er ist e-erstarrt. Er saß einfach da, danach. Ich war so verletzlich, und er saß einfach nur da, und dann ist er gegangen, o-ohne auch nur auf Wiedersehen zu sagen.« Tränen liefen ihr über die Wangen. Es war, als würde all das, was vor so vielen Jahren geschehen war, nun endlich an die Oberfläche kommen. All der Schmerz, die Wut, das Gefühl, verraten worden zu sein.

»Und Travis, du und er?«, fragte Oma Nadine leise.

Kacey nickte und erzählte weiter: »Und er saß einfach nur da! Dann schimpfte er sich selbst einen Idioten und ging ins Badezimmer!«

Oma Nadine stemmte die Hände in die Hüften. »Ich mag ja alt sein, aber das ist keine Art, seine Bettgefährtin zu verlassen.«

»Ach, Grandma«, sagte Kacey und rang sich ein schwaches Lächeln ab, »es spielt keine Rolle. Ich verschwinde.«

»Das geht nicht!« Oma Nadine hielt sie fest bei den Händen. »Du musst mit ihm reden. Er liebt dich. Ich kenne ihn, er liebt dich wirklich! Er hat nur Angst!«

»Und ich etwa nicht?«, rief Kacey laut. »Ich habe total Angst!«

Oma Nadine sah sie eigenartig an. »Weiß Travis, wie Jake damals reagiert hat?«

Kacey schüttelte langsam den Kopf und fühlte sich ein wenig schuldig, weil sie ihrem verwundeten Herzen gestattete, die beiden in die gleiche Schublade zu stecken.

»Geh«, sagte Oma Nadine da zu ihrer Überraschung, »steig in dein Flugzeug. Ich kümmere mich um das hier.«

Kacey schüttelte den Kopf. »Da gibt es nichts anderes zu tun, als die Trümmer aufzusammeln.«

»Es gibt immer etwas, das man tun kann.« Oma Nadine gab ihr die Schlüssel des BMW. »Lass ihn einfach am Flughafen stehen, und ich lasse mich morgen von Wescott hinfahren, um ihn zu holen.«

»Danke dir, Grandma. Ich hab dich lieb.«

»Ich dich auch, Schätzchen.« Oma Nadine gab ihr einen Kuss auf die Wange und marschierte ziemlich forsch ins Haus. Das Letzte, was Kacey hörte, bevor sie das Auto anließ, war Oma Nadine, die aus Leibeskräften Travis anbrüllte.

Kacey fuhr aus der Einfahrt und fühlte nur Schmerz, als sie das Haus verließ, zum zweiten Mal in ihrem Leben voller Erinnerungen und mit der Überzeugung, dass das nicht ihre Zukunft war.

»Tut mir leid, Mom, Dad.« Sie wischte sich die Tränen aus dem Gesicht. »Ich schätze, ich bin einfach nicht gut genug.«

# KAPITEL 30

Travis starrte auf das Wasser, das ins Waschbecken lief, und es fühlte sich wie Stunden an. Es waren wohl wirklich an die dreißig Minuten, aber er musste perfekt vorbereiten, was er sagen wollte. An Worten scheiterte er häufig, aber er wollte es versuchen, Kacey das reine emotionale Bedürfnis zu übermitteln, dass er mit ihr zusammen sein musste, und zwar nicht nur für eine Nacht.

Sondern für immer.

»Travis!« Oma Nadines Stimme drang bis in sein Zimmer. Wieso zum Teufel war sie schon zurück?

»Komme.« Er rannte in sein Zimmer und schaffte es gerade noch, ein Paar Jeans anzuziehen, bevor Oma Nadine zur Tür hereinplatzte.

»Du bist offiziell mein ungeliebtester Enkel.«

Travis schmunzelte. »Dann war ich vorher dein Liebling?«

»Du bist ein Volltrottel.«

»Oma, ich glaube kaum, dass Schimpfwörter angemessen …«

»Sie ist weg.«

Travis fühlte, wie seine Welt kippte. Er setzte sich aufs Bett und verbarg das Gesicht in den Händen. »Wie meinst du das, sie ist weg? Sie war gerade noch hier.«

»Sie ist gegangen.«

»Wieso?«

»Weil du ein Vollidiot bist.«

Sein Herz schnürte sich zusammen. »Was habe ich denn getan? Ich meine, ich habe nicht gesagt, *ich liebe dich auch,* aber ich habe mich so sehr geschämt, dass ich es nicht zuerst gesagt habe. Ich bin mit ihr ins Bett gestiegen und habe ihr nicht gesagt, wie sehr …« Seine Stimme wurde heiser, und er verstummte.

»Tja, sie glaubt, du schämst dich für sie.«

»Was?« Travis schoss vom Bett hoch. »Das kann nicht sein! Ich habe doch gar nichts Verletzendes gesagt!«

»Weiß ich.« Oma Nadine seufzte. »Das ist ja das Problem. Du hast *überhaupt nichts* gesagt.«

»Was?«

»Genau wie Jake.«

»Wie bitte?« Travis ballte die Hand zur Faust und fing an zu schwitzen.

»Er und Kacey … sie hat es dir nie erzählt?«

Travis schüttelte den Kopf. »Ich weiß, dass sie miteinander geschlafen haben, aber …«

»Und als alles vorbei war, hat Jake sich seine Sachen geschnappt, gesagt, es tue ihm leid, und ist aus ihrem Leben verschwunden.«

»Aber …«

Oma Nadine tätschelte ihm die Hand. »Und du, mein lieber Junge, hast ganz genauso reagiert. Deine Motive waren andere. Ich weiß das, und du weißt das auch. Aber Kacey hat das Gefühl, du glaubst, einen Fehler gemacht zu haben, und jetzt ist sie am Flughafen.«

»Du hast sie gehen lassen!«, brüllte er und schämte sich dafür, dass er seine Großmutter anschrie.

»Nein.« Sie drehte sich um und ging zur Tür. »Das warst du.«

Travis wusste nicht, was er sagen sollte. Stattdessen drängte er sich an seiner Großmutter vorbei und rannte die Treppe hinunter. Erst als er schon aus dem Haus war, fiel ihm ein, dass er ja noch oben ohne war. Mit einem Fluch rannte er zurück ins Haus und schnappte sich ein Shirt aus der Waschküche.

Sein Truck wäre nicht schnell genug. In dem riesigen Ding würde er sie nie einholen.

Außer Atem rannte er in die Garage. Die schwarz-weiße Ducati stand gemütlich in der Mitte.

»Die geht.« Er schnappte sich den Helm und sauste los in Richtung Flughafen.

Und während er sich durch den Verkehr schlängelte, hoffte er inständig, dass er nicht zu spät kam. Wie konnte er nur so dumm sein? Er hatte nicht nachgedacht.

Er roch immer noch nach Kacey.

Ihr Duft war berauschend, und jedes Mal, wenn er den Kopf schieflegte, kam es ihm vor, als könne er sie immer noch auf seiner Haut riechen. Als könne er immer noch ihre Lippen auf seinem Mund spüren.

»Verdammt.« Er bog in den Flughafen Portland ein und raste zur Kurzparkzone.

Er vergaß beinahe, seinen Helm mitzunehmen, und beim Versuch, die Maschine abzustellen, fiel er fast hin, aber schließlich war er durch den Eingang und schaute sich hektisch nach Kaceys braunem Haar um.

Sie flog bestimmt mit Alaska Airlines, entweder das oder mit Southwest. Er rannte zum Ticketschalter. »Haben Sie ein Mädchen gesehen, braunes Haar, braune Augen, richtig süß …« O Gott, er war gerade dabei, sich offiziell in den Typen zu verwandeln, der im Film immer auf einem internationalen Flughafen durchdrehte.

Die Dame am Schalter schüttelte den Kopf. »Tut mir leid, unser letzter Flug ging vor einer Stunde.«

»Ach, richtig.«

Er rannte zum Schalter von Southwest. »Haben Sie …«

»Sir, Sie müssen sich hinten anstellen.«

»Hören Sie, ich will nicht fliegen. Ich will nur …«

»Sir! Hinten anstellen!«

Travis schlug mit der Hand gegen den Tresen. Offenbar gefiel das der Frau nicht, denn nur Minuten später wurde er von Sicherheitskräften zur Tür hinausbegleitet.

Na fabelhaft.

»Ich suche meine …«

Ja, was war sie denn eigentlich? Seine Freundin? Niemals, sie würde nie nur eine Freundin sein. Sie war mehr als eine Freundin. Sie war seine Liebste … seine – nun ja, er wollte, dass sie seine Frau wurde.

Er lächelte, und das, obwohl er gerade aus dem Flughafen komplimentiert wurde. Er packte den Wachmann neben ihm und grinste. »Ich werde sie heiraten!«

»Schön für Sie, mein Junge.« Der Mann sah ihn ratlos an. »Aber jetzt müssen Sie das Gebäude verlassen.«

Niedergeschlagen ging Travis zum Motorrad, holte sein Handy heraus und wählte Kaceys Nummer. Der Anruf landete auf der Mailbox.

Das konnte nur eines bedeuten.

Sie war schon im Flieger, in der Luft, auf dem Weg nach Hause, und er konnte ihr nicht einmal sagen, dass er sie liebte.

# KAPITEL 31

Kacey lehnte den Kopf nach hinten gegen die Wand. Keine Flüge mehr heute, das bedeutete, dass sie am Flughafen schlafen musste. Natürlich konnte sie auch in ein Hotel gehen, aber irgendwie wollte sie sich selbst bemitleiden. Nun, zum einen das, und dann war da noch die geringe Chance, einen früheren Flug zu erwischen als den, den Jake nahm.

Genau das hätte ihr gerade noch gefehlt.

Neben Jake zu sitzen, nachdem sie mit seinem Bruder geschlafen hatte.

Ihr Leben war wie eine dramatische Seifenoper. Sie schüttelte den Kopf und schauderte.

Der Flughafen war menschenleer. Nicht gerade erhebend für ihre üble Stimmung. Vielleicht sollte sie doch woandershin gehen, sonst saß sie am Ende noch allein heulend in der Ecke. Das wäre dann der absolute Tiefpunkt.

Sie holte ihr Handy hervor und drückte auf *Menü*, aber das Display war schwarz. Sie schüttelte es – nicht, dass es irgendetwas brachte, ein Telefon zu schütteln.

Tot.

Genauso wie ihr Herz.

Wie passend.

Sie warf es zurück in ihre Handtasche und seufzte. Vielleicht, wenn sie nur ein wenig die Augen zumachte, konnte sie etwas schlafen.

Aber in dem Augenblick hörte sie eine Stimme.

»Hey …«

Sie riss die Augen wieder auf. »Jake?«

»Ich weiß, ich weiß. Ich sollte im Apartment sein, oder wo auch immer, aber ich habe mich gelangweilt, und als Oma ging, sagte sie was von Nachtisch mit dem Nachbarn ohne die wachsamen Augen der Familie, und ich habe mich noch mehr gelangweilt. Und dann benahmen sich Mom und Dad, als seien sie noch mal in den Flitterwochen, wenn du verstehst, was ich meine. Jedenfalls habe ich beschlossen, dass nichts schlimmer ist als das, also bin ich nach Hause gefahren.«

»Oh.« Kacey rutschte auf ihrem Sitz herum und wich seinem Blick aus.

»Aber dann«, erzählte Jake weiter, »war Travis weg, und Oma hat irgendwas über ihren verdammten Enkelsohn vor sich hin gebrummelt. Ich konnte nicht umhin, zu vermuten, dass sie mich damit meinte.«

Kacey schniefte.

»Nanu?« Jake stupste sie an. »Keine schnippische Bemerkung? Keine Zustimmung? Was ist los? Bist du krank oder so?«

Sie schüttelte den Kopf und brach dann in Tränen aus.

»Gott, tut mir leid. Tut mir so leid. Ich wusste nicht, dass du traurig bist. Manchmal bin ich echt ein egoistischer Bastard. Was ist denn los? Fühlst du dich nicht gut? Bist du okay?« Er nahm sie in die Arme und hielt sie fest.

Die Umarmung fühlte sich fremd an, ganz und gar nicht wie die von Travis. In gewissem Maße tröstlich, aber eben wie von einem Freund, nicht wie von einem Seelengefährten.

Kacey schauderte und versuchte, wieder zu Atem zu kommen. »Nichts. Alles gut, es ist …« Sie hörte nicht auf zu schluchzen, obwohl sie unbedingt damit aufhören wollte.

»Kace«, flüsterte Jake in ihr Haar, »was ist los? Was ist passiert?«

»Travis.«

»Ich mache ihn kalt.« Jake schob sie von sich und stand auf. »Hat er dir das angetan? Weinst du seinetwegen? Dieser Sohn eines …«

»Nein, nein.« Kacey schniefte wieder. »Es lag auch an mir. An uns beiden. Aber letzten Endes an ihm.«

»Hm?« Jake beugte sich zu ihr vor. »Wieso erzählst du nicht von Anfang an?«

Er hatte keine Ahnung. Dieses perfekte Exemplar der Spezies Mann hatte keine Ahnung, welchen Schmerz er verursacht hatte. Nun ja, jetzt würde er es erfahren.

»Eigentlich« – ihre Stimme brach – »fängt es mit dir an.«

»Mit mir?«

Sie nickte. »Ja, mit der Nacht, als du mich auf Nimmerwiedersehen verlassen hast.«

Sie riss sich überraschend gut zusammen, wenn man's bedachte.

»Du meinst die Nacht, die ich jeden Tag für den Rest meines Lebens bedauern werde. Diese Nacht?«

Kacey wusste nicht recht, ob das ein Kompliment war oder eine wirklich grausame Bemerkung.

Jake brummelte einen Fluch und schlang die Arme um sie. »Ich hatte eine Scheißangst.«

»Wie bitte?« Von allem, was er hätte sagen können, hatte sie das am wenigsten erwartet.

»Ja, ich weiß. Jake Titus und Angst? Aber es ist die Wahrheit. Ich wusste, dass ich es vermasselt hatte. Ich wusste, wir waren Freunde, und natürlich gab es eine gewisse gegenseitige Anziehung. Ich meine, wie hätte es anders sein können? Wir waren unzertrennlich, und lass dir von mir sagen, es ist beinahe unmöglich für Jungs und Mädchen, Freunde zu sein.«

Kacey seufzte an seiner Schulter.

»Ich wusste, dass ich Mist gebaut hatte, und ich hatte keine Ahnung, wie ich es wieder in Ordnung bringen sollte. Dieses eine Mal in meinem Leben hatte ich keinen Plan und keine Ahnung, was ich tun sollte. Mich entschuldigen? Oder es noch mal tun?« Er schmunzelte. »Sollte ich dir sagen, dass ich dich liebe? Ich wusste es einfach nicht, also habe ich das Einzige gemacht, was ich in einem so unreifen Alter tun konnte.«

»Du bist gegangen«, sagte Kacey.

Jake nickte. Er sah ihr in die feuchten Augen und stieß ein Schimpfwort aus. »Ich war ein Arsch.«

Kacey lachte. »Darauf können wir uns einigen.«

»Ich habe mich nie dafür bei dir entschuldigt.«

Ihre Unterlippe zitterte.

Jake streckte die Hand aus und hob ihr Kinn. »Aber es ist so. Es tut mir so leid, Kace. Ich hatte nie die Absicht, dich zu verletzen. Ich war jung und dumm und, na ja, manchmal ist es einfacher, egoistisch und verletzend zu sein, als das Richtige zu tun. Ich habe mich für den Weg der Dummheit entschieden, weil ich hoffte, dann würde alles einfach weggehen.«

»Mir tut es auch leid«, murmelte Kacey. »Ich hätte mehr tun müssen oder sogar nein sagen müssen. Es war nur … ich weiß nicht …«

Jake stand auf und zog sie zu sich hoch. »Kace, einigen wir uns darauf, dass schlechte Entscheidungen getroffen wurden, aber lass uns das vergessen. Ich weiß nicht, was Travis getan hat, aber eines weiß ich ganz genau. Der Knabe ist von dir besessen, schon seit du alt genug warst, um davonzulaufen, wenn er mit Steinen warf.« Er beugte sich vor und gab ihr einen Kuss auf die Wange. »Es wird alles gut, versprochen.«

Kacey nickte nur, denn sie traute ihrer Stimme immer noch nicht.

»Und ich denke, wir haben lange genug hier gewartet. Lass uns nach Hause fahren.«

»Das sind vier Stunden.«

»Wir bezahlen jemanden dafür.« Er zuckte mit den Schultern.

»Herzloser Milliardär.«

Jake warf den Kopf in den Nacken und lachte. »Herzlos, nein. Milliardär, ja.« Mit einem Augenzwinkern legte er den Arm um sie und ging mit ihr zurück durch den Flughafen.

Und direkt in die Höhle des Löwen.

Paparazzi, und alle bewaffnet mit Kameras, die sich schier überschlugen. Das Blitzlichtgewitter blendete Kacey so sehr, dass sie stolperte. Jake hielt sie am Arm fest und versuchte, sie mit seiner Jacke vor den Kameras zu schützen, während er vor sich hinfluchte, als sie zu den wartenden Autos eilten.

Er warf einen Blick die Straße entlang und fluchte. »Komm weiter, hier entlang.«

Kacey folgte Jake wie in einem Nebel, als er sie wieder hineinführte und sein Handy aus der Tasche zog.

»Ist mir egal, dass es nach Mitternacht ist, schaffen Sie einfach ein Auto hierher, und zwar sofort.« Er warf sein Handy auf den Stuhl und setzte sich.

»Es tut mir leid, Kace. Ich hatte keine Ahnung. Ich meine, wir waren ein ganzes Wochenende hier, ohne wirklich auf irgendwelche Paparazzi zu treffen. Ich habe es nur denen gesagt, die ich selbst darauf angesetzt hatte.«

Aufatmend setzte Kacey sich und legte ihm die Hand an den Rücken. »Ist schon okay. Es ist ja nicht so, als wärst du ein Normalsterblicher. Du hast Leute darauf angesetzt, Fotos von uns zu machen? Manchmal bist du wirklich ein Arsch, Jake.«

Jake hob den Blick und sah sie finster an.

»Aber du hättest wirklich nicht irgendwen anheuern müssen. Die Leute folgen dir doch überall hin.« Sie zuckte mit den Schultern. »Du bist Seattles äußerst berüchtigter Junggeselle, gar nicht davon zu reden, dass du in dem Gebiet auch noch Promistatus hast.«

»Stimmt.« Er senkte den Blick wieder auf seine Hände.

»Jake.« Kacey ließ den Kopf an seine Schulter sinken. »Es wird schon alles gut. Der Wagen ist bald hier, und dann können wir nach Hause. Und außerdem, ist es denn nicht das, was du wolltest?«

»Nach Hause«, wiederholte er und schüttelte den Kopf. »Ich hatte gedacht, dass ich das wollte. Aber nicht auf diese Weise, Kacey.« Dann nickte er seufzend und fuhr fort: »Nach Hause klingt gut. Danke, Kace. Tut mir leid, dass ich dich in all das mit hineingezogen habe. Du weißt, sie werden alle denken, dass wir zusammen sind.«

»Ach« – Kacey machte eine wegwerfende Handbewegung –, »es ist einfach wieder ganz genauso wie in der Highschool.«

»Nur dass dieses Jahrbuch nationale Aufmerksamkeit erregen wird.«

Kacey nickte. »Und ich bin mir ziemlich sicher, dass sämtliche Bilder, die vielleicht heute von mir gemacht wurden, den Eindruck erwecken werden, dass du mit einer emotionalen Tablettensüchtigen gehst.«

»Ja, das auch.«

»Danke sehr.«

»Null Problemo.« Jake schenkte ihr ein strahlendes Grinsen. »Komm her.« Er umarmte sie und drückte ihr einen Kuss auf den Scheitel. »Du weißt, alles wird gut, oder?«

»Ja, weiß ich. Wir müssen uns nur ins Auto schleichen und …«

»Nein«, widersprach Jake und drückte ihre Schulter. »Mit Travis. Gott, es fühlt sich echt bescheiden an, wegen meines älteren, beknackten Bruders abgelegt zu werden, aber offenbar passiert genau das gerade.«

Kacey war nicht zuversichtlich genug, zu denken, dass sie und Travis es schaffen würden, diese verfahrene Situation zu überwinden, selbst wenn sie eine Gelegenheit haben sollte, mit ihm zu reden. Seine Gedanken konnte sie noch lange nicht lesen.

Vermisste er sie?

War er ebenso bestürzt wie sie?

Hätte sie bleiben sollen?

»Pfoten weg von meinem Mädchen, verdammt!«, brüllte plötzlich ein Mann.

»Hat man den nicht rausgeworfen?«, kreischte im selben Moment eine Frau auf.

Kacey hob den Kopf und sah Travis auf sie beide zustürmen, die Hände zu Fäusten geballt, während eine Frau mit dem Finger auf ihn zeigte, als sei er ein Verbrecher. Ihre Augen waren vor Furcht weit aufgerissen.

Nun, um ehrlich zu sein, Travis sah tatsächlich etwas bedrohlich aus.

»Was redest du da?« Jake sprang auf. »Sie ist nicht dein Mädchen. Wenn sie dein Mädchen wäre, wieso sollte sie dann mit mir hier sitzen?«

Schlechte Antwort, Jake, ganz schlechte Antwort.

»Du verlogener Bastard!«

Travis ging auf Jake los, und beide Männer fielen schnaubend auf den harten Boden. Travis oben und Jake, welch ein Pech für ihn, unten.

Und es dauerte nicht lange, bis erneut überall Kameras aufblitzten.

Kacey schrie: »Geh runter von ihm! Da läuft nichts zwischen uns!«

»Du hast sie verlassen!« Travis verpasste Jake einen Kinnhaken.

Jake brüllte und drückte seinem Bruder die Hände um die Kehle. »Du doch auch, du Bastard! Aber ich habe mich zumindest dafür entschuldigt!«

Travis' Faust donnerte erneut gegen Jakes Kinn. Jake hakte seinen Fuß um Travis' Bein wie bei einer Art Kampfsport, und dann war Jake oben. Er holte mit der Faust aus, um Travis zu schlagen, der urplötzlich aufgehört hatte zu kämpfen. Und dann zerrten Sicherheitskräfte die beiden auseinander.

Travis hatte eine Platzwunde an der Augenbraue, und Jake spuckte Blut.

Und die Kameras filmten alles.

Jedes verdammte blutige Detail.

»Sie kommen mit«, befahl ein Sicherheitsmann und packte beide Männer.

»Warten Sie! Warten Sie, die beiden, ähm ...« Sollte sie sich für beide einsetzen? Widerstrebend begriff Kacey, dass es nicht anders ging. »Sie – sie gehören zu mir.«

»Stimmt das?«, fragte einer der Sicherheitsleute Jake.

Der nickte.

Und ehe sie es sich versah, wurde Kacey zusammen mit beiden Brüdern festgenommen.

Na klar doch.

Paparazzi verfolgten sie und überschlugen sich mit Fragen. »Jake, ist das Ihre neue Freundin? Ist das nicht Ihr Bruder?

Was wird jetzt aus Titus Enterprises? Ist das hier ein Abbild dessen, wie die Firma seit dem Ausscheiden Ihres Vaters geführt wird?«

Kacey verspürte Übelkeit.

Man führte sie in einen kalten, dunklen Raum, von dem sie nur annehmen konnte, dass er genutzt wurde, um Möchtegern-Terroristen zu foltern.

Sobald die Tür hinter ihnen zugegangen war, sah sie beide finster an.

Beide Brüder.

Zwei Männer, die sie schon ihr Leben lang kannte.

Der eine ein Freund, der andere – so viel mehr.

Kacey tat das Herz weh. Sie wandte den Blick ab und kauerte sich in eine Ecke. Sie konnte nicht sagen, was sie sagen wollte, nicht jetzt.

»Ich bin dir nachgefahren«, brummte Travis leise.

»Halt die Klappe«, sagte Jake und stöhnte.

»Stell dir nur vor, wie überrascht ich war, dich in Jakes Armen zu sehen, während er dich abküsst. Ernsthaft, Kace? Nur Stunden, nachdem wir Sex hatten? Wirklich? Ich dachte« – seine Stimme wurde leiser –, »ich dachte, das mit uns wäre mehr.«

Wütend sprang Kacey auf und stürmte auf Travis los. Jake rutschte so weit wie nur möglich von seinem Bruder weg, und Kacey verpasste Travis eine schallende Ohrfeige.

»Und das ist weniger, als du verdient hättest.«

Jake kicherte. »Autsch.«

Kacey drehte sich zu ihm, und Jake wich ihrem Blick aus. »Und was dich angeht« – sie zeigte mit dem Finger auf ihn –, »das ist gerade sehr dünnes Eis, mein Freund, sehr dünnes Eis.«

»Sie hat mich Freund genannt«, brüstete sich Jake lauthals.

Travis stieß ein Schimpfwort aus und vergrub den Kopf in

den Händen. »Es tut mir leid«, sagte er mit brechender Stimme, »es tut mir so verdammt leid.«

Kacey schloss die Augen, um die Tränen zurückzuhalten. »Das sollte es auch.«

»Ich möchte gern etwas sagen.« Jake räusperte sich.

Travis drehte sich zu ihm um und warf ihm einen mordlustigen Blick zu. »Lieber nicht.«

»Trotzdem«, sagte Jake, stand auf und ging durch die Zelle. »Ich denke, es muss gesagt werden, dass ihr beide euch dumm verhaltet.«

Das von Jake? Kacey sah ihn finster an. »Ach, und weiter? Bist du jetzt auf einmal die Stimme der Vernunft?«

»Stimme der Vernunft.« Jake schob die Hände in die Hosentaschen. »Ich mag es, wie sich das anhört.«

»Darauf möchte ich wetten«, brummte Travis.

»Apropos wetten« – Jake ging zu Travis und stieß ihn leicht mit dem Fuß an –, »ich denke, die hier hast du gewonnen.«

»Wette?«, echote Kacey. »Welche Wette?«

»Ich war acht.« Travis schäumte.

»Du warst verliebt.«

»Du hast einen Blutschwur geleistet.«

Jake lachte. »Und schon wieder diese Blutschwüre. Lass uns eine Sache klarstellen. Ein Schwur, bei dem man in die Hand spuckt, ist nicht mal annähernd ein Blutschwur.«

Travis stieß einen Fluch aus und sah Kacey an. »Ich musste dich sehen. So wie du gegangen bist …«

Kacey war mit den Gedanken immer noch bei der Geschichte mit der Wette, und gerade, als sie genug Mut gefunden hatte, zu fragen …

Schwang die Tür auf.

»Damit wären es dann zwei meiner ungeliebtesten Enkelsöhne.« Oma Nadine schäumte.

Jake zuckte zusammen und setzte sich neben Travis.

»Nach einer Prügelei auf einem internationalen Flughafen festgenommen!« Oma Nadine stemmte die Hände in die Hüften. »Schande über euch beide! Wenn man bedenkt, dass ich im öffentlichen Fernsehen erfahren musste, wo meine lieben kleinen Jungs gerade sind.«

»Sie hat lieb gesagt, das ist ein gutes Zeichen«, sagte Jake leise.

Oma Nadine gab ein Schimpfwort von sich.

»Aber Oma!«, riefen beide Männer gleichzeitig.

»Arme Kacey«, sagte Oma Nadine, ging zu ihr und breitete die Arme aus. Kacey ließ sich bereitwillig umarmen. Sie fand es tröstlich, dass Oma Nadine hier war, doch gleichzeitig fand sie es amüsant, dass sie beiden Jungs die kalte Schulter zeigte. Wie unreif wäre es wohl von ihr, wenn sie den beiden die Zunge herausstreckte?

»Du, mein Liebes, kommst mit mir.« Oma Nadine nahm Kaceys Handtasche.

»Und was ist mit uns?«, fragte Travis.

»Ich habe dem reizenden Sicherheitsmann gesagt, er soll euch noch eine Weile hier sitzen und brummen lassen. Er wird euch in drei Stunden wieder auf freien Fuß setzen.«

»Aber …«

»Nein«, unterbrach Oma Nadine mit erhobenem Zeigefinger, »wenn das hier alles vorbei ist, dann lasse ich dich mit Kacey reden, Travis. Bis dahin ist es, denke ich, ein ebenso guter Zeitpunkt wie jeder andere, um den Zwist mit deinem Bruder beizulegen.«

# KAPITEL 32

»O Mann, sie jagt einem echt Angst ein«, brummte Jake.

»Wem sagst du das.« Travis hielt den Blick unverwandt auf die Tür gerichtet, als wolle er Kacey mit reiner Willenskraft dazu bringen, zurückzukommen.

»Also.« Travis spürte einen Luftzug, als Jake sich neben ihm niederließ. »Wir müssen das jetzt aus der Welt schaffen, hier an Ort und Stelle? Hier und jetzt?«

Wieso kam sie nicht zurück? Wieso hatte er sich wie ein Idiot benehmen müssen? Wieso hatte er ihr nicht einfach sagen können, dass er sie liebte, als sie es am dringendsten hören musste. Es war schwierig, sich daran zu erinnern, dass Kacey auch mal unsicher sein konnte. Hatte sie ihm nicht erst vor kurzem erzählt, dass seit dem Tod ihrer Mutter niemand mehr zu ihr gesagt hatte, sie sei schön?

Und dann schlief er mit ihr und sagte danach einfach gar nichts?

Er schlug mit der Hand gegen den Stuhl, auf dem er saß.

»Also, nix mit Kuss und Versöhnung?«, fragte Jake.

»Tut mir leid.« Travis schluckte den Kloß in seiner Kehle hinunter. »Es liegt nicht an dir …«

»Es liegt nicht an dir, sondern an mir? Machst du gerade Schluss mit mir, Brüderchen?«

Travis musste lachen, trotz des dringenden Wunsches, seinen Bruder zu erwürgen. »Nein, und ich halte dir jetzt auch keine Strafpredigt. Obwohl, wenn ich wüsste, dass es dich demütigen würde, dann würde ich es echt probieren.«

»Nach dem heutigen Abend bin ich gedemütigt, glaub mir.«

Travis sah seinem Bruder in die Augen. Dieselben Augen, die normalerweise so viel Überheblichkeit ausstrahlten, dass sie in Travis den Wunsch weckten, gewalttätig zu werden. Doch statt der üblichen Großspurigkeit sah er jetzt nur Bedauern, und vielleicht ein klein wenig Beschämung.

Jake lächelte traurig und zuckte mit den Schultern. »Ich habe das perfekte Mädchen ruiniert. Sie will dich. Sie hat mir gesagt, dass sie dich will. Dich und keinen anderen.«

»Nicht einmal den großartigen Jake Titus?«

»Gott, ich hasse es, wenn ihr beide meinen vollen Namen nennt. Ich kann mir noch nicht mal vorstellen, wie schlimm das wird, wenn es zwei gegen einen geht.«

»Willkommen in meiner Kindheit.« Travis klopfte ihm auf die Schulter.

»Es tut mir leid, weißt du«, sagte Jake kopfschüttelnd. »Alles. Wenn ich es rückgängig machen könnte …«

»Ich würde nicht wollen, dass du es rückgängig machst. Auf deine eigene kranke Art und Weise hast du sie direkt in meine Arme getrieben.«

»Und die Demut nimmt kein Ende.« Jake lachte. »Geh ihr nach.«

»Hast du denn Oma nicht gehört? Wir sitzen hier noch drei Stunden fest.«

»Zehn Mäuse, dass Oma gelogen hat.« Jake zeigte in Richtung Tür. »Sieh selbst.«

Travis stand auf und ging zur Tür hinaus. Der Wachmann nickte, sagte aber nichts. »Also, ich werde …«

»Hinterhältiges kleines Wesen, unsere Oma«, meinte Jake, der plötzlich neben ihm stand. »Geh schon und hol sie dir.«

Travis wusste nicht einmal genau, durch welchen Flur er gehen musste, ganz zu schweigen davon, wo Kacey sein könnte. »Ich habe keine Ahnung, wohin Oma sie gebracht hat.«

»Im Ernst? Keine Ahnung? Überhaupt keine?« Jake sah ihn verständnislos an und runzelte die Stirn.

Travis zermarterte sich das Gehirn nach irgendeiner Erinnerung, wohin seine Großmutter Kacey wohl bringen könnte. Auf jeden Fall wollte sie bestimmt, dass Kacey Ruhe, Glück und Trost fand und …

»Nach Hause.«

»Und du bist sicher, dass das für ihn in Ordnung wäre?«, fragte Kacey, nachdem sie ihre Taschen im Wohnzimmer des über fünfhundert Quadratmeter großen Ranchhauses abgestellt hatte.

»Oh, Schätzchen, warum sollte er mir sonst einen Schlüssel geben?«

»Er hat dir keinen Schlüssel gegeben. Du hast zehn Steine umgedreht, um das Schlüsselversteck zu finden.«

Oma Nadine zuckte mit den Schultern. »Ist dasselbe.«

»Stimmt.« Kacey sah sich im Zimmer um und wollte am liebsten losheulen. Alles wirkte so vertraut und doch anders. Es war ein Gefühl wie Zu Hause, obwohl es das Haus eines ganz anderen Menschen war.

Nachdem Oma Nadine Kacey am Flughafen abgeholt hatte, hatte sie ihr von Travis erzählt, als der ein kleiner Junge gewesen war.

Wie er über sie gewacht und versucht hatte, sie zu beschützen. Sie sagte, er hätte immer das Gefühl gehabt, es sei seine Pflicht, dafür zu sorgen, dass sie in Sicherheit war. Nach dem Tod ihrer Eltern hatte er daher versucht, alles zu bewahren, und war dabei sogar so weit gegangen, die Habseligkeiten ihrer Eltern im Schuppen einzulagern, als Kacey das Haus verkaufte. Nur ein paar wenige Dinge, von denen er wusste, dass sie sie eines Tages wollen würde, hatte er bei sich behalten.

Einige dieser Dinge, wie die Lieblingsjagdtrophäen ihres Vaters und die ausgestopften Tiere, waren an der Wand seines Wohnzimmers angebracht.

Kacey schluckte den riesigen Kloß in ihrer Kehle hinunter, als sie zur Ostseite des Zimmers ging und dort ein Foto sah, das Travis und ihren Vater bei einem ihrer gemeinsamen Jagdausflüge zeigte, wie sie Hände schüttelten und lachten.

Schon komisch, dass sie bis zum jetzigen Augenblick ganz vergessen hatte, wie nahe Travis und ihr Vater sich gestanden hatten. Seit sie denken konnte, waren die beiden gemeinsam auf Jagd gegangen. Jake hasste die Jagd. Er sagte, Tiere zu schießen wäre grausam, und er war sogar so weit gegangen, Kacey weiszumachen, dass ihr Vater das tat, weil er die Tiere hasste.

Dass ihr Vater nur die Tiere jagte, die er hinterher auch aß, hatte dabei keine Rolle gespielt.

Für Jake war es immer ein blödes Hobby gewesen.

Nicht so für Travis. Nach jedem Jagdausflug war ihr Vater mit witzigen Geschichten nach Hause gekommen, darüber, was Travis getan hatte, und war stolz auf ihn gewesen.

Ihr Blick fiel auf den Fußboden aus Holzdielen. Durch die Schiebetüren, die nach draußen auf den Balkon führten, drang das Mondlicht herein. Travis hatte seine Sache gut gemacht, als er dieses Haus gebaut hatte.

»Soll ich dich allein lassen?«, fragte Oma Nadine hinter ihr.

»Das musst du nicht.« Kaceys Stimme klang zittrig.

»Ich denke, ihm wird es lieber sein, wenn ich gehe.« Oma

Nadine wies mit dem Kopf in Richtung Tür und umarmte Kacey ein letztes Mal.

Kaceys Blick fiel auf Travis.

Sie wollte zu ihm laufen.

Sie wollte ihm die Arme um den Nacken werfen und ihn anflehen, sie nie wieder loszulassen. Aber gleichzeitig war das, was er getan hatte, immer noch verletzend und schmerzvoll. Besonders die Art, wie er am Flughafen reagiert hatte.

Oma Nadine ging an ihrem Enkelsohn vorbei und murmelte ihm dabei etwas zu, das Travis zum Lachen brachte. Dann fiel die Tür hinter ihr ins Schloss, und sie waren allein.

»Kacey«, fing Travis an und eilte zielstrebig auf sie zu, mit jedem Schritt schneller werdend. »Kacey«, flüsterte er wieder, als er sie an sich zog und auf den Mund küsste, »es tut mir so verdammt leid.«

Kacey schmolz in seinen Armen dahin.

»Ich muss dir das erklären.«

»Ja, musst du.« Kacey wollte sich von ihm lösen, aber seine Arme waren fest um ihren Körper geschlungen.

»Ich hatte Angst …«

»Wieso mache ich allen Männern Angst?«, unterbrach sie ihn, verletzt und frustriert.

»Lass mich ausreden.« Er lächelte, und sie ärgerte sich nur noch mehr darüber, dass ihr Herz einen Satz machte. »Dich in meinen Armen halten, dich küssen und dich lieben. Das war alles, was ich je wollte, und dann plötzlich kam ich mir so sehr wie ein Mistkerl vor, weil ich mich in all dem verloren habe, ohne dabei das Einzige zu sagen, was ich dir schon mein Leben lang unbedingt sagen wollte.«

»Und das wäre?«

»Ich liebe dich.« Seine Stimme zitterte. »Dich und nur dich allein. Ich liebe dich so sehr, dass es mir den Atem nimmt.«

»Jetzt im Moment atmest du doch«, bemerkte sie. Sie versuchte, immer noch wütend auf ihn zu sein, während ihr zugleich das Herz wild in der Brust hämmerte.

»Na ja, das liegt daran, dass ich deine Luft atme. Es ist, weil du in meinen Armen bist, Kacey, und ich dich nie wieder loslasse.«

»Gut.« Sie legte die Arme um seinen Nacken und zog seinen Kopf zu sich herab, damit ihre Lippen sich berühren konnten. Seine Lippen öffneten sich. Zu Hause. »Ich liebe dich auch.«

Sie spürte, wie er unter ihrem Kuss lächelte, und dann hob er sie in seine Arme und wirbelte sie im Kreis herum. »Heißt das, du bleibst?«

»Wenn du ganz lieb fragst und mir versprichst, dass du keine Sachen nach mir wirfst und nicht an meinen Haaren ziehst.«

»Du weißt, dass ich dir das nicht versprechen kann. Wahrscheinlich ziehe ich dich an den Haaren, springe dich an und schubse dich gegen die Wand. Und ich bin mir ziemlich sicher, dass du nur ein paar Minuten danach meinen Namen stöhnen wirst.«

Kaceys Knie wurden zu Gelee.

»Aber« – er stellte sie wieder auf die Füße – »ich kann dir versprechen, dass ich dich für immer lieben werde.«

»Bittest du mich etwa gerade, mit dir in Sünde zu leben, Travis Titus?«

»Nein.« Seine Augen verdunkelten sich, als er vor ihr auf ein Knie sank. »Ich bitte dich, meine Frau zu werden.«

»Kacey?« Travis war immer noch auf einem Knie. »Möchtest du nicht etwas sagen?«

»Ich dachte, eine lange Pause wäre nötig, nach allem, was du mich hast durchmachen lassen.«

»Ich mag keine langen Pausen.«

Kacey zuckte mit den Schultern. »Zu schade.«

Travis hob eine Augenbraue.

»Ja, ich will dich heiraten … Satan.«

»Oh, siehst du? Wir haben schon Kosenamen!« Travis sprang auf und hob sie wieder in die Höhe.

»Wohin gehen wir?«

»Feiern«, antwortete er kurz.

»Und wo?« Sie kicherte.

»Im Schlafzimmer. Wo sonst?«

»Du kannst aber nicht einer Frau einen Antrag machen und dann mit ihr schlafen«, gab Kacey zu bedenken. »So geht das nicht.«

Travis blieb stehen und stellte sie wieder auf die Füße. »Wein auf der Veranda?«

Kacey nickte nur, denn sie war nicht sicher, ob ihre Stimme nicht vor Aufregung quietschen würde.

»Du bist wunderschön, wenn du so lächelst.« Travis streichelte ihr über die Wange.

»Du gibst mir das Gefühl, schön zu sein.« Sie sah zu Boden.

»Tu das nicht; schau nicht nach unten, wenn ich dir Komplimente mache.«

Kacey sah ihm in die Augen. »Ich werd's versuchen.«

»Komm mal mit, ich will dir etwas zeigen.« Travis nahm ihre Hand und ging mit ihr in ein Zimmer nebenan. Es sah wie ein Arbeitszimmer aus. Die Wände verschwanden hinter Bücherregalen, und in der Mitte auf einem kreisrunden Teppich stand ein riesiger Schreibtisch aus Eichenholz. Außerdem gab es noch einen privaten Durchgang zur Veranda.

»Ich habe das für dich aufgehoben, über all die Jahre.« Travis griff in den Schreibtisch und holte einen großen Briefumschlag aus Manilapapier heraus.

»Was ist das?« Kacey streckte die Hand nach dem Umschlag aus, doch Travis zog ihn zurück.

»Versprichst du mir, dass du nicht wütend wirst?«

»Nein.«

»Dachte ich mir.« Er schmunzelte und gab ihr den Umschlag. »Ich bin draußen, falls du mich brauchst, okay?«

Sie nickte, und er schloss die Tür hinter sich.

Der Umschlag war dick.

Zitternd kippte sie den Inhalt auf den Schreibtisch. Das Erste, was sie sah, war das Testament ihrer Eltern.

Sie hatte nie einen Blick darauf geworfen, und auch zur Verlesung war sie nicht erschienen. Sie hatte lediglich Oma Nadine gebeten, ihr die Einzelheiten mitzuteilen.

Das Dokument besagte unmissverständlich, dass Oma Nadine ihr rechtlicher Vormund war, sollten ihre Eltern vor ihrem achtzehnten Geburtstag sterben.

Kein Wunder, dass Oma Nadine sie nie aus den Augen verloren hatte.

Oma Nadine war wirklich ein Geschenk des Himmels gewesen.

Mit einem schweren Seufzer legte sie das Testament beiseite und nahm einen kleinen Umschlag, auf dem ihr Name stand.

Darin steckte eine Seite Papier aus einem Collegeblock, etwas, worauf sie seit Jahren nicht mehr geschrieben hatte.

Der Brief war an sie gerichtet.

*Kacey,*

*ich weiß nicht recht, wieso ich das hier schreibe. Wahrscheinlich hältst du deine alte Mutter für verrückt, dass sie so etwas zu deinen Sachen legt, aber ich saß gerade in der Schule bei der Vorbereitung und dachte mir, ich sollte dir ein paar Worte schreiben, um dir Mut zu machen.*

*Von einem anderen Lehrer habe ich gehört, dass du und Jake heute miteinander Schluss gemacht habt.*
*Ich weiß, dass es hart ist. Das letzte Jahr Highschool ist niemals leicht.*
*Aber, Schätzchen, findest du nicht, dass er ein besserer Kumpel als Freund ist? Der Junge kann ja nicht mal an einem Spiegel vorbeigehen, ohne sich darin zu bewundern! Und ganz sicher grinst du gerade, weil du weißt, dass es stimmt! Ich weiß, wir setzen dich manchmal unter Druck, aber, meine Güte, du könntest Travis heiraten, und wir wären auch noch stolz auf dich.*
*Das war mein Versuch, dich aufzumuntern. Ich weiß, wie sehr du diesen Jungen verachtest, obwohl er immer für dich da war, ohne dass du es überhaupt bemerkt hast. Ich glaube, was ich sagen will, ist das: Es ist wichtig, sich seine Optionen offenzuhalten. Es ist wichtig, zu leben und sich nicht mit der Vergangenheit aufzuhalten. Die Vergangenheit heißt aus gutem Grund Vergangenheit. Wenn du immer zurückblickst, dann kannst du den Weg vor dir nicht sehen. Beim Autofahren würde man das nie tun, also warum sollte man es mit seinem Leben so machen? Ist Leben denn nicht wichtiger als das Fahren mit diesem klapprigen Subaru?*
*Ich liebe dich so sehr. Als Mutter muss ich zulassen, dass du deine eigenen Fehler machst, dass du lernst und erwachsen wirst, aber du musst wissen, dass meine Liebe zu dir niemals aufhört. Ganz egal, was du getan hast, meine Liebe ist bedingungslos. Wo du gewesen bist, das hilft dir, zu wachsen, und, mein kleiner Schatz, ich will, dass du wächst!*
*Tja, gerade hat die Glocke geläutet. Vielleicht gebe ich dir diesen Brief erst, wenn du heiratest. Ich weiß, jetzt*

*verdrehst du die Augen, aber sagen wir einfach, dass du wahrscheinlich jetzt noch nicht so weit bist, das alles von mir zu hören. Aber irgendwann, eines Tages, wird dieser Brief einen Sinn ergeben, und ich hoffe, dass er dich an genau diesem Tag erreicht. Genau genommen ist es das, worauf ich jetzt und hier hoffe.*

*In Liebe,*

*Mom*

Kacey wischte sich die Tränen von den Wangen, aber als sie in dem Stapel noch mehr solcher Briefe sah, musste sie noch mehr weinen. Ihre Mutter hatte ihr Briefe geschrieben, ohne sie ihr je zu geben. Sie war schon immer etwas merkwürdig gewesen; sie hatte ihre Gedanken niedergeschrieben und dann vergessen, dass sie das getan hatte.

Kacey hatte gesehen, wie ihre Mutter oft etwas in ihre Notizbücher schrieb, aber sie hatte niemals eine Ahnung gehabt, dass es dabei um sie ging.

Sie steckte die Briefe zurück in den großen Umschlag und ging nach draußen auf die Veranda, wo Travis gerade Wein trank.

»Du hast das alles für mich aufgehoben?«

Travis sah ihr in die Augen und nickte. »Ich weiß nicht, was da drinsteht, Kace. Ich habe nie etwas davon angesehen. Ich wusste nur, dass du sie irgendwann, eines Tages, wollen würdest, und selbstsüchtig, wie ich bin, wollte ich derjenige sein, der sie dir gibt.«

Kacey setzte sich auf seinen Schoß und lehnte sich an seine Brust.

»Ich muss dir etwas gestehen.« Er lachte nervös.

»Was hast du angestellt?«

»Ich habe mich betrunken.«

»Jetzt?«

Travis lachte wieder. »Nein, nicht jetzt. Vor ein paar Wochen habe ich mich betrunken, und dann habe ich mich bei Grandma beschwert, dass keine Frau sich je mit dir messen könnte. Ich bin mir ziemlich sicher, dass ich mir selbst sehr leidgetan habe, und normalerweise ist es nicht meine Art, so etwas zu tun, und es ist auch nicht meine Art, betrunken mit meiner eigenen Großmutter zu telefonieren.«

»Denkst du, dass sie deshalb ihren Schlaganfall vorgetäuscht hat?«, fragte Kacey, nahm ihm das Weinglas aus der Hand und trank einen Schluck.

»Schon möglich.« Travis atmete hörbar aus. »So oder so, mir ist es gleichgültig. Ich bin dankbar.«

»Ich auch.« Kacey schmiegte sich an ihn und seufzte. »Ich auch.«

»Vielleicht richtet sie ihre Aufmerksamkeit jetzt auf Jake, während wir unsere Flitterwochen genießen, weit, weit weg von der Familie.«

Kacey lachte. »Du meinst, du willst nicht, dass deine Mom, dein Dad, Mr Casbon und Grandma mitkommen?«

»Wir würden in Sekundenschnelle aus dem Flugzeug fliegen, gib es zu.«

Kacey kicherte. »Ich will dich sowieso lieber für mich allein haben.«

»Eine Sache ist da noch.« Travis seufzte schwer.

»Was denn?«

»Jake schuldet uns eine Million Dollar.«

»Hä?« Kacey fuhr zurück und sah Travis in die Augen. »Was zum Henker …? Wieso denn?«

Travis grinste selbstzufrieden. »Als ich acht Jahre alt war, habe ich mit ihm um eine Million Dollar gewettet, dass ich dich heiraten würde.«

Kacey brach in Gelächter aus. »Sollen wir ihn morgen anrufen?«

»Sollten wir«, stimmte Travis zu, und dann fanden seine Lippen ihren Mund, und sie hörte augenblicklich auf zu lachen, viel zu sehr von dem, was seine Lippen mit ihr anstellten, abgelenkt.

Sie war fortgegangen, um dem Schmerz zu entfliehen, ohne zu wissen, dass ein Tag – dieser Tag – kommen würde, an dem sie zurückkehren würde, um ihr eigenes, wahres Glück zu finden.

# EPILOG

»Ich verstehe nicht, wieso du immer noch aufgebracht bist … das passiert doch jedem Kerl hin und wieder mal.« Kacey hielt die Hand vor den Mund und wandte den Blick ab. Aufstöhnend griff Travis nach dem Türknauf und schaute sie finster an.

»Im Ernst? Damit willst du mir kommen? Das passiert jedem Kerl mal?«

Kacey zuckte mit den Schultern und lehnte sich an den Türrahmen. »Hey, ich verteidige nur meinen Verlobten. Ich kann nichts dafür, dass du es nicht durchgestanden hast.«

Travis gab einen Kraftausdruck von sich und zog sie an sich. »Süße, ich denke, mein Stehvermögen ist nun wirklich kein Problem.«

»Nein.« Kacey sah grinsend zu ihm auf und küsste ihn auf die Nase. »Aber gib es zu. Als der Bär auf der Kinoleinwand aufgetaucht ist, hast du gekreischt wie ein kleines Mädchen.«

»Habe ich gar nicht.« Travis schnaubte. »Das Mädchengekreische, das du gehört hast, kam von der Sechsjährigen hinter uns. Mal im Ernst, was sind das für Eltern, die ein Kind in einen Horrorfilm mitnehmen!«

»Wirklich?« Kacey hob die Augenbrauen. »Merkst du eigentlich, wie schlecht deine Argumente sind, oder ist dir egal, dass du mich mit jedem Wort regelrecht dazu einlädst, mich über dich lustig zu machen?«

»Ich –«

»Du hast gekreischt. Lautstark. Der nette Highschool-Junge mit dem Pickelgesicht, der im Kino arbeitet, musste eine Ansage machen, dass die Eltern alle kleinen Kinder nach draußen bringen sollen.«

Travis zuckte mit den Schultern. »Ich hasse Gruselfilme. Also verklag mich doch.«

»Du hasst Pelztiere.«

»Das Ding hatte Reißzähne und hat eine ganze Familie abgeschlachtet.«

»Ein Film, Trav. Es war nur ein Film.«

Tja, was sollte er darauf sagen. Er hatte seine Männlichkeit schon halb verloren, als er in diesem Kino unwillkürlich losgekreischt hatte. Zu seiner Verteidigung: Der gigantische Bär auf der Kinoleinwand hätte ihm nicht so einen Heidenschrecken eingejagt, wäre Kacey nur in der Lage, anständig Popcorn zu essen.

Eine Flocke war recht verlockend auf ihrer linken Brust gelandet. Er wusste, es war die Linke, weil er sie beobachtet hatte wie eine Spinne die Fliege. Er hatte sie beobachtet und darauf gewartet, dass die Flocke hinunterfiel, damit er die absolut lahme Ausrede hätte, besagte Flocke zu retten und dann seine Verlobte im Kino unsittlich zu überfallen.

Er konnte doch nichts dafür, dass er schon immer mal mit einem heißen Mädchen im Kino hatte knutschen wollen. Und wenn Kacey nicht wollte, dass er so verdammt abgelenkt war, dann sollte sie auch keine T-Shirts mit so tiefem Ausschnitt anziehen!

»Schwitzt du etwa?« Kacey fühlte seine Stirn.

Gott, er brauchte Sex. Er schob ihre Hand weg und lachte unbehaglich. »Nö. Mir geht's gut. Gehen wir rein?«

»Ja?« Kacey runzelte die Stirn. »Macht uns niemand auf?«

Travis zuckte mit den Schultern und ging ins Haus.

Nichts in seinem Leben hätte ihn auf den Anblick vorbereiten können, der sich ihm bot.

Aber manche Dinge lassen sich einfach nicht übersehen.

»Grandma!«, riefen er und Kacey gleichzeitig.

Sie saß auf der Couch und fütterte Mr Casbon mit Erdbeeren mit Schokoladendip. Das an sich wäre zwar eigenartig, aber noch halbwegs normal für die alte Dame gewesen – hätte sie dabei nicht eine unmenschliche Fülle pinkfarbener Dessous zur Schau gestellt.

»Hat meinen Rat befolgt«, flüsterte Kacey.

»Victoria's Secret!« Oma Nadine deutete auf ihren BH und zwinkerte.

»Meine Augen!« Travis drehte sich um und wedelte wild in der Luft herum. »Oma, zieh dir doch etwas über. Gott. Besitzt du überhaupt einen Pulli?«

»Ich hoffe nicht!« Das kam von Mr Casbon.

»Hölle noch mal, am liebsten möchte ich auf der Stelle tot umfallen«, brummte Travis vor sich hin, während alle im Zimmer in Gelächter ausbrachen.

»Nein, willst du nicht«, flüsterte Kacey.

»O doch, mit ziemlicher Sicherheit.«

»Ich habe einen Termin festgelegt.«

»Für den Beginn meines Wahnsinns? O ja, danke sehr, das passiert einem schon mal, wenn man seine Oma nackt sieht!«

»Ich bin nicht nackt!«, rief Oma Nadine dazwischen, während Mr Casbon einwarf: »Zu schade.«

Kacey umarmte Travis und sagte: »Mach die Augen auf.«

»Damit ich meine Großmutter mehr oder weniger unbekleidet sehen kann?«, brüllte er beinahe.

Kacey küsste ihn fest auf den Mund und schob seine Hände beiseite. Gefangen in diesem Augenblick schlang er die

Arme um sie und öffnete ihren Mund mit seiner Zunge, um sie zu kosten, sie sich einzuprägen.

Jemand räusperte sich.

Kacey löste sich von ihm.

»Ach ja, richtig.« Sie räusperte sich ebenfalls. »Ich habe einen Termin festgelegt.«

»Das sagst du schon die ganze Zeit, aber …«

Und dann gingen die Lichter an.

Jake stand auf der anderen Seite des Zimmers mit irgendeiner Tussi, die sich an ihn klammerte. Typisch. Seine Eltern hielten einen Kuchen hoch, und jeder hatte ein Glas Champagner in der Hand.

»Ich bin verwirrt.«

Kacey nahm ihn bei der Hand und lachte. »Gut. Darauf hatte ich gehofft.«

Was zum Henker ging da vor? Oma Nadine stand auf, zog ihr Shirt zurecht – sie hatte definitiv nicht geschauspielert – und nahm ein Glas Champagner vom Tisch.

Travis drehte sich zu Kacey um. »Ich kapiere es immer noch nicht.«

Sie grinste. Gott, sie war wunderschön. Wie hatte er nur je ohne sie existieren können?

»So hat alles angefangen, Trav. Als Grandma uns beide hier erwischt hat und wir gar nicht gemerkt haben, dass das Ganze von vornherein inszeniert war. Ich wollte das noch einmal durchleben. Den Moment, in dem wir geschockt erkannten, dass wir Gefühle füreinander haben. Die Manipulation, die Lügen, alles hat hier angefangen. Sogar schon als Kinder hat es hier angefangen. Und ich will, dass es auch hier endet.«

Ach du Schande, machte sie jetzt Schluss mit ihm?

»Hier.« Kacey drückte seine Hand, und Tränen stiegen ihr

in die Augen. »Ich will hier heiraten, im Haus deiner Eltern. Diesen Herbst.«

»Meinst du das ernst?« Travis brachte die Frage kaum heraus. Sie hatten das Thema, wo sie heiraten sollten, hin und her gewälzt. Und bis jetzt war Kacey fest der Ansicht gewesen, dass sie dazu nach Vegas fahren und die ganze verrückte Familie mit ihren Mätzchen außen vor lassen sollten.

Kacey nickte, und auf ihrem Gesicht erschien ein umwerfendes Lächeln. »Ich liebe dich, Travis Titus. Willst du mich hier heiraten?«

»Ich würde dich überall heiraten.«

»Garten.« Sie stieß ihn an, ging dann auf die Zehenspitzen und flüsterte ihm ins Ohr: »Das Baumhaus ... wo wir uns zum ersten Mal geküsst haben, das Zimmer, in dem wir zum ersten Mal zusammen waren ... hier, Travis. Ich will zu Hause heiraten.«

Mit einem Aufschrei hob er sie in die Arme, wirbelte sie im Kreis herum und bedeckte ihr Gesicht mit Küssen. »Abgemacht.«

»Auf das glückliche Paar«, verkündete Jake, während Travis Kacey wieder herunterließ. »Auf meinen Bruder und meine beste Freundin. Ich freue mich für euch.« Sein Blick war traurig, und er wirkte körperlich erschöpft – den Lebensstil, den Jake pflegte, würde er auf keinen Fall noch lange durchhalten. Er sah jetzt schon aus, als könnte der nächste Drink sein letzter sein.

»Cheers!«, riefen alle einstimmig.

»Er braucht eine Frau«, murmelte Travis leise.

»Ich habe genau die Richtige für ihn.« Kacey stieß ihn mit dem Ellbogen an. »Sie wird in ihn dic Knie zwingen.«

»Willst du wetten?«

Kacey drehte sich zu ihm um und zwinkerte. »Ich wette,

bis wir uns das Jawort geben, wird er sie anflehen, ihn zu heiraten.«

»Und wenn nicht?«

Sie biss sich auf die Unterlippe und zwinkerte wieder. »Ich schätze, über die Bedingungen der Wette können wir uns heute Nacht noch einig werden …«

»Im Haus.«

»Jep.«

Travis stellte ihr Glas ab und umfasste ihren Po. »Oder auch jetzt gleich?«

»Baumhaus?«, fragte sie atemlos.

»Baumhaus.«

Courtney Cole

# IF YOU STAY – Füreinander bestimmt

Die junge Mila ist Künstlerin und überzeugter Single. Das ändert sich, als sie Pax kennenlernt, der auf den ersten Blick kein Traummann ist: tätowiert, knallhart und mit schlechtem Benehmen. Doch ausgerechnet er bringt in Mila eine Seite zum Schwingen, die sie vorher nicht kannte …

# IF YOU LEAVE – Niemals getrennt

Madison führt seit dem Tod ihrer Eltern das Familienrestaurant, was all ihre Zeit beansprucht. Daher spielen Männer für sie keine Rolle. Doch dann tritt Gabriel in ihr Leben und verändert alles. Aber beide haben in der Vergangenheit schwere Zeiten durchlebt. Können sie diese mit Hilfe des anderen überwinden?

KNAUR

*Rachel und Ben.*

Mhairi McFarlane

# WIR IN DREI WORTEN

Roman

Zu Unizeiten waren sie unzertrennlich. Beste Kumpels waren sie. Die Welt konnte ihnen nichts anhaben. Doch in der Nacht vor der Abschlussfeier ist etwas passiert. Seitdem haben sie sich nicht mehr gesehen. Zehn Jahre und 781 erfolglose Google-Suchen später stehen sie sich unerwartet gegenüber.

KNAUR